江苏青年批评家文丛

解码
网文IP

李玮 著

江苏凤凰文艺出版社

图书在版编目（CIP）数据

解码网文 IP / 李玮著. —南京：江苏凤凰文艺出版社，2023.12
（江苏青年批评家文丛）
ISBN 978-7-5594-7760-6

Ⅰ.①解… Ⅱ.①李… Ⅲ.①网络文学—文学评论—中国—文集 Ⅳ.①I207.999-53

中国国家版本馆 CIP 数据核字（2023）第 090768 号

解码网文 IP

李玮 著

出 版 人	张在健
总 顾 问	丁 帆
主 编	郑 焱
执行主编	丁 捷
责任编辑	孙建兵
特约编辑	王晓彤
责任印制	杨 丹
出版发行	江苏凤凰文艺出版社
	南京市中央路 165 号，邮编：210009
网 址	http://www.jswenyi.com
印 刷	江苏凤凰通达印刷有限公司
开 本	880 毫米×1230 毫米 1/32
印 张	8
字 数	181 千字
版 次	2023 年 12 月第 1 版
印 次	2023 年 12 月第 1 次印刷
书 号	ISBN 978-7-5594-7760-6
定 价	55.00 元

江苏凤凰文艺版图书凡印刷、装订错误，可向出版社调换，联系电话 025-83280257

江苏青年批评家文丛
编委会

主　任　徐　宁
副主任　毕飞宇　郑　焱
委　员　丁　捷　贾梦玮　鲁　敏
　　　　杨发孟　高　民

前　言

江苏是创作大省，也是评论强省，有着一批勇立潮头的当代文学批评领军人物。前辈学者不仅有陈瘦竹、吴奔星、叶子铭、许志英、曾华鹏、陈辽、范伯群、董健、叶橹、黄毓璜等批评界先驱，其后继、师承者，如丁帆、朱晓进、王尧、王彬彬、汪政、丁晓原、季进、何平等，如今也都是学术界的翘楚和骨干。继往开来，承前启后，学术实践的推进、引领，向来需要更为年轻的队伍为其不断补充新鲜的营养、血液。这意味着，青年批评家的成长必须作为一个要紧的方向性问题得到把握、关注。

客观地讲，与青年作家的培养、成长相比，青年批评家的培养和成长要更为复杂和艰难。有鉴于此，为进一步培育江苏青年批评新力量，打造江苏青年批评新方阵，系统加强江苏青年批评人才的推介力度，展示新一代批评家的成绩和风采，2022年，在省委宣传部的大力支持下，江苏省作协经专家评选论证、党组书记处审议通过"江苏首批青年批评拔尖人才名单"，沈杏培、何同彬、李玮、李章斌、叶子、韩松刚、臧晴、刘阳扬等8位"80后"青年批评家入选。

作为江苏青年批评的代表，他们的"集体亮相"，不仅标志着江苏青年批评家群体的初露峥嵘，更意味着新一代批评家已经有了相当的学术积累，具备了相对稳定、成熟的批评风格。他们虽在当代文学现场同场竞技，但却各有专擅，各具锋芒。很大程度上，他们的成长不仅参与、见证了当代文学研究、批评格局的建构，也促进了当代文学研究、批评领域的对话、交流，集中体现了江苏青年批评家在介入当代文学的"当下问题""文学现场"时，所保持的学术锋芒与责任担当。

本套《江苏青年批评家文丛》共推出8名入选"江苏首批青年批评拔尖人才"队伍的青年批评家，每人收录一部彰显其风格与水平的作品，共计8本，他们有思想、有态度、有锐气、有实力，不仅是江苏青年批评的中坚力量，也是中国当代文学批评的青年代表。我们真诚地希望这套书能够成为他们各自成长的一次回顾和见证，同时，也能够成为中国当代文学批评的重要成果和收获。

2017年，江苏省作协与江苏当代作家研究中心联合推出《江苏当代文学批评家文丛》(20卷)，现今，《江苏青年批评家文丛》(8本)也将付梓出版。这其中，既能够看到江苏文学批评历史代际之间的血脉联系和学术传承，也能够见出青年批评家们在文学理念、学术路径、批评方法等方面，不断精进、沉潜转化的内在轨迹。我们相信，在前辈学人的指引和带领下，在新一代批评家的努力和奋斗下，江苏的文学批评也必将焕发更新的活力，产生更大的影响。

江苏青年批评家文丛编委会
2023年11月

代　序
深入现场，李玮为网络文学评论探索了新路

欧阳友权

汉语网络文学已走过近三十年的发展历程，但从评论界整体来看，要跟上网络文学快速行走的步伐还是略显吃力，网络文艺创作的快速增长与评论的相对薄弱形成了"倾斜的文艺场"，这其中固然有等待沉淀、遴选经典的缘故，但同时也反映了一种力量的薄弱与声音的滞后。随着网络文学体量和影响力的不断攀升，对于网络文学的评论与研究日渐成为"显学"。近年来，各省网络作协，各高校的网络研究基地相继建立，相关的研讨活动也越来越丰富，许多年轻学人逐渐加入网络文学的评论队伍激扬文字，网络文学评论也由此出现诸多可喜的变化。

南京师范大学文学院教授李玮，从2015年承担"江苏网络文学研究"课题开始关注网络文学发展，"跨界"网络文学的评论和研究。2021年，扬子江网络文学评论中心成立，她出任扬子江网络文学评论中心执行副主任。由此，李玮带领南京师范大学的研究团队，以扬子江网络文学评论中心为依托，在网络文学现场驻扎，承担中国作协理论支持计划课题，在多家杂志上开专栏，同时发表多篇颇

有影响力的网络文学研究论文和网络文学评论，贡献了许多锐气十足的声音。她负责的"扬子江网文评论"公众号开启了线上线下评论联动的新模式，也为网络文学评论的开展提供了诸多可资借鉴的道路探索经验。

首先是敏锐性。网络文艺创作在大量增长与快速更新，审美要求与阅读潮流不断地迭代，在这样一个火热的"话语场"中，网络文学评论未免显得有些"冷门"，因为我们很难像新闻从业者那样快速地捕捉当前的社会热点并辅以呈现、评述。但网络文学正是变动不居的文学形式，只有及时跟踪网络文学现象，才能真正地"在场"，而非隔靴搔痒。依托扬子江网络文学评论中心这一重要阵地。李玮关注时下最具热度、最具争议、最具口碑的网络文学作家作品，及时地给出中肯、专业的解读，如从 2021 年"爆款"网文《大奉打更人》看"资本口味的保守化"；从武侠新作《天之下》看武侠类型的式微与求变，剖析"马甲文"是对"霸总文"的补充和超越；在中国作协影响力榜发布后及时推出系列的新人、新作解读，乃至比银河奖更早地关注天瑞说符《我们生活在南京》的美学风貌与科幻品格；在网络文艺事件中，及时廓清事件原貌，如在尾鱼吐槽事件等现象中溯本清源，深中肯綮。同时李玮将视野放置于网络文艺创作整体，关注网络文学 IP 改编的重点、难点，在叙事深层结构上给予批评。如《余生，请多指教》如何"打造'波澜不惊'的日常甜宠"，在天下归元《凰权》的改编过程中"三元权斗的框架"如何被删除，时间循环类网剧如何展开新世代的"第二人生"。无论是"美食文"还是"马甲文"，"稳健流"还是"网络科幻新浪潮"，"潇湘升级"还是"豆阅兴起"，李玮能在网络文学全产业链条上做出灵敏反应，除却针对网络文学作品和文学问题发声，还兼顾 IP 改编、动漫转化、短视频、网络文学＋B站国风晚会等文艺形式，以专业水准进行创造性的评论工作。

其次是行动力。当敏锐度有行动力作为实践承接，"敏锐"就能更加有效地发挥其前瞻性功能。时下的网络文学已经成为一种全民阅读的文学，深入地渗进大众文化生活，那么要使网络文学评论发挥战斗力与影响力，就需要介入文化实践的过程，使用更具备参与性的评论方式发挥结构引领的作用。李玮发挥了她在研究界一贯的锐气，推出了许多有口皆碑的行业性活动，打造"理性青春"的评论品牌。商业平台以数据按资排辈，"散装"读者根据个人爱好品读、点评，而"网文青春榜"则是在这二者之外的一份独特榜单，注重新世代青年的成长经验，强调创新性与现场感，依托大学生群体，选出Z世代共鸣的中国原创好故事。2022年5月，扬子江网络文学评论中心正式联合北京大学网络文学研究中心、中南大学网络文学研究基地、山东大学网络文学研究中心、安徽大学网络文学研究中心，共同主办"网文青春榜"的遴选活动，并由此辐射带动全国各高校。据知，陆续还会有更多的高校和平台加入其中，共同做成一份规模大、公认度高、影响力强的口碑榜单。我们评论界十分需要这样一份榜单来推陈我们的专业目光与价值构建，发挥引导作用。推动青年学生的广泛参与，与新世代一起评选新世代网络文学，让粉丝批评在活力中融入理性成分，有利于突破"圈层话语"与"代际局限"的难题，增强网络文学批评的说服力，在网络空间生产由评论界所引导产生的"广场效应"。

第三是多样化。我注意到李玮在《新兴文学需要具有对话性和行动性的新型评论》中说道："我们评论工作更应该在创新性和创造性上下功夫，直面文艺创作和传播中出现的变化和问题，建好用好网络新媒体评论阵地,探索更敏锐、及时、有效的方式,使评论真正地发挥导向和引领的作用。"有限的网络文学批评与浩瀚的网文创作不相匹配似乎已经是时下许多人的共识。学院派所做的平面媒体发表、纸介传播的网络文学批评,撰写、刊发周期长,注定只能与经典建构有关,不属于网络文学的"在线"批评。近年来纸介阵地不断萎缩,许多报刊杂志歇业或转行客户端、自媒体,网上的文学由单媒介向多媒介延伸也已经是大势所趋。在新媒体如此发达的今天,单依靠纸面评论很难实现对于网络文艺的及时介入,那么开展多样化的批评方式,加强线上批评阵地就显得尤为必要。李玮在利用多样媒介组织网络文艺批评这一方面尤为值得我们学习与借鉴。她不只在学源和学理的意义上,以新颖的选题与现场感十足的文本作佐证,还做"线下"批评,发表了如《论2020—2021年女频网络文学叙事结构的新变》《"主动幻想":作为新空间形式中的"文学"的剧本杀》等高质量学术论文,在《文汇报》等报刊上发表短小精悍的现象类时评,如《"第二人生"日常化——2022年的"时间循环"类网剧现象》《波澜不惊的言情改编剧,〈余生,请多指教〉做对了吗》等作品。其中,《站上风口之后,微短剧如何飞得更高?》指出网络文学与微短剧的密切关系,期待网络文学原创内容能够推动微短剧内容的更新和提升。作品被北京大学影视戏剧研究中心公众号、正观新闻等多家权威媒体转载。李玮在《青春》杂志组建长期"网文青春榜"专栏,促成纸介与网络的新型联动,更是推出了"扬子江网文评论"这一公众号品牌,创设了"推文""快评""一周资讯"等精品栏目。此外,针对当下年轻人的媒体使用习惯,李玮着手组建了新媒体团队,积极参与B站与微博平台的视频制作与专栏投稿,大力打通"网络壁垒"与"次元"隔膜,实现"直接在场"

的"在线批评",让不同"次元"的批评携手共进,以构建更为优化的网络文学批评生态。

多路线驱动的多样化批评方式,有助于促进网络文学评论与网络文学之间的交织共生。在既往的纸介层面被学术制作所筛去的那些活性因子,在各式各样的推文与视频中被保留,密切了网络文学评论和网络文学发展之间的关系。以时下新兴的新媒体互动方式,来贴近互联网生态的同时,其实也就是在进行网络文学评论与网络文学之间的信息交换,并在此过程中领悟青年文化,深化对网络文学发展现场的认知。网络文学评论与创作之间的割裂,很大程度来自"线上与线下"圈层性的"自说自话",院派批评者在用宏阔的理论视野和精准的语言表达为网络文学提供合法性论证的同时,通常存在与对象群体"沟通失效"的问题。以年轻的媒介方式谈论年轻人阅读、创作的网络文学,才能突破"线上与线下"截然二分的结构,促成批评空间的圈层互动,以多元的传播路径扩大影响力场域,打破"场域茧房",推动近年来网络文学创作的发展。

潮打江头,万象翻新。当下Z世代的作者和读者大量涌入网络文学,我们的网络评论也需要大量的新生力量,尤其是像李玮这样有朝气、有敏锐度的青年学者,能够为网络文学评论探索新路,以多样化的评论方式与强大的行动力,建立"线上与线下"联动的批评阵地,促进"二元"与"功能"的有效互动以实现二者的互补融通,使"批评"的效能不止步于"线域",推动"倾斜的舆论场"复正。

2022年12月15日

目录

网络文学类型及现象

3　类型文如何"思想":中国网络类型文的思想维度

20　多重主体的表征:中国网文如何想象后人类意义上的"人-自然"

43　"去女频化":论2020—2021女频网络文学叙事结构的新变

63　"盛世江湖"与漫长的"九十年代":从金庸,"后金庸"到纯武侠的衰落

80　跨媒介的"叙事共生":网文IP影视转化的新变(2020—2022)

101　"主动幻想":作为新空间形式中的"文学"的剧本杀

网络文学现场

123　新兴文学需要具有对话性和行动性的新型评论

130　从《大奉打更人》看资本口味的保守化

133　"马甲文"会一直火下去吗?

136　潇湘改版:"大女主文"后女频再破局

143　网文承接Z世代的青春想象

146 网络文学：新浪潮与新经验
151 2022：多样的网文和多元的宇宙

网络文学作家作品

159 东西交融与多元文明——评跳舞的《恶魔法则》
167 网文如何表达"女权"？——评天下归元的《凰权》
175 游戏精神与虚拟现实——评蝴蝶蓝的《全职高手 放逐斗神》
181 "无敌流"的异界旅程——评任怨的《横刀立马》
191 想象"自发现代性"——月关《回到明朝当王爷》的历史关切
198 悬疑古言中的一股清流——评蓝色狮的创作
204 突破"修仙"类型文的发展瓶颈：《我师兄实在太稳健了》
206 "新科幻"的实验：硬核科幻成就唯美故事——评天瑞说符的《我们生活在南京》

网络文学的 IP 转化

213 由尾鱼的吐槽谈起：网络言情剧改编要不要"去精存伪"
219 "第二人生"日常化：从2022年的"时间循环"网剧谈起
224 "波澜不惊"的言情改编剧，《余生，请多指教》做对了吗？
229 风口中的微短剧需要怎样的网文原创内容？
234 盘点2022年网文改编剧，胜出的仍是新意

239 后记

网络文学类型及现象

类型文如何"思想":中国网络类型文的思想维度

网络文学自出现[1]至今,发展已过二十年。自2008年起,从开始的自发性写作,到开启付费模式和遭遇资本整合,网络文学知识产权成为文化产业关注的焦点,开启"以IP为核心,全产业链、全媒体共同运营"的新模式,至2015年到达顶峰。与此同时,网络文学签约作者、网络文学读者和网络文学存量数据极为庞大[2],网络文学进入3.0时代。此时,网络文学评价问题成为中国网络文学发

---

[1] 关于网络文学的源头有多种观点。欧阳友权从中国互联网发生发展的历程,推论中国的(汉语)网络文学诞生于1991年的北美的汉语网络文学,并延伸壮大成为中国网文世界。这就是中国网络文学"北美源头"说(欧阳友权:《哪里才是中国网络文学的起点》2021年2月26日)。邵燕君主张将最初实践网文创作模式的"金庸客栈"作为中国网络文学发生的起点(《再论中国网络文学的源头是金庸客栈——兼应欧阳有权"网生起源说"》《文艺报》2021年5月12日)。吉云飞强调具有游戏性和幻想性的《风姿物语》才是最合格的汉语网络文学发生的起点(吉云飞《为什么大神共推〈风姿物语〉为网文开山作》《文艺报》2020年11月30日)。马季则主张中国网络文学"现象说",认为草根写作、大众参与和社会关注三者合一为网络文学的缘起(马季:《一个时代的文学坐标——中国网络文学缘起之我见》《文艺报》2021年5月13日)。

[2] 到2019年,网络文学读者达4.6亿,网络文学注册作者达1936万人,签约作者超过100万人,其中活跃的签约作者超过60万人。

展的重要问题。《2020年中国作协网络文学蓝皮书》指出:"研究者建立网络文学评论评价体系的自觉性越来越高,但体系的建成依然任重道远……符合网络文学传播和受众特点的评论方式尚未形成。"从一开始,网络文学就表现出与传统文学不同的特质,用传统文学的规约和标准评价来要求网络文学,往往不得要领。既有的文学评价标准在网络文学面前"失范"。

特别是,当下网络文学发展出现新的问题。一方面,网络文学作家的创作追求更加复杂多元,比如网络文学创作动机具有差异性,创作类型已经衍生出两百多种,在类型化的同时也出现反套路,反人设、反类型等特点。这使得多元的创作追求下,网络文学评价的对象更加复杂。另一方面,短视频等新媒体对网络文学发展具有冲击性,网络文学也具有不同于既有道路的走向。这也给网络文学评价带来新的挑战。如果仅仅就商业效益来评价网络文学,会将网络文学推向一次性的眼球经济。网络文学具有蓬勃的想象力和创造力,它的价值也许不仅在商业层面。网络文学的架空背景、神魔设定、游戏取向等亦非无源之水、无本之木,它是21世纪,或者说"Z时代"新思想、新思维、新生活的产物。虽然诸多网络文学在谈九天玄鼎、御剑乘风,但这种看似玄妙、幻想性的创作,存在着巨大的现实性的奥秘。这种现实是一种大众情感、大众想象、大众经验的"情感性现实",并且这种"情感性现实"并不一定陈腐、守旧,或是功利而野蛮。它以特殊的方式表达了新的感受、诉求或是"思考"。

一、 打破思想和经验的隔膜:重视类型文的情感现实性

从《将夜》《恶魔法则》等空间架构中,我们看到了个体空间感

的转变；从马甲文、绿帽文中我们读到小人物真实的恐惧；从《匹夫的逆袭》《御兽斋》《凡人修仙传》中我们读到小人物的不屈；从霸道总裁文中我们读到资本对身体绝对地占有和征服；从《凰权》《倦寻芳》《锦衣之下》等我们读到为平等和尊严而做的抗争；从《燕云台》《回到明朝当王爷》我们读到新一代人历史叙述背后的价值立场；从"斗罗大陆"或是"穿越重生"，在虚幻的世界架构，和扭曲的历史线索中，我们读到一种新时代的当下中国的主体意识。这就是网络文学的情感现实性，它真实而且鲜活，一切思想都应该从这里寻找再出发之路。

记得网络文学在出现之初，一直面临着是否是"文学"的焦虑。用传统的精英化的、审美中心论的要求去规约网络文学，不但不得要领，而且无益于网络文学的发展。相反，网络文学的价值也许就在于它对于精英化文学，对于狭窄的审美中心的反拨，就在于它联结着大众的情感真实，起到了情感启蒙，或者情感塑造的作用。如果我们反顾中国文学史，就可以看到，在历史的许多关键性节点，都会出现这样一轮文学精英和大众类型价值的重置。在经历三千年未有之大变局的晚清，占据文学中心位置的是诗文，诗文的审美成就登峰造极，而小说被认为是不入流的小道。但梁启超发现，《三国演义》之类的小说直接影响和塑造着普通百姓的思想，所以他提出"小说乃文学之最上乘"[1]，由是中国文体的价值等级发生了巨大变化，小说在中国现当代历史上起到了重要的动员大众、激发情感、塑造想象的作用。"五四"的文学观比较精英化，文学社团文研会认

---

[1] 梁启超：《论小说与群治之关系》，《饮冰室合集·文集之十》，中华书局1994年版，第6页。

为言情小说、黑幕小说、侦探小说不过是高兴时的游戏和失意时的消遣。但20世纪30年代，无产阶级革命和无产阶级革命文化兴起。瞿秋白等人对"五四"过于精英化的文学观进行反思，提出了文学"大众化"[1]问题。而这个"大众化"内在地重视了言情、侦探、武侠等，对于革命文化的传播乃至革命的胜利起到了关键性的作用。作用机制就在于，"大众化"的文学关注到普通人的情感世界，由是使"思想"深入、渗透到"情感现实"中去，革命思想经由情感转化，产生了巨大的行动功能。哈佛大学教授裴宜理（Elizabeth J. Perry）认为，中国共产党对于情感的成功调动是它实现其革命宏图的关键性因素[2]。

总结文学史的经验，今天我们仍然可以在情感现实性和情感功能的层面上理解网络文学。20世纪80年代以来的文学观实际上有重返"五四"精英文学观的特点，但长此以往就会造成思想和经验的分裂。一方面是精英文学理论和思想的孤芳自赏，另一方面是网络文学的野蛮生长。"理智作用的同一性是通过控制感觉而得以实现的，思想对制造一致性的放弃等，都意味着思想和经验的贫困：思想领域和经验领域的分离导致了各自的残缺不全。"[3]当精英化、狭窄的文学观给思想和经验带来双方面的问题时，这样的现象亦让我们思考，我们是否需要一个新的文学运动，重新为"文学大众化"正名。当各种话语权的掌握者为话语、思想或理论的"现实性"焦

---

[1] 瞿秋白：《大众文艺的问题》，《瞿秋白文集》（文学编）第3卷，人民文学出版社1989年版，第14页。
[2] 裴宜理：《重访中国革命：以情感的模式》，《中国学术》2001年第4期。
[3] [德] 马克斯霍克海默，西奥多 阿道尔诺：《启蒙辩证法》，曹卫东译，上海人民出版社2006年版，第28页。

虑时，我们应该重新思考"情感现实"，重新给予网络文学这片大众经验、大众想象的"海洋"以充分地重视和尊重。

当然，现在我们提文学的大众化，不能不注意到网络文学走向"文化工业"。"文化工业"将文学影视化当作商品，因此网站网文、网剧公司自然而然地将关注点放在如何"复制"作品上。何时增加意想不到的桥段、何时反转、何时撒糖、何时逆袭……或是主人公样貌、情感节奏、猎奇元素、狗血情节，甚至何时购买热搜，都有套路。制造，或是复制出这样的套路，非常简单。但此种做法无异于将读者或是观众当作单纯的经济理性人，无异于将文学作品等同于一管牙膏，一包餐巾纸……它漠视了读者和观众是具有不稳定的情感与复杂内心世界的人。这种"漠视"的问题不仅会带来商业效益的难以持续性，也会对文化和文明的发展造成负面影响。

网络文学正面临新的挑战。自发的网络文学写作带来的红利已经渐渐消失，短视频、AI写作冲击着网络文学。网络文学也在面临分化和抉择的岔路口。经典网文和经典网文影视化，将是网文升级的一条重要道路。这条道路有待我们进一步扩大经典的内涵和定义。著名美学家伊格尔顿曾指出："任何东西都能够成为文学，而任何一种被视为不可改变和毫无疑问的文学——例如莎士比亚——又都能够不再成为文学。"[1]伊格尔顿不是否认莎士比亚的经典性，而是强调所谓文学经典，只不过是由特定人群出于特定理由而在某一时代形成的一种建构。这不是说经典完全是主观的，这种建构强调经典功能的及物性、现实性。我认为，对于网络文学来说，将具有及物

---

[1]［英］特雷·伊格尔顿：《二十世纪西方文学理论》，伍晓明译，北京大学出版社2014年版，第10页。

性、现实性功能的网络文学纳入经典，强调现实题材的同时注意到看似架空世界观背后的网文的情感现实性。注意到网络文学的这种情感现实性，打破"孤芳自赏"和"野蛮生长"的隔膜，能够促成思想和经验统一。

二、 在情感现实中"思想"的类型文

写作、阅读或是研究网文的人都会面临这样一个问题，即我们很难期待靠点击量生存的类型文去表达某种情怀、反思，或是具有某种超越性的思想。目前，在读者市场获得成功的网文，都以适应大众意识形态，表达大众的欲望诉求为特征。不过，大众意识形态和欲望诉求所体现的情感现实仍值得细致分析。其中悄然发生的时空感觉的变化，其中潜隐表达的反抗性冲动，其中自觉思考的历史意识或是对某种欲望逻辑的反思，都在呈现类型文在展现情感现实的过程中表达了某种"思想"的变动。

网络文学发展至今，形成了玄幻、仙侠、游戏、科幻、古言、现言、历史、现实、都市生活等诸多类型，也衍生出诸多风格化"家丁流""技术流""数据流"，或是文体化的"同人文""种田文""甜宠文""赘婿文"等等。每一种类型都有固定的人设、架构、反转、逆袭、升级、发糖，及各种NPC设定等等，因此也就有了特定类型阅读期待和相对固定的读者群。出现了许多类型化经典，如创作玄幻类题材的唐家三少、南派三叔、玄雨、辰东、萧鼎、跳舞、无罪等；创作历史类题材的当年明月、月关、酒徒、天使奥斯卡等；创作言情类题材的天下归元、辛夷坞、金子、桐华、三十、禹岩；创作修仙类题材的萧潜、忘语；创作都市类题材的骁骑校、卓牧闲；创作驯兽类题材的雨魔、网游类的蝴蝶蓝、失落叶；创作仙侠类题

材的烽火戏诸侯、管平潮，等等。不过类型化并不是僵死的框架，而是一种想象力展开的基点，成功的类型文，成功实现类型范本意义的时空建构、博物描述、情感逻辑或升级打怪本身，这也许就是某种"思想"的变动，甚至由于网络文学的读者亲和性，类型文更真实地表达了植根时代性、大众性的某种思想性诉求。

长时段来看，从20世纪武侠文学到玄幻文学的转变，就可以发现时空感的变化。相较于20世纪武侠世界的辽汉之争、夷夏之辨，21世纪兴起的玄幻网络文学则更多地诉诸四方融合的"天下观"。当武侠小说以民族主义作为渲染正统和悲情的主要元素时，玄幻网文已经不再纠结于民族主义问题，多元共生成为诸多玄幻武侠先验的世界观，并由此决定了它们的空间想象。金庸的小说之所以在众多武侠小说中脱颖而出，原因之一即为金庸以民族家国的情怀将武侠小说提升到了新的高度。最初，武侠讲述的是"反清"、"反蒙"等兴汉故事，随后摒弃汉族本位的民族观，肯定少数民族在历史中登场的合理性，宣扬民族平等的观念。从郭靖、杨过式的汉族英雄（《射雕英雄传》《神雕侠侣》），到萧峰式的少数民族英雄（《天龙八部》），最后到韦小宝式的"杂种"英雄（《鹿鼎记》），这展现了武侠小说民族观的扩大。但，无论是从比较民族优劣到思考民族间地位，还是将民族对抗讲成民族同化、统一的故事，其中一以贯之的，是以民族主义为思考单位的世界观。

相较而言，玄幻类型文，如跳舞的《恶魔法则》、猫腻的《将夜》等，在空间感上超越了武侠的设定。跳舞在《恶魔法则》中设定了一个立体化的多元文明世界，帝国文明与神殿文明分庭抗礼，此外还有超然独立的魔法文明、失落的大雪山文明、没落的骑士文明、落后的南洋文明，被定性为罪民文明的精灵、龙族、兽人、矮人文明,以及被抹去痕迹的魔族文明。这其中既有海洋文明,也有游牧文明;既有神文明,也有巫文明、魔法文明。他们各有自己的生活和文化方式。猫腻在《将夜》中对世界的设置也有异曲同工之处。昊天道门为最高文明,此外还有书院、佛宗、魔宗,以及荒人文明。在国、族、部落的交织中,人们以文明为最高认同,建立起对整个世界的认知。《扶摇》的五洲大陆也以不同的文化、文明作为五个国度的分界,并且以五洲大同的结局表达了多文明融合的理想。这些作品代表性地展现了一个多文明的世界,不同文明有不同的信仰、信念、思维方式与认知结构,他们彼此接触的过程中充满冲突与对话。民族的概念淡去,兴起的是文明的概念。民族的边界都不复存在,代之以文明的对话和冲突。

从武侠的"民族"到玄幻的"天下",通俗文学在空间观方面的变动,不仅取决于作家代际的更替,而且取决于整体意识形态的变动。21世纪世界政治格局的变动,使得既有的民族主义思维方式式微,亨廷顿所谓的"文明冲突"逐渐成为空间政治的重要问题。一方面,全球化使得贸易和文化交流愈加紧密和频繁,原有许多民族主义问题似乎不再成为问题;另一方面,文明的分歧和争议渗透了空间政治的方方面面,带来了新的矛盾和问题。文化归属、思想归属,代替民族、种族成为身份认同的主要内容。文明认同将作为更大的文化实体,不仅超越国与国这样的政治实体,主导世界关系与多级格局,而且下沉到每一个个人,在新的空间关系中重新认识自我。《将夜》中,书楼被称为"旧书楼",因为只有"思想才是新鲜的"。世界被认为是所有人意识的集合,人是怎样想的,世界便是怎样,反之亦然。"认同"作为文明的凝聚力,为世界区分出多文明的形态。文明的差异、冲突以及理解通道的找寻,成为当下空间政治的重要议题。想象文明差异,思考冲突和寻求融合,正成为诸多网络文学的基本叙事动力。网文的多文明"天下"这一设定正是在回应这个问题。各执一词是由于"立场不同,道理万千",是文明与文明的差异,造成了思想与文化认同上的诸多分歧。《恶魔法则》中,神有神的诉求,魔族有魔族的愿望,精灵族有它们的信仰,龙族有自己所以为的荣光,人类有人类的行事逻辑,他们(女神、魔王、精灵王等)由是缠斗。《将夜》中,昊天既是信徒所惧怕的冥王,也是佛宗所记载的明王。光明与黑暗,崇高与卑鄙,是与非,善与恶,正与邪都并不是非此即彼,而是建立在不同的世界体系中。《扶摇》中,五洲大陆的分崩离析、阴谋权斗,也在于价值序列的差异性。"凭什么"这一问题在网文文本内的反复出现,标识着普世性话语权的质询和抢夺。如此设置"文明的冲突",使得玄幻网文获得了相较于武侠更具有"对话性"的意义层次感。《恶魔法则》中,人类的各个族群,人与兽,或是龙族、精灵族、兽人族等,他们各有自己的生活和文化方式。作品并非贬此褒彼,人类也好,龙族也好,精灵族或者是皇家、贵族、魔法师、武士等,作品都没有将之平面化,而是写出了各自的复杂性。他们各有不同的信仰、信念、思维方式和生活习性,彼此接触过程中相互对照。作品甚至借助由蛇化身的美杜莎来审视、反思"人性"的矛盾和问题,借精灵族王落雪的口,来反思"人类的历史,不正是一部同类之间杀戮的过程吗?不管是这个世界也好,甚至就连杜维的前世那个世界,古今中外,都是如此"!正是这些复杂性和对话性,拓展了网络文学思想的深度。

  再如,玄幻修仙类网文的博物设置。玄幻修仙类网文的想象力是有目共睹的,但这想象力到底意味着什么,鲜有人分析。玄幻修仙需要凭空创造"非现实"的世界,该世界里的动植物、物理属性、生理规则皆是作者所界定的。成功的修仙文几乎称得上一个奇幻的博物百科全书。如《凡人修仙传》各种灵兽（墨蛟、脂阳鸟、血玉蜘蛛、啼魂兽、狻猊兽等），各种灵石、灵木；火的种类有乾蓝冰焰、黑水冰焰、风离冰焰、修罗圣火、紫罗极火、银色火焰、纯阳白骨火、北极元光、金磁重光、元磁神光等；变幻莫测的武功，火弹术、定神符、御风诀、控物术、天眼术、地刺术、流沙术、冰冻术、升空术、缠绕术、传音术、火花术、匿身术；还有各种不同功用的武器，如法宝玄天斩灵剑、破天锤、迷天钟、化天盾、元合五极山、镇魔锁、琉璃五妙铃……如此丰富严谨的"博物"世界，固然来自作者个人的创造力，但也可以看到中国传统幻想博物的方式在新时代的接续。动物、植物、自然属性、人的属性、神的样貌等等，博物的命名、分类和界定，潜藏着最深层的思想倾向。从笼统的博物方式，到引进西方的科学分类和命名，近代中国的博物方式有着巨大变动。但有学者分析了殖民语境下，对动植物重新分类是殖民文化推进的重要部分。中国的周氏兄弟则在殖民反抗的过程中通过"幻想性博物"传统的接续和创造实现"主体性"。周作人解释道："对于神异故事之原始的要求，长在我们的血脉里，所以《山海经》《十洲记》《博物志》之类千馀年前的著作，在现代人的心里仍有一种新鲜的引力：九头的鸟，一足的牛，实在是荒唐无稽的话，但又是怎样的愉快呵。[1]" 21 世纪，修仙小说中的"幻想博物"也可以在这个民族博物发展的线索中加以思考，其中潜藏重建民族主体性的思想性倾向。

玄幻修仙类网文如此，都市现实类网文亦呈现思想性诉求。如

---

[1] 周作人：《镜花缘》，《晨报副镌》1923 年 3 月 31 日。

骁骑校《匹夫的逆袭》不仅充分展现了主角刘汉东的行动伦理和个性特征,对于平民阶层的梅姐、朱小强、蓝浣溪,警界底层耿直的胡鹏,警界高层的宋剑锋、沈弘毅,以及政界高层的郑杰夫、刘飞、周文等人的心理都有精细的刻画,充分展现他们的行为逻辑,让不同阶层眼中的世界观产生对话性,由此呈现出一个立体化的世界观。作品对于"小商村"的思考,与格非在《山河入梦》中对"花家舍"的思考、李佩甫在《羊的门》中对"呼家堡"的思考相呼应,并且骁骑校将之放在整个多阶层世界的背景中,使得"小商村"具有了更为强烈的真实感。都市现实类网文最容易写成快意恩仇、翻手为云覆手为雨的快感文学,但《匹夫的逆袭》并没有满足于写一个夺权成功,成王成侯的故事,而是执意写一种"逆袭"的反抗精神。骁骑校写了刘汉东的屡次失败,写出了"铁屋子"一般的环境,他写黑吃黑,写权谋争斗,但并没有将之简化为惩恶扬善的二元对立,而是写出了权谋的荒谬性。

女频网文在情爱权谋结构中、在家国爱情叙事中,也表达了独特的思想诉求。女频网文一般以女主集万般宠爱为一身为基本的设定,但是这一设定也在发生着变化。即由刚开始的"傻白甜"式的、"白莲花"式的玛丽苏女主,转变为"大女主"。"大女主文",不回避女性主人公对权力的向往,人物结局多为爱情、权力的双丰收。许多"大女主文"都会刻意回避情感目的和权谋目的的矛盾性,像诸多男频网文那样,把作为情感对象的异性全部处理为缺少主体性的工具。但在女频网文中,我们可以看到作者如何在迎合读者期待的基础上,直面人性的矛盾,思考生活的复杂性,突出女性的主体意识和平权意识。比如天下归元最初创作的《燕倾天下》,较早地表现出了较之其他网文不同的特质:写出爱情和权谋之间的冲突。随后归元创作了《扶摇》和《凰权》。不同于一般意义上的"大女主文""女尊文",《凰权》并没有把男权叙事颠倒过来,变成一个"以女虐男"的套路,而是在权力叙事中表达了对权力结构的反思。相较于男性言说的历史系列,该创作赋予了历史以多重空间"对话"的新结构。这种叙事变化,并没有抹杀历史的厚重感,反而为历史做出了吐故纳新的解释。在女性视角下,她的小说不仅展露出一种民族融合,和谐共生的共同体思想,也呈现出独特的家国观和历史观等等。

再如许多人会认为,网络文学中普遍存在张扬"弱肉强食""丛林法则"等价值观的问题:"(这类作品)通常以底层人物通过修炼战斗而崛起以至成'神'的过程来构建故事,会自觉不自觉地强调强者为王的思想,称颂暴力、杀戮。"但网络文学会表达某种反思,这种反思往往以对话和超越的方式实现。闲听落花的《暖君》以前朝公主重生不复仇的设定,宣扬把和平、民生疾苦置于个人恩怨和忠君节烈之上;雨魔的《驭兽斋》中的主人公依天尽管有所谓开"金手指"之嫌,但不可否认的是,从主观创作意图来说,无论权势、财富或地位,都并非作者想要肯定或说标榜的。这从依天的多次选择中就可以得到证明。依天在其冒险旅程中,曾数度被奉为"长老""首领""神使",并接管"洗武堂"这一庞大产业。但他自始至终并不贪恋权势,反而能够时刻保持清醒与洞察,对世道人事、圣主明君都不抱有过分天真的期待,明白世事易变、人心难测,同时对权力滋生的腐败也始终心怀警惕。

类型文亦能"思想",并且许多"思想"是传统文学中无法呈现的。正因为类型文的架空世界设定,奇幻元素需求、情爱编织的设定,小人物逆袭的套路或是游戏娱乐的趋向等,才使网络类型文在时空设定、博物创造、性别结构，以及虚拟体验等方面，通过对于情感现实"及物性"地呈现和思考，表达传统文学形式未能表达的"思想"。

三、 类型化与思想性的关系：
关于网络文学评价标准

"网络文学就是网络文学"[1]，网络文学的评价要遵循网络文学创作和传播的规律。网络文学评价标准所参考的并不限于文学理论和创作评价经验，亦要参照跨学科的理论知识，并结合中国网络文学发展的现实，总结经验教训。当下，借助文化研究、文学社会学等相关理论方法，既要强调类型经典的价值，包括类型范本、类型创新和IP影响，亦要强调思想性特质，包括价值观传达、新思维的创造性和中国性特质等。

"类型化"目前越来越得到网络文学评论者的重视。网络文学的类型是由读者、作者、平台共力合成的，符合当下群众数字化阅读习惯和要求的文学样式。它是在传统印刷文体形式之外，出现的另一套文体形式系列。网络文学的评价体系中，"类型"是评价的重要内容。是否在类型文中占据开创类型范式的地位，是否创作出了中国典范性的类型文文本，是否在类型文中具有独特性，是评价网络文学的重要标准。尊重类型文中的典范作家和典范作品，是对网络文学创作和阅读模式的尊重，是对读者、作者、平台等数字化传播和互动规律的尊重。类型文蓬勃发展的十几年间，已经造就了具有

---

[1] 何平：《网络文学就是网络文学》，《文艺争鸣》2017年第6期。

开创性贡献的"大神"。诸如唐家三少、跳舞、我吃西红柿等之于玄幻类网络文学，烽火戏诸侯、萧潜之于仙侠类题材，管平潮、无罪之于仙剑类网络文学，骁骑校、卓牧闲、阿耐等之于都市类网络文学，蝴蝶蓝、失落叶之于网游文学，匪我思存、天下归元等女频古言，月关、蒋胜男、天使奥斯卡等历史类网络文学，顾漫、叶非夜等之于现言网络文学，雨魔的驯兽文，愤怒的香蕉的赘婿文，紫金陈等现实题材网络文学等等。网络文学评价要充分肯定类型文的价值。比如虽然在忘语的《凡人修仙传》中，主人公韩立是一个"功利人"，但其对于修仙文本世界创设的价值值得肯定。它以蓬勃多样的想象，为修仙文提供了想象的模式和范本。网络文学评价要注意到不同类型文之间具有不可规约的特征。古言和现言所诉诸的情感调用模式是不同的，网游文学的语言特征与一般玄幻类网络文学亦有不同。不能用都市类、现实类网络文学的要求去规约"穿越文""重生文"，也不能用历史类网络文学的要求去指责架空世界观的网络文学等等。尊重不同类型文的创作特点，给予不同类型的网络文学符合类型特征的肯定，是对网络文学发展规律的尊重。

重视类型经典当然要重视网络文学的"IP影响"。与传统印刷文学相比，网络文学有着不同的创作模式，也有着不同的传播模式。网络文学的影响并不局限于文本本身，而是呈现以"IP"（Intellectual Property）为中心的超文本、多媒体、多形式传播的影响模式。网络文学接受并不局限于阅读，而是通过互动、同人写作、改编等多种方式，实现受众从阅读、听、观看到再创作的全方位参与。网络文学评价不能仅限于文本评价，或是读者接受评价，而是要全面考虑网络文学的传播模式和接受模式，重视网络文学"IP"的综合影响力。所以我们一方面要注意实现文本和IP两方面"双赢"的《完美世界》《诛仙》《诡秘之主》《全职高手》等,也要注意到文本影响力并不顶尖,但衍生出IP爆款的作品,诸如《锦衣之下》《琉璃美人煞》《司藤》《仵作娇娘》等。

不过在商业标准之外,网络文学评论亦应关注网络文学的思想特质。网络文学庞大的读者群和作者群,使得网络文学具有和人民大众极为密切的关系。网络文学在传达人民大众情感,表达人民大众爱欲,呈现人民大众想象方面具有显著优势。不过网络文学在体现人民大众蓬勃的创造力的同时,思想价值也较为芜杂。在如何处理身体和理性、欲望和情感关系,如何处理利益和道德的关系,如何表达世界观,如何传达价值观方面,网络文学作品思考的深度有很大差别。在这种情况下,网络文学评论要发挥"导向"的功能。网络文学评论对于更好地将核心价值观融汇到作品的故事架构、人物塑造和主题意蕴中的网络文学予以肯定和支持。比如,《将夜》将儒家的"仁者爱人"观念化用为书院的师生人格中,通过与昊天等其他观念的冲突,突出"以人为本"的价值观;《燕云台》通过辽国太后萧燕燕之口表达了突破狭隘的民族观念的"民族融合"的观念;《暖君》通过"重生不复仇"的前朝公主的言行,凸显"和平"的重要性;《帝凰》塑造权谋能力相当、互助且博弈的男主女主,表达"平等"的观念。相反,对于执意迎合某种利益、纯粹满足欲望、扩大非理性恐惧的网络文学,对于不能辩证地思考灵与肉、个人与集体、私欲与公德,以及强权和公理之间关系的网络文学,网络文学评论应该予以揭示和批评。网络文学是一种新型的文学形式,但它并没有逃脱意识形态的规律性。网络文学显在或潜在的思想性和政治性,仍是网络文学评论者所需要关注的主要内容。不过,对网络文学的思想性和政治性,不能机械地加以判断。要注意网络文学的潜在结构，网络文学的隐喻性功能，正视网络文学所表达的大众意识形态的合理性和正当性，并加以引导。

除了价值观，网络文学思想层面的"中国性"亦应纳入评价的标准中。网络文学在中国的蔚然兴起，离不开中国近些年的发展变化。高速增长的经济，以及由此带来的社会生活的变动，是网络文学的诞生和发展的肥沃土壤。网络文学整体表达的是"中国故事"。即使许多网络文学以架空世界作为背景，但它们的时空结构，它们对于世界最基本的想象，它们对于人性的理解，它们对于性别关系的把握等等，都与当下的中国现实相关。好的网络文学，必然是在讲述"中国好故事"。《将夜》《恶魔法则》《扶摇皇后》中对于网络文学多文明空间的设定，在表达中国对于文明问题的思考；《燕云台》《汉阙》中对于汉末、宋末历史的思考，也渗透着"民族融合"的思想；《回到明朝当王爷》中有着关于中国现代化进程的反思。东方玄幻网络文学讲述着"中国神话"，都市现实类网文小人物的故事在诉说某种"中国梦"，诸多女频网络开始表达中国特色的"女权"思想，古言对于中国传统技艺、服饰、诗词、习俗的展现亦在表达一种"民族复兴"的诉求……网络文学评价应该重视网络文学中"中国性"的成分，重视网络文学所表达的开放、自信的"中国性"。这样的"中国好故事"，既表达了中国主体和中国特色，又不与世界性隔绝。这类网络文学才可以走出国门，走向海外。网络文学评价重视网络文学作为"软实力"的对外输出，而内在的标准即是网络文学要讲"好故事"。

在这二者之外，要特别重视网络文学思想、思维的"创新性"。网络文学的价值不仅在于其拥有庞大受众的功能性，而且在于它具有打破陈规，拥抱新事物的创新性。网络文学能够把热辣辣的当下生活及时编织到符号世界中,能够贴切地表现新的生活条件下人们的欲望和诉求,能够容纳"网生代""二次元""黑科技""亚文化"等新生事物。这种及时性、及物性和开放性,都决定了网络文学具有极大的创新性和创造力。所以,网络文学评价要具有敏感性,不仅是为"大神"的成功做出注释,而且要善于发现具有创造力的好作品。也就是说在月票榜单、IP影响榜单之外,网络文学评价亦要拥有自己的"眼光",要善于发现具有创新性和创造力的作品。比如要关注"新类型"的开创,要注意类型文中的"反套路""反类型"的变动,要肯定对于新兴文化和人群的表现等等。再如要对网络文学出现的新现实题材类网文予以支持,对"网生代"网络文学创作的虚拟现实性予以尊重,对网络文学中出现的新思维和新名词要持开放鼓励的态度。这些网络文学未必在一开始就获得巨大的点击量,也未必受到资本的青睐,但它提供了创新性的表达想象、塑造情感的可能,为网络文学的生生不息提供生长点。

处理好网络文学类型化和思想性之间的关系,顺应文学、文化产品评价规律,在尊重读者、市场接受的同时,考虑网络文学的功能性,从而让网络文学更好地参与到历史的发展进程中。网络文学评论既不能对网络文学"失语"(以不符合网络文学生长规律的方式要求、评判网络文学),亦不能仅仅为市场化"背书"。深入阅读文本,并引入文化批评、文化分析的研究方法,对网络文学作品的类型特质和思想贡献进行揭示和呈现,是理性介入网络文学发展的重要路径。

多重主体的表征：中国网文如何想象后人类意义上的"人-自然"

近年在网络文学作品中大量出现的"后人类"叙事，这是网络文学在承载"新经验"方面的重要标识之一。沿着后现代、后殖民和女性主义的思考路径，正视"非人"之于"人"的意义，反思"人类中心主义"，成为全球化背景下批判性理论的重要生长方向[1]。从拉图尔构建人-非人行动者网络[2]，到罗西等强调重建主体后人类[3]，后人类理论去人类中心化的诸多努力都与文学表征密切相关。拉图尔认为，"'科学的社会建构'的梦魇"被"添加到自然的文化表征上"，在科学理性的架构中，经由与科学理性相适应的社会文化中介，"自然"被抽象化为一个整体。想超越这种束缚，要从改变

---

[1] 赵柔柔：《斯芬克斯的觉醒：何谓"后人类主义"》，《读书》2015年第10期。
[2] 通过构建行动者网络，拉图尔将非人行动者和人放到同等重要的位置。他认为非人必须作为"行动者"，而且不能被简单地、无奈地作为象征投射物。Bruno Latour, *Reassembling the Social: A Introduction to Actor-Network Theory*, Oxford and New York: Oxford University Press, 2005, p. 10.
[3] ［意］罗西·布拉伊多蒂：《后人类》，河南大学出版社2016年版。

"表征"开始[1]。文学的想象力，用超越理性的文本述行实践，形构"后人类主体"具象，将"后人类"的反思经验化，是后人类思考的重要资源，也是将后人类理论嵌入现实的重要路径[2]。

当诸多研究注意到科幻文学或网络文学所塑造的机器人、机械人或虚拟人时[3]，这里关注的是诸多网络文学文本打破"自然-人"的二元结构，从身体、视域、行动关系和隐喻等方面"杂糅"人和自然的叙事方式。通过创造人和动物、植物、真菌、病毒等的复合性主体，重构多种视域和行动语义网络，以及将"人-自然"的隐喻与诸多去中心化的隐喻叠加等方式，这些作品尝试进行后人类意义上"人-自然"主体的再建和叙事的重组，可看作全球化背景下具有

---

[1] 在拉图尔看来，重建"表征"，将之从人类主体所定义的"第二品性"，转变到重新呈现亦再次表现"人-自然"共同世界的问题，集合人类和非人类的联系，是为解决二元对立问题（"人-非人""自然-政治"）提供不可或缺的选择的重要步骤。[法] 布鲁诺·拉图尔:《自然的政治》，麦永雄译，河南大学出版社2016年版，第72—86页。

[2] 拉图尔明确指出文学理论和文学作品对于自己建构行动者观念和行动者理论体系的重要性，"因为文学理论家通过分析小说，特别是当他们运用语义学和各种叙事学理论时，能够比社会学家更多地探寻形构的问题"，"并且只有通过不断地了解文学，行动者网络理论社会学家才能在定义是什么行动主体充斥着世界时不那么刻板、呆滞和僵化"。Bruno Latour, *Reassembling the Social: A Introduction to Actor-Network Theory*, Oxford and New York: Oxford University Press, pp. 54-55.

[3] 当下采用"后人类"视角对科幻文学和网络文学的研究集中呈现"赛博格"意义上的"后人类"。如鲍远福的《副本模式，游牧身体与生命政治新范式——中国网络科幻小说的"后人类叙事"》（《内蒙古社会科学》2022年第1期）；《网络科幻小说的"后人类"叙事与美学追求》（《中州学刊》2022年第3期）；姚利芬、刘阳扬等学者对王晋康、韩松等科幻文学的研究也主要关注科技高度发达后产生的"后人类"；《中国科幻新浪潮》中宋明炜指出陈楸帆的《巴鳞》对"巴鳞"感知的描摹具有进入"非人"形构的意义（宋明炜:《中国科幻新浪潮：历史·诗学·文本》，上海文艺出版社2020年版）。

先锋性和反思性的文学表达。特别是，当这些"后人类"叙事拥有各平台顶尖的阅读数据和读者口碑时，它们似乎预示着另一种"想象的共同体"的可能。

一、"复合体"：如何表征后人类的身体

人类中心的框架下，对"人"的界定以"自然"（动物、植物、病毒等）为"他者"。因此，重建霍米巴巴意义上"杂糅"[1]的"主体"，消解人和自然对立的二元结构，是拆解本质化的"人"之概念的重要路径。"后人类"理论的突破口亦是主体性问题，"后人类标志着有关主体性的一些基本假定发生了意义重大的转变。"[2] 罗西认为，这种转变是指去除占有性的、本质化的人类主体，建立"完全沉没于并天生存在于一个非人类（动物、植物和病毒）的网络关系中"[3]的"后人类主体"。然而，如何能"现实地"生成"人-自然"复合的"主体"，并围绕这一主体建立身体、意识、行动网及其意义呢？拉图尔认为科学理性区隔了人与自然，并呼吁用"表征"重建集体。他给出的启示是，"后人类"的起点是另一种"想象的共同体"。文学象征领域对于"人-自然"复合体的创造以及围绕复合体所建立的世界，对于反思"人是什么"中潜在的问题至关重要。

对于"人"的审视，率先从"身体"开始。哈拉维在《赛博格

---

[1] 霍米巴巴提出"杂糅"这个概念，是对既非"自我"也非"他者"之物的再表述，它实现了对先验概念和边界的抗辩。Homi K. Bhabha, *The Location of Culture*, London and New York: Routledge, 1994, p. 28.

[2] [意] 罗西·布拉伊多蒂：《后人类》，宋根成译，河南大学出版社2016年版，第4页。

[3] 同上，第285页。

宣言》中标注了人与动物的边界、动物-人类（有机体）与机器的边界，以及第二个区分中的一个子集，身体与非身体之间的界线[1]。身体形态是"人"最为直观的表征，身体的反思和再造也是"后人类"反思"人-自然"关系的第一步。赵柔柔曾分析《俄狄浦斯》中斯芬克斯形象的隐喻性，"狮身人面并生有双翼的斯芬克斯显然拼合着人与非人的两种形态，而可以说，'人'的身体性构成了它最大的焦虑：它不断地用人之身体性的谜语来报复性地惩罚不自知的人，最终在一个确认了身体性的人面前'羞愤自杀'。"[2]在网络文学的后人类叙事中，人的身体性受到了质疑和挑战，"斯芬克斯"涌现。扶华在2020年创作了一部短篇合集《奇怪的先生们》[3]，其中《极地凶兽》一篇，穆里取下头骨帽子后，所出现的正是白熊面貌，毛茸茸的脑袋与白色的圆耳朵所构筑的熊首，是类似斯芬克斯的"兽首人身"，真正地将动物的头颅放在人身之上。多木木多的《失落大陆》（2011）中，尼克森人有四肢与直立行走的习惯，因此是类人的，但同时也拥有长尾、鳞片和竖瞳。扶华的《末世第十年》[4]中，陪伴女主姜苓的是黑鳞、白磷两个少年，类人形，会人语，但是留着四爪、鳞片与尾巴，类似于食肉动物与食草动物。蛛于的《在远古养大蛇》（2022）中，女主宋许穿越为南方猛兽部落的松鼠兽人。

---

[1] [美]唐娜·哈拉维：《类人猿、赛博格和女人——自然的重塑》，陈静译，河南大学出版社2016年版，第319—324页。

[2] 赵柔柔：《斯芬克斯的觉醒：何谓"后人类主义"》，《读书》2015年第10期。

[3] 扶华：《奇怪的先生们》，晋江文学城，https://www.jjwxc.net/onebook.php?novelid=4737660。下文出自同一作品内容引文不再标注。

[4] 扶华：《末世第十年》，晋江文学城，https://www.jjwxc.net/onebook.php?novelid=3145671。下文出自同一作品内容引文不再标注。

非刀的《喵主子》[1]中，女主陆秋穿越至一个人类消失的巨兽世界，而这世界的最终进化方向是"兽人"世界，"怪物确实可以变成人，并且可以在二者之间自由变化"。"人"只是动物一种，其基因片段残存于动物之中，成为进化的方向之一，进化后的"兽人"仍可以在兽形与人形中随意切换。"兽人"是近年来网络文学中出现的一个重要主题，相同的文本架构方式是："人"进入动物的世界，或以"人形"，或以"兽形"，或以混合态，见证"一个新的兽人世界"的出现。在"兽"与"人"的混形之下，有关二者身体的差异被显现出来，并最终走向"差异"的融合，重新勾勒身体的轮廓。

不只是人与动物身体的复合，人与植物、病毒的混形也在近年来的网络文学文本中集中出现。鹳耳最新推出的作品《恐树症》[2]正是关于"树人"的故事，不知从何而来的"树"作为"异植"侵入普通人的生活，被"树""授粉"后幸存下来的人能够成为拥有特异功能的"共生体"。人与树共存的世界里，人类器官与植物相融合，难分彼此。晋藏呼吸时，"连接着异植的根须也在缓缓起伏""灰绿色的液体再次从根须中流出，渗进他的眼角"；"树种"少年存在"开花期"；从"右眼到脖颈侧面""大量皮肤连续性呈现植物纤维一样的质感"，这些化为植物性状的身体部位被叫作"植化面"。扶华的《奇怪的先生们》中《沼泽怪物》一篇，"沼泽怪物"的肩上、头上长着白菇，树枝从他的脊椎后方伸出，开花；吞下果核和种子，

---

[1] 非刀：《喵主子》，晋江文学城，https：//www.jjwxc.net/onebook.php?novelid=4191727. 下文出自同一作品内容引文不再标注。
[2] 鹳耳：《恐树症》，豆瓣阅读，https：//read.douban.com/column/60695955/?dcs=search. 下文出自同一作品内容引文不再标注。

身体就会发芽，随后长苗。云住的《霓裳夜奔》[1]中，门氏病毒给幸存者留下的后遗症是他们的外表将永远如同粘贴着一团团风干的黑色淤泥，幸存者由此困惑自己这具朽木般的形体是否还算是"人"；主人公霓裳的皮肤布满深色纹路，小腿像萝卜根一样。柯遥42的《为什么它永无止境》（2021）中，感染了"螯合菌"的人，身体表征与行动如"龙虾"，皮肤是鲜红色，以双臂为钳进行攻击，发病后即使治愈也难以回归"正常"的人类生活，如同接受了无形的身体审判。这些文本侧重刻画有着新身体的"新人种"在自我认知与社会接受层面的遭遇。

围绕着结构性的"退化"与"进化"表征，"动植物化"与"赛博格"成为"非人"形态的两个分支。"赛博格"被认为是"人"的进化，而"动植物化"则会被认为是人的"退化"。由此，"动植物化"的复合体会被认为是低等生命，对它们的屠杀可以不受伦理约束。后人类伦理关系的困境也最先由"身体如何在场"这一问题出发。一十四洲的《小蘑菇》[2]中，蘑菇安折获得人类肉身后，作为"异种"进行自我检视的过程，具有人的身体和非人身体对照反观的结构性意味。检视以脚踝开始，关注其限制性、有失灵活性的骨骼构造，而后又关注了"指甲"。人类的"指甲"是一个经典意象，它常意味着"某些在人身上显得无用的身体构造细节在一个描绘整个

---

[1] 云住：《霓裳夜奔》，豆瓣阅读，https://read.douban.com/column/60047468/?dcs=search。下文出自同一作品内容引文不再标注。
[2] 一十四洲：《小蘑菇》，晋江文学城，https://www.jjwxc.net/onebook.php?novelid=4105840。下文出自同一作品内容引文不再标注。

世界构造的图景中得到了解释"[1]。从功能性层面进行审视，薄而脆的指甲标志着人类身体的退化，但这又成为人生为"高等"动物的标识，如果指甲粗壮反而会被认为是"返祖""退化"。身体性状的变异是人类眼中最直观的"异端"。《小蘑菇》中受到"感染"的人被称之为"异种"。《恐树症》里与树融合的人被称为"树种"或"共生体"，"共生体"受到"人"的概念和语义的压抑，所以"共生体"无法产生身份认同感，一位"共生体"不无痛苦地表达，"我不喜欢自称'共生体'，像什么产品或者机械一样……人类用这个词羞辱你，你就一定要接受吗？"《霓裳夜奔》中的霓裳自认"第二种人类"，她把自己封闭在"龙蛋"里，不敢面对"第一种人类"的目光，她自问："没有人形的人，还算是人吗。如果她不是人，叫她做个别的动物也好。而不是非凑在人堆里。"这种身体景观的规制投射单一主体的目光，展示着中心对边缘的排斥，并生产出了具有"罪孽"隐喻的"心理病症"。"我是报应"，霓裳自小就如此被界定，并内化为自我定位，所以她的生死是无关紧要的。扶华的《末世第十年》中，姜羊等"异形"虽然是由人类母体孕育而来，但大多一出生就被屠杀，或是被看作家畜。

　　阿甘本曾在其著作《敞开：人与动物》的开篇以"兽形"为引，谈及13世纪的希伯来圣经插画中，终结之时人类的头上是"兽首"。"在最后一日，动物和人的关系会具有一种新的形式，人自己也会与其动物本性协调一致。"[2]"兽首"之寓言正是《小蘑菇》的结局，

---

[1] ［法］吉尔伯特·西蒙东：《动物与人二讲》，宋德超译，广西人民出版社2021年版，第13页。
[2] ［意］吉奥乔·阿甘本：《敞开：人与动物》，蓝江译，南京大学出版社2019年版，第4页。

人类的"磁极"保护不断失效，对于人与动物界限的坚守一再溃败，人与动物之间截然二分的律令被彻底打破，人类无法坚守身体形态和内部超越性的"纯洁"，最终成为诸多"物种"的一种，两方混融之下，人与动物的对抗性结构崩塌，最终"融合派"取得了胜利。"一位机缘巧合与鸟类融合的科学家以鸟类的形态诞下了一枚蛋，孵出的幼鸟却在一岁大的时候突然变成了人类的形态。"拆解"人"之概念的语义结构，通向对于"复合体"身体的认同和表征，也是网文中后人类表述的重要特点。《恐树症》中"共生体"六誓的痛苦，在"人-植物"共生体的冲突中得到救赎。六誓认识到自身的"结构"本身就构成价值，并具有存在和行动的力量。作品叙述："他的身体和他的力量，无论它们是诞生在怎样的情况下，又和他最痛苦的记忆有多么紧密的联系——它们都是一种纯粹的结构物，是去除了冗余之后一个生机勃勃的陈述句。"这段叙述表达了生命不是被规定的概念，也并非一个意义符号学体系，它是存在和行动本身，六誓以行动定义了他自身。

"身体"开启了非人与人之间最初的伦理认知，身体的融合和沟通使非人和人的"交互"，或者说"杂糅"成为可能。当扶华等人的作品经由网文圈"求非人设定"的"求文"浪潮翻涌而出，与新近生产的网络文学故事一起组成了"后人类"阅读风尚，这些"自然化后人类"文本重新定义了"身体"。以超越单一人类主体的多主体融合为方向，以复合共生的身体来容纳多种习性、思维方式与价值认知，正是构建多元宇宙的第一步。

二、多重视域：想象"非人"的感知

对"人类主体性"与自由意志的强调滋养了"人类学差异"，这些"人类学差异"的概念构成人的目光。人文主义的话语之下,观察者往往是人,人的目光覆盖了一切,成为拉图尔意义上的"独景窥视"[1]。人观照自然的方式是拉康意义上的凝视。人是主体,自然是欲望化的客体,或者是区别于人的他者。人对自然等非人的凝视,压抑或者说阉割了非人的焦虑,以完成主体的成长和塑造。权力关系在单向度凝视的过程中产生,自然的性质以及存在方式在凝视的目光下被按照人的意识定义、分配,从而无法摆脱"差异性"。而在近年的网文作品中,与塑造"人-自然"复合体相伴随的是"反凝视",即以非人为主体对人进行反观察,呈现非人的目光和感知。

  作品对于非人生物进行主体化处理,赋予他们具身性、情感性等基本品质,淡化了"人类学机制"所凝结的异质性,并使他们具有反观察的能力。例如,丁墨的《半星》(2020)中,主人公陆唯真作为地球人与璃黄星人的结合体,又被称为"半星",她选择以璃黄星人的身份自居,由此审视人的种种;云住的《霓裳夜奔》中,主人公是"探照灯种子"霓裳,因样貌怪异而在人群中格格不入,自视为"第二种人类",始终在好奇"第一种人类"的"主流"品质,这篇作品也以敏感细腻的差异性感受为特色;一十四洲的《小蘑菇》中,蘑菇安折以旁观者的身份于人类基地中窥伺,保持着静默与思考;折冬声的《揭盅》(2020—2021)中,仿生人视角的世界始终是故事的重心。戴维·赫尔曼为非人叙事定义了"生物叙事学"

---

[1] 拉图尔在福柯的"全景敞视"(panopticon)之上构造了"独景窥视"(oligopticon),意在指明主体的一种自我中心性。在经验层面,主体往往以自我为视点构建世界,比之"全景"的"大世界","独景"顽固地构建了一个异常狭窄的视域下的整体。Bruno Latour, *Reassembling the Social: A Introduction to Actor-Network Theory*, p. 181.

（bionarratology）的概念，"内聚焦"视角下，非人主体的观察功能增强，"'以动物之眼'看待世界。"[1]扶华在《奇怪的先生们》中呈现感官的多重性，"他们并不用眼睛去看景物，不用耳朵去听声音，不用鼻子去嗅气味，也不用嘴巴去尝味道，所有的功能都可以由足肢代替。"对于章鱼等非人生物体来说，触觉、听觉、嗅觉、味觉、视觉均有另一种体会方式，甚至比人类的感知方式更为敏锐。《恐树症》中共生体卫天遐听"源"的声音"不是通过人类的耳道，而是通过共生体的精神去倾听它们。它们在落叶、树根、泥土之间持续共振……"雪凤凰的《走出动物世界》（2021—2022）中，女主林皎穿越成了一只北极熊，"在人类感官中会让人恶心的血腥味，在北极熊的感官中却是带着一种别有的芬芳，属于北极熊的味蕾系统更是让林皎享受地眯起了眼睛"。此外，林皎也多次发现人类对于北极熊习性的"误读"。通过呈现"非人"的生活习性与思维习惯来生成一种陌生感，这种"陌生化"既是打造市场吸引力的手段，也暗含了突破人类主体单一视域的期待。

"'成为-可感知者'是一种以人类主体性为根基的本体论和认识论立场，而'生成-难以感知者'则指的是非人类他者的多样视角。"[2]不可知论横亘在人与非人之间，在海德格尔所强调的"断裂"与"深渊"面前，二者不可通约。正如尼采所言，"要想知道旁人的

---

[1] 宋杰：《建构生物叙事学研究范式——评戴维·赫尔曼的〈超人类叙事学：故事讲述与动物生命〉》，《外国文学动态研究》2021年第5期。
[2] [美]马修·卡拉柯：《动物志：从海德格尔到德里达的动物问题》，庞红蕊译，长江文艺出版社2022年版，第41—42页。

思想和视角里可能存在的东西,只有一种无望的好奇心罢了。"[1] 人类经验似乎无法真正通达非人的内部体验,德里达在猫的注视下遮蔽裸身,在羞于直面"猫"的那一刻,他所意识到的是"所谓的动物的注视给我的视域提供了人类深渊般的界限:非人或无人",人类"从来没有看到被动物看见的所见",人类的视线从未"与正视他们的动物的视线相交叉"[2]。但接下来德里达援引了本雅明的观点,认为动物和自然的"被看"缘于最初的命名,来自在语言之外的"沉默"。由此,为动物、自然赋予话语,让动物、自然的注视得以语言化,也许是让"人-自然"界限进行非线性、非客观化转化的"通道"[3]。网络文学诸多文本让非人视角成为叙事视角,试图通过模拟非人类他者的多样化视角通达世界的本质,试图寻找在"命名人-非人"之前世界的样貌。"人类幼崽"一词近年来在互联网文化语境中频现,网络文学作品更是以完整的故事表达开掘了这一"人之初"的自然化意涵:涮脑花儿的《被怪兽饲养》(2020)中,女主慕乐穿越后被大角羊店长标注为珍稀的"人类幼崽";非刀的《喵主子》中女主陆秋被动物贩子皮里克定义为"一只稀有的极品变异五毛猴",被巨猫威尔斯收购后当成宠物来养,陆秋常常通过换位思考,以人对待宠物的看法,来推测自己在巨猫眼中的样子。

这些网络文学作品通过为他者赋予感知能力,抗辩人作为绝对主体、将自然视为"对象"或工具的观念,从多重外部视角重塑世

---

[1] [德]尼采:《快乐的科学》,黄明嘉译,华东师范大学出版社2007年版,第383页。
[2] [法]德里达:《我所是的动物(更多随后)》,《解构与思想的未来》,夏可君等译,吉林人民出版社2006年版,第124—125页。
[3] 同上,第124—143页。

界，不仅实现了对人类凝视的解构，也超越了"独景窥视"的结构。在这一角度上，撸猫客的《求生在动物世界［快穿］》（2021—2022）构造文本的方式最具代表性。作品刻画了主人公安澜变成各式各样的动物后的生活，凝望自然生命形式的多元存在，非洲狮子、东北虎、虎鲸、猛禽金雕、北美灰狼、紫蓝金刚鹦鹉。当安澜变成动物时，动物的目光是第一视角，人类的思维方式只作为忽闪的灵光出现。从幼崽到寿终正寝，为了领地、食物、家庭，甚至是求生，安澜游荡、捕猎于草原、森林、海洋、天空，分别成长为母狮首领图玛尼、虎王娜斯佳、小银鱼热爱的祖母鲸……美丽又磅礴的荒野气息涌动，不同的世界一一敞开，作品因此也被读者称为"文字版的《动物世界》"。作品以动物世界对人类世界进行反观，观察野外纪录片团队、偷猎者、马戏团、人类饲养者，探讨自然与其之间的关系。"一旦人类的中心地位受到挑战，大量介于'人'和他的他者们之间的壁垒就会坍塌下来，以一个瀑布效应的方式打开意想不到的视角。"[1]多元主体的关照来自多种多样的"非人"，"动物"的整体性被打破，不同的凝视目光朝"人"投射而去，"人"的多面性和多样性也由此展开，人与"非人"的关系变得暧昧而复杂。

三、非人行动主体：重构"人-自然"的叙事语义结构

除了重建身体、赋予感知，形构后人类主体的网络文学为"人-动物"非人复合体赋予了行动的能力。在拉图尔建立的行动网

---

[1] ［意］罗西·布拉伊多蒂：《后人类》，宋根成译，河南大学出版社2016年版，第95页。

络中,他将"非人"同样看作行动者,由此构筑了一种新的行动关系,行动不再局限于人与人之间,也可以发生在人与自然之间,自然也可以是行动者。这种语义关系的构建打破了人类中心所凝固的封闭性,建造了一种意涵更为丰富的语义系统,在这个系统里,人与世界重新相遇。在拉图尔的这一行动网视野之下,网络文学中有关"人-自然"新语义的构建不容忽视,具有达成终极语义的行动功能。

从"人-自然"对立的隐喻出发,鹳耳的《恐树症》引入"共生体"构建了三元语义结构。"我们被'树'包围已经快两个月了。"《恐树症》的开篇就介绍了"树灾"(异植聚合体)。在这些"树""开花"的过程中,随风飘散的"花粉"进入人体循环后让人体产生不可逆转的"树化"。但如果避开这些危害,将花瓣加以处理,则能够制成治疗器官衰竭、延年益寿的珍奇药物。显然,《恐树症》在指涉"人-自然"关系的现实问题,一方面人类通过对象化自然,将其变作"生存资源";另一方面,自然仍以异质性表达着对于人类具体生存和意义层面的威胁及破坏性。鹳耳没有对"树灾"做科学化的分析,拉图尔也曾指出,"一旦我们把恐龙加诸其古生物学家,把粒子加诸其加速器,把生态系统加诸其检测仪,把能源系统加诸其以计算为基础的标准和假设,把臭氧空洞加诸其气象学家和化学家,我们就已完全结束了谈论自然。"[1] 在"自然的科学规训网络"中,自然呈抽象的"单数"状态,其多元性、多向度性难免被遮蔽。《恐树症》回避了对人与植物关系的科学化解释,使这一冲突被重新表征。"没有人知道异植聚合体是什么时候出现在这世界上的……追究

---

[1] [法]布鲁诺·拉图尔:《自然的政治》,麦永雄译,河南大学出版社2016年版,第71页。

这个问题没有意义。它是一种'如此'。它单纯地'是'。"鹳耳在本体象征的层面表述了人与自然对立的问题,并且他并没有如麦尔维尔那样用"白鲸"的隐喻把自然塑造成凶猛、神秘的化身。《恐树症》不仅将"树灾"表现为共和国最主要的敌人之一,每一个人都面临被"授粉"的威胁,而且"树海"在表达着它们自身,"它近在眼前,正在对卫天遐亲口说出语言诞生之前的语言。"作品并没有将"树灾"视为需要攻克的"灾难",而是通过人与自然的"杂糅"——"共生体",试图寻求"沟通"和"对话"的可能。能够感受到"树海"语言的卫天遐就是二者的中介。这些共生体一面具有人类的意识,人性健全,由此显出"无危害性",另一面"内心生长出回归异植、远离人类的欲望"。在身份认同的张力中,"共生体"也逐渐生成,通过卫天遐的"成长叙事",他的情感、事业,其自我认知与身为"复合体"的存在方式之间的冲突或关联,《恐树症》模糊了人和自然之间的界限。当卫天遐与代表生命的"源"沟通后,他在共生结构和交互联结的意义上,重新认识了人、自然和共生体之间的关系。作品写道:"几乎自从记事以来,卫天遐就为自己是人类还是共生体而困扰……如今他不是纯粹的人类或共生体,也不是异植,而是能够连接三者的存在。"改变二元对立,走向多元存在,或者说拉图尔意义上的多元宇宙(cosmos)是《恐树症》的意义指向。

一十四洲的《小蘑菇》也将"人-自然"的二元结构转化为融合共生的三元结构,以隐喻的方法表现了更具行动元特征的"自然"。《小蘑菇》首先设置了具有破坏力的、疯狂的"异种"动物,以人与动物相抗衡的"末世"表达着人与自然对立的结构,而后又引入"真菌"这一物种打破了这一结构,在叙事进程中塑造了三元结构的景观。《小蘑菇》极富创造力的一点是，它更换了拯救世界的主人公，将"救世者"角色从"人"手中取走，赋予一株蘑菇。在阿那克萨戈拉的序列中，人、动物、植物，在智性与理性的强度、精细度与力量上逐级下降[1]，属于微生物类的蘑菇更是处于物种序列末端，而它却恰恰成为拯救世界的福音。在"末世"设定下，动物的生命力被放大，植物略显静态的生命循环中被增添了一种能动性，潜伏在丛林之中，可以与动物缠斗，也可以与人类交换信息。"蘑菇"既不属于动物，也不属于植物，而是独属于真菌界。值得注意的是，文本在人和异能动物的对立冲突中，引入了真菌繁殖体作为破局的第三方力量。如果说人和异能动物的战争仍在表述人与自然对立、对抗的隐喻，那么将蘑菇（"人-真菌"复合体）作为缓和的中间带，并用超性别爱恋联结人和蘑菇安折，让蘑菇成为改造、改变人的通道，就是在改变人与自然在人类中心主义语义关系下的对立性，超越"非此即彼"或是"人定胜天"的结构，以对"复合体"的接受与学习指向了"共同体"乌托邦。

诸多网络文学文本将界限的突破与物种的融合作为叙事语义的重要维度，正如哈拉维的"赛博格神话"中所言，它们在表达"边界的逾越、有力的融合和危险的可能性"[2]。《小蘑菇》中的各类生命形态在相互"感染"中共存。"感染"作为一种无知无觉中便愈演愈烈的趋势，如同病毒的流行与进化，成为文本之中挥之不去的阴影。这不仅仅是疫情时代下的文化记忆，还是一种关于"界限"的

---

[1] [法] 吉尔伯特·西蒙东：《动物与人二讲》，宋德超译，广西人民出版社2021年版，第9页。

[2] [美] 唐娜·哈拉维：《类人猿、赛博格和女人——自然的重塑》，陈静等译，河南大学出版社2012年版，第325页。

隐喻。从最初的人与动物之间的"感染",拓展至后期无机物与有机物的融合,最终整个生态系统都面临物质同化的风险,作品以一种临近极值的想象方式表达了对于"界限"的思考。在解构主义式思潮之下,"纯粹性"消亡,"界限"纷纷冰消瓦解,物种之间的同化成为趋势。扶华在《奇怪的先生们》中《机械杀器》一篇设置了一种宇宙生物的辐射感染,人类有被感染化为"吸血虫"的危险,而血吸虫病毒被认为是通过空气、水流和光传播,为阻碍具有流动性的介质传播,只能通过建造封闭的黑暗室与之对抗。《小蘑菇》里的磁极保护罩,《奇怪的先生们》里巨大的玻璃罩子,《霓裳夜奔》中的环海大坝,《揭盅》里的电子屏幕,都象征着焦虑的时代中偏执的守界者,但正像亚里士多德将大树看作陆地的牡蛎,在物种的边缘,交界并不分明,在边界的"厘清"与"含混"中,人类的限度得以重新论证,"人"与"非人"的界限被取消。

除了语义元素的矩形结构,叙事表层的色彩、形式和语素等修辞手法作为表意过程的"外显结构"[1]也十分重要。通过摘录《小蘑菇》中有关蘑菇安折的修辞表达语句,安折这一人物身上的暗示性得以明晰。"夕阳余晖透过车窗洒了进来,金色的光泽在他睫毛的末端泛起。安折的睡颜很安静,只有一起一伏的轻轻呼吸是唯一的动态。他看起来毫无攻击性,对外面的一切也没有任何警惕与戒备,像个还没长大的孩子。"文本常常使用奶白、淡绿、金色等清新明亮的颜色来涂抹安折所处的画面。流动的菌丝、沉睡的姿态、无侵略的生长性、对于世界的"敞开"成为蘑菇安折在人类眼眶中的倒影。

---

[1] [法] A. J. 格雷马斯:《论意义——符号学论文集》(上册),吴泓缈、冯学俊译,百花文艺出版社2004年版,第140页。

"安折没说话，范斯偏过头去看他。暮色里，这男孩的轮廓显得安静又平和，像颗晶莹剔透的水珠。""我从未见过那样温和平静的孩子。""一声门响，轻轻的脚步声停在不远处。山巅、曦光、薄雾、微风里，一道清澈透亮的软绵绵嗓音。"安静、平和、轻盈、柔软、晶莹等形容词通过义素的相似性完成了语义色彩的重叠。其所勾连的水珠、曦光、薄雾、微风等意象，营造了春与光的美学风致，一系列喻体都凸显着自然性，释清周围的犹疑、恐惧、血腥，指涉了有关自然的语义场。小蘑菇始终展示出一种"纯白"的被动态，却以此实现了"治愈"人类末世的功能，扮演了"拯救者"角色。拯救一个确定的个体——"审判者"陆泖，同时在更为宏观的层面拯救人类末世。"审判者"是"人-动物"这一二元结构的守护者，在"兽性"与"人性"之间做着艰难的区分，在永远无法分明的界限中执行非此即彼的枪决。小蘑菇虽然是"异种"，但因自身的平和性而被疏漏，成为一个结构之外的存在。"他是审判我的人。"蘑菇安折与"审判者"陆泖带有救赎性质的情感构造方式，正是解开结构之困的密匙：向自然敞开，有关"人性/兽性"界限的犹疑才能被释怀。末世之下，人与动物不死不休地彼此抗衡，蕴含着"给予"和"奉献"之意味的小蘑菇贡献出了自己，以"绝对稳定频率"感染世界，缔造了新的稳定态。"他从不可知之处来到人间，像是为了受难，但人间的苦难不会损伤他的任何本质。"当人与动物之间的对立达到顶峰，真菌繁殖体作为另一种生命形式给予了救赎，由此指向了深层结构的变动。《小蘑菇》看似是在"人-动物"的二元对立结构之中引入作为第三元的小蘑菇，使其承担突围作用，实际上是以真菌繁殖体的入局与救赎，在"人-自然"的结构之中回应了自然如何行动的问题。

纷扰后的宁静、冲突后的平和、矛盾后的合一，以语义迁移实现结构的再造，这是网络文学"后人类"叙事共同的特征。多木木多的《失落大陆》中，女主杨帆穿越至人类尚未进化成功之时的原始世界，只能作为一种新的动物，与其他动物一起进行群居生活，打猎、屯粮过冬。落在失语的原始世界，杨帆最初是焦躁不安的，曾尝试通过壁画留下文明的痕迹，寄托意义，但最终她还是拥有了"心灵上的平静"。即使人类的文明在此处熄灭，但杨帆发现她依旧能与尼克等动物进行主体之间的共情与沟通，她所发出的互动信号并非不能拥有回声。于是杨帆意识到她此前的全部痛苦都在于想在动物身上找到"人"的感情，以"人"的标准要求动物。从此，杨帆开始重新认知自己与尼克等动物同等的主体身份。文本始终未曾让动物尼克所代表的"自然"进行"非自然"式的回应，却依旧促使了人类进行物种反思，构造了人与动物混居的新世界。末世故事中，往往由"自然"来充当静默不言的救赎者，扶华的《末世第十年》表达了同样的概念。作品中，人类所剩无几，主人公姜苓诞下了纯素食动物"姜羊"，叫声如羊，有着"天真烂漫的又善良的性子"。作品的主体具有田园牧歌性质，以四季变迁为时序，讲述了蓝天绿野之间，姜苓在黑鳞、白磷两个混形生物的陪伴下种植花生、玉米，摘皂角、采地莓、煮枇杷的故事，对自然进行审美观照，人为自然界立法的形象崩塌，反而成为"末世"下的被救赎者。云住在《霓裳夜奔》中为"末世"提供了一种更具关怀性质的理解，地球母亲以地壳震动的形式"唤醒"她沉浸在人类沙文主义中即将走向灭亡的"孩子"。《小蘑菇》《霓裳夜奔》和《末世第十年》等作品均以"幻想童话"标注自身，在故事性中表征了"复合体"的"弥赛亚"功能。

四、多重性主体：去中心化的隐喻叠加

后人类的表达中，对"人-自然"的表征伴随着各种超越权力中心主义的努力。"后人类"并非是"反人类"，而是通过对"自然"的重新表征，突破既有的关于"人"的概念，以去除人类学概念下"权力中心"的作用。正如凯瑟琳所言，"后人类并不意味着人类的终结。相反，它预示某种特定的人类概念要终结，充其量，这种概念只适用于一小部分人类，即，有财富、权力和闲暇将他们自身概念化成通过个人力量和选择实践自我意志的自主生物的那一小部分人"[1]。通过对后人类意义上的"人-自然"的重新表征，打破人类中心，去除二元结构所赋予自然的他者性，后人类理论和叙事并非要陈列浅薄的、生态学意义上的"保护自然"的标语，而是要建立去中心化的多元宇宙结构。这种结构不仅指向自然，而且指向种种有关自然的表征中所蕴含的权力结构，比如残疾、疾病、性别、阶级、种族、第三世界等，被重新表征的"人-自然"也叠加着被特定的人类概念所压抑着的"边缘性"的隐喻。

残疾和疾病，是"复合体"的第一重隐喻。"我是报应！"《霓裳夜奔》中，霓裳因为身体的异状，被认为是"残疾"，其先天不足的身体被传单说成是"地球给人类的报应"，在生命树电视台的环保节目中，主持人也一本正经地说，"瘟疫，疾病，畸形婴儿，都是'我们毁灭自然的代价'"。"瘟疫、疾病、畸形婴儿"成为"罪恶"的表征。人类中心的强力意志，并不仅体现在阻隔和征服自然的象征——拦海大坝上，也体现在作为边缘而生活在拦海大坝周围的人，

---

[1] [美]凯瑟琳·海勒：《我们何以成为后人类：文学、信息科学和控制论中的虚拟身体》，刘宇清译，北京大学出版社2017年版，第388页。

"一个毫无希望的港口,一群被人类社会驱逐的人"。"月亮谷上空腾起一股一股呛人的黑烟,那是填埋场里塑胶、电缆一类的垃圾正在燃烧",与此同时,城堡里有身份的"人"在"捍卫人类文明理想的荣光","向诸神,向天地,向宇宙告示,人类虽然渺小,但永不屈服"。霓裳浴血结痂的身体在人类中心主义的话语中被斥为"罪恶"和"代价",但这样的身体正是火山喷发形态的模拟,是亲近自然的形态。火山在一次次的喷发中获得新生,霓裳的身体也具有自然意义的生长性。《霓裳夜奔》呈现了"第一种人类"和"第二种人类"、人与非人、"正常"和"残疾"的隐喻叠加,并通过去人类中心的叙事,拆解这种叠加隐喻中的权力话语。文本所解放的不仅是"自然",更是人类荣光话语背后压抑着的所谓"代价"。

"世界观和科学的构成……完成了对自然和妇女的支配"[1],卡洛琳分析了"自然"如何被赋予女性气质,在科学革命的过程中征服自然和压抑女性具有同构性。网文的后人类表述中,复合体同时也表达着性别的隐喻。一十四洲的《小蘑菇》中,"人-自然"的对立结构中包含着性别对立的结构。当人类为了基因繁衍发起"玫瑰花计划",陆夫人意识到,如果人类所有科技和文明的作用无非是物种的延续,那么所谓的"科技和文明"就与"子宫"一样都不过是"兽性"逻辑的工具。"我们抗拒怪物和异种,抗拒外来基因对人类基因的污染,是为了保存作为人类独有的意志,避免被兽性所统治……但为了达到这个目的,我们的所作所为,全部违背了人性的准则。而我们所组成的那个集体——它所做的所有事情,获取资源,

---

[1] [美] 卡洛琳·麦茜特:《自然之死——妇女,生态和科学革命》,吴国盛等译,吉林人民出版社1999年版,第3页。

壮大自身，繁衍后代，也都只能体现兽类的本性。人类实际上没有任何不同于外界怪物的地方，只不过因为大脑的灵活，给自己的种种行为赋予了自欺欺人的意义。人类只是所有普通的动物中的一种，它像所有生命一样诞生，也即将像所有生命一样消亡。"由此，陆夫人的眼中绽出一种死寂的神采："人类的文明和它的科技一样不值一提。"陆夫人的目光区别于正在争斗的人和兽，她主动选择被感染，化身为能够自由飞翔的蜂后异种。相较于利用"子宫"与其他生物对抗的人类，化身异种的陆夫人也许更具有"人性"。当后人类主体叠加了性别反抗性时，"复合体"的性征超越二元，呈现杂糅的特征。无性繁殖的"小蘑菇"无所谓性别，它依托男性的身体，但同时具有阴柔的特征。最初遇到霍森时，安折所遭遇的目光就像男性对女性的"凝视"——"这人的目光非常黏着，像深渊里兽类的涎液，将安折打量一遍后，他又绕到了他的身侧。"兽人、树人、拟人生物体并不以性别的语义功能与世界发生关联，在改造身体的同时，也是在变更所谓的"性别本质主义"视角下的性别基础，甚至将其搁置。

另外，后人类叙事与阶级压迫、种族压迫、工业化问题也密切相联。折冬声的《揭蛊》中资本在制造和定义"非人"，将"非人"当作"商品"；叶猗的《被迫献祭给虫族最高神》中高等虫族对自然人进行了反向种族歧视；扶华的《末世第十年》中，"复合体"降生与"去工业化"相联系，它们共同表达了对于人类边界权力化问题的思考，对于主体流动性的感知沿着后现代的脉络，叠加各种有关去中心化的隐喻，呈现了具有批判性的述行话语。可以说，后人类不是要解构人性，而是让人性更具有包容性和多元性。这种包容性和多元性的获得无法在"人"的内部产生，因为"人"的概念生成过程就伴随着定义"他者",建立等级的过程。中心化概念的生成过程是对立和冲突产生的根源。《恐树症》中人对于异质物的偏见、人类所践行的"征服者"逻辑,正是人与自然对立的根源。即使是人类中较温和的领导者傅善也说:"我希望……建立一个让共生体可以被当作普通人来看待的国家,但是也许我永远无法摆脱这样的偏见:也许他曾经是一个好孩子。也许被授粉之后,他就不再是……人。"人的偏见给予"共生体"巨大的压力,这种权力结构的同化性也逐渐使"共生体"不再满足于被人认可,不再满足于"人和共生体的平等"的诉求,而是将人的逻辑吸收过来。作品中的另一位"共生体""燧""不断威逼利诱少量强大的共生体,并且驱逐、虐待那些资质平平、没有特殊能力的大部分",同时开始了与人对峙的战争。所以,改变中心化、单一性的主体概念和表征,建立多重差异性和合一性辩证同一的主体,是解决种种对立和冲突的关键。它的意义仍指向人类的存在方式,正如《恐树症》借卫天遐之口所说的,"我的前半生一直追求着让人类免于和异植共存的恐惧,这可能是一个误区……真正的免于恐惧,是让人们彻悟自己在自然界中的正确定位……必须冲破人类自认为征服者的幻觉……"

"并非要逃离现实世界,后人类思想将当代的主体铭刻于它自身实际存在的状况中。"[1] 当网络文学以虚拟化为特征,对"后人类"的身体、目光和功能进行叙事编织时,这些作品也并非"逃离现实"。幻想"人-自然"的复合体,对多重目光和意义世界的想象,都指向对传统人文主义中心化、权力化特征的消解。如果说中国改

---

[1] [意] 罗西·布拉伊多蒂:《后人类》,宋根成译,河南大学出版社2016年版,第279页。

革开放后以"人性"建构为中心的文学,所呼应的是现代性范畴内的人文主义的思潮[1],那么互联网时代的文学则表达了在高度全球化、工业化内部进行反思的声音。它们表达的"自然的政治",不是传统自然生态学所寻求的工业化之外、现代化之外的"化外之地"。拉图尔认为传统生态学软弱无力,甚至其实不曾与自然的保护有任何关系。从后殖民的角度看,认为第三世界更加"自然"的观点本身就是"东方主义",或者是"自我东方主义"。当下网络文学中出现的"人-自然"叙事,呼应着拉图尔等人沿着后现代的脉络进一步去中心化,重建多元宇宙的思路。这是一种"同时代人"意义上的思考和表达。观测网络文学如何绘制后人类图景,可以看到中国网络文学如何内置世界性的思潮,以创造性的具象表征表达全球化背景下属于中国的一种"新经验"。

---

[1] 贺桂梅:《"新启蒙"知识档案:80年代中国文化研究》,北京大学出版社2010年版。

"去女频化":论2020—2021女频网络文学叙事结构的新变*

将文学按性别分为女频和男频,作者和读者遵循默认性别共识,这是网络文学的重要特征。不过,二元的频道划分方式将网文中体现传统性别文化的文本进行归类,并将这些特征固定下来,其局限性日益显现。如果"女频"被定义为符合"女性"阅读趣味的文本集合,那么"女频"又在印证怎样的性别分野?当下中国网络文学,着意迎合大众意识形态,以传统的性别规约为这一分类方式架构性别的藩篱,呈现了大众意识形态中性别认知的断裂。结构主义将二元对立看作一种文化符号,对应着我们想象世界的方式。在使用"女频"作为前缀予以限定的过程时,其小口径、情爱结构的模式特征便跃然于想象之中。而在持续沿用"女频"为网络文学作品冠名的过程中,也同时实践着巴特勒所说的"操演性"[1],加固本质主义的性别认知,约束想象的路径,为性别文化重复表演,也损伤了多

---

* 本文为国家社会科学基金重大项目"社会主义文学经验和改革开放时代的中国文学研究"(批准号:19ZDA277),江苏省社科基金项目"新时代江苏网络文学高质量发展研究"(批准号:20XWD001)的阶段性成果。

[1] [美]朱迪斯·巴特勒:《性别麻烦:女性主义与身份的颠覆》,宋素凤译,生活·读书·新知三联书店2009年版,第34页。

元的网文世界中所包孕的丰富可能性。

相较于男频,女频网络文学的确在发生之初更具性别特征,表现为行动元对外貌、柔化性格的强调,叙事结构对纯爱逻辑的编织,内视角、独白的单线叙事等。然而近年来,女频网文叙事方式的逆转,"反套路"的处理,却显露出一种在性别内部反抗性别认同,消解固化认知的意味。2020年—2021年,女频网络文学所涌现出的诸多代表性作品以相异的时空、主题、人物设定,共同推动着整体叙事结构的转型。借用格雷马斯的叙事分层[1],对女频网文在修辞层面、故事层面和内在逻辑层面同时发生的变动进行阐释,可以透视这一频道内部结构演变背后所隐藏的对于性别认知的深化。

一、场景化"美貌"叙事的消失

"美貌"与否,"哪一种美貌"都与性别文化相关。网络文学发生之初,女频网文对女子美貌的展现,多以"柔美"为主,而男频网文对女子"美貌"的展现,则偏"肉感",当传统女频兼具小资自我浪漫化想象和中国传统男性叙事的转化时,男频则更采取了资本对女性的"凝视"方式。女性最先被定义就是"身体",波伏瓦着重从社会学的角度分析这种"定义"的来源和机制。更为激进的女性主义则认为在肉体层面,两性的区别根本上说是"社会的",只是附带的,带有某种不可避免的生物学因素。即使调和自由主义所持的女性自然主义的观点,我们也会承认,所谓"女人味"的身体表现,并不完全是生物性的,而是被塑造出来的。女频网络文学,天然地

---

[1] [法] A. J. 格雷马斯:《论意义——符号学论文集》(上册),吴泓缈、冯学俊译,百花文艺出版社2004年版,第139—140页。

以"女性"为能指,首当其先的是对其"身体"的叙事。

　　此前女频中所流行的"现言"和"古言"作品,常常会对"美貌"做出场景化的呈现,即放慢叙事时间,暂停转喻,延伸隐喻。如墨的长发、如烟的长眉、凝脂般的皮肤……这时叙事时间不在文本内部流淌,而是勾连外部的历史和现实。通过"互文"和"象征",场景化"美貌"叙事不仅表达着被凝视和观看的权力客体的种种特征,而且以种种"非劳动"的隐喻,表达了对于参与世界的拒绝。通过"劳动",男性建构并表现这个世界,在这个世界中,女性是被建构的一分子,因而会呈现静态、抽象的特征。女频网络文学对女性身体最初的表现,表达着对"被动客体"的认同。"场景化"呈现的种种细节,不仅不是主体性的身体叙述,而且是客体化的自我补充——将建构转化为自然,将"赋予"转化为"自我"。

　　不过,这两年的女频网文则发生了改变,表现为诸多重要的古言和现言作品开始省略场景化的身体叙事。2020年天下归元的《山河盛宴》[1](2020年度中国作协影响力榜获奖作品),对女主文臻的外貌不做过多描述,甚至让男主燕绥描述她"矮了点"。再如以一部推理古言《簪中录》[2]成名的侧侧轻寒,曾在《簪中录》里不遗余力地描写女主黄梓瑕是如何以美貌闻名于天下,"极黑的头发,极白的肌肤。她的步伐身影轻盈纤细,如初发的一枝花信。"而在2021年

---

[1] 天下归元:《山河盛宴》,潇湘书院,https://www.xxsy.net/info/1072387.html. 下文出自同一作品内容引文不再标注。
[2] 侧侧轻寒:《簪中录》,晋江文学城,http://www.jjwxc.net/onebook.php?novelid=2101216。下文出自同一作品内容引文不再标注。

的新作《司南》[1]中，却让女主阿南褪去了白皙无瑕的雪肤花貌，变成了"肤色微黑""看起来很普通"的女性。

"美貌"不仅曾是女主人公们的主要特征，而且会被作为最主要的"行动元"，即推动整个作品情节进程的重要功能性元素。在古言中，女性的"美貌"往往招来异性的垂涎与同性的嫉妒，作为选美竞赛中的天然资本，成为女主遭受同性构陷的"原罪"、等待男性"强取豪夺"的"诱饵"，这也往往是叙事矛盾的起点，由此塑造了女性"貌美而无辜""柔弱需保护"的形象。似乎当姿容姣好的女主人公甫一登场，读者便习惯性地开始担忧她的际遇。而在2021年，她与灯的《观鹤笔记》中，女主杨婉虽被赋予"芙蓉玉"的象征，行走于宫闱内外，却从未遭遇"外貌危机"，其所陷入的困境始终只关乎个体本质，关乎周遭人物与公理。蒿里茫茫的《早安！三国打工人》[2]中，女主陆悬鱼穿越后，其外貌更是被反复以"平淡""普通""路人脸""记不住"等词汇加以形容。作者不仅在以全知视角关照女性时有意略写其外貌，在通过内视角呈现人物的彼此"观看"时，也会让女性人物开始"面目模糊"。"美貌"因不再具备任何社会价值而被"省略"，由此而来的失焦状态呈现其与"欲望"之间纽带的断裂。

从情感线的发生到发展，"美貌"不再充当亲密关系的"推手"，推动男主对女主一见钟情，不可自拔，乃至魂牵梦绕，不离不弃。在近两年的女频网文中，肖像描写往往被压缩到极致，有关外貌的

---

[1] 侧侧轻寒：《司南》，晋江文学城，http：//www.jjwxc.net/onebook.php?novelid=5459487。下文出自同一作品内容引文不再标注。

[2] 蒿里茫茫：《早安！三国打工人》，晋江文学城，http：//www.jjwxc.net/onebook.php?novelid=5276210。下文出自同一作品内容引文不再标注。

形容常常被一句带过。例如孟中得意的《实用主义者的爱情》里，女主费霓被简洁地形容为"标致"的，至于是哪种"标致"，小说并无意细致刻画。严雪芥的《入梦金鱼》中，女主黎青梦更是在前半程的叙事中从未获得任何有关外貌的"静述"。当女性外貌被有意淡化后，所被着重强调的是主体内部的精神，而往往这种精神气质外溢出来，刻在女性的眼角眉梢，成为一种另类的外貌，在"描写停顿"中予以"凝视"。例如城南花开的《遇见她》[1]中，梅路路在他人眼中的形象是"又高又瘦，眼神坚定"，昭示其绝不服输的性格；戈鞅的《财神春花》[2]中，长孙春花"眉目如江水，内蕴春山"，映衬其恢弘大气的"仙家"境界；乃至空谷流韵的《大宋清欢》[3]中，女主姚欢穿越后第一次从镜中打量自己，所着重关注的也是其"带着忽而犹疑、忽而释然之意"的眼神，而非以往要耗费作者大量笔墨赘述的惊人美貌。可见，当女性身体"离场"，从"待价而沽""争奇斗艳"中出走，远离"客体"与"猎物"的表征，转向精神与理性的"在场"，内在的主体性开始显露锋芒。女性形象逐渐在情节、对白以及自述中凝形为性情、品质、能力、人格、理想的集合体，期冀可以与男性在同等的世界位置中相逢，"一起揭示世界的价值和目的"[4]。

---

[1] 城南花开：《遇见她》，晋江文学城，http：//www.jjwxc.net/onebook.php?novelid=5173846。下文出自同一作品内容引文不再标注。
[2] 戈鞅：《财神春花》，晋江文学城，http：//www.jjwxc.net/onebook.php?novelid=4677714。下文出自同一作品内容引文不再标注。
[3] 空谷流韵：《大宋清欢》，起点女生网，https：//book.qidian.com/info/1022251320/。下文出自同一作品内容引文不再标注。
[4] [法]波伏瓦：《第二性》(Ⅱ)，郑克鲁译，上海译文出版社2011年版，第526页。

二、主体行动元的性别位移

（一）行动元性别主客关系的变动

在格雷马斯所提出的三对行动元，即主体与客体、发出者与接受者、辅助者与反对者中，主客关系是其中最为基本的行动元模式。"陈述＝F（A），其中行为作为现实化进程被命名为功能F，行为主体作为潜在的动程被命名为行动元（A）。"[1] 行为主体具有"欲"，而"欲"之对象则为客体，主体以"知"和"能"实现"做"，完成"欲"的获得，客体则因主体之"欲"而获得价值[2]。在以往的女频网文中，主体行动元多被设置为男性，女性则自我想象为客体行动元，其中尤以"霸道总裁文"这一类型最为明显。顾名思义，在"霸总文"中，男性得到中心塑造，并充当着行为主体，而女性则是其"愿望"的客体。"卓尔不凡"的男主，具备"猎取"女主的意图，并拥有达成相应目标的能力。作为客体行动元的女主常常因为主体性的匮乏而表现为一种工具式的存在，承担介质作用，使读者代入其中，在"被动性"中感受霸道总裁不由分说的"宠爱"。

近年来诸多"霸总文"作者的转型让这一文类日渐衰落。在2021年的新作《你的来电》中，叶非夜抛弃了"霸总文"的陈旧套路，虽然将男主盛况设置为光环加身的职业竞技选手，却不再于两性爱情中表达"宠"的权力关系，有意向"职业文"靠拢，被读者称为"清新向"的创作转变。头部创作中的言情作品纷纷开始将"聚光灯"打在女主身上。与此同时，女频网文的下沉市场中也出现

---

[1] [法] A. J. 格雷马斯：《论意义——符号学论文集》（上册），吴泓缈、冯学俊译，百花文艺出版社2004年版，第176页。
[2] 同上，第177—180页。

了新的类型文潮流,"马甲文"大行其道。在"马甲文"的叙事模式中,女主作为绝对的行动主体,在"打脸"身边贴着"势利""暴力""傲慢""冷酷"等标签的工具人的同时,其欲望得到实现,"知""能"不再对应女主的"无知""失能",而切入女主的"全知""全能"状态,男主因此落入可有可无的"辅助者"位置。以一路烦花的《夫人你马甲又掉了》这部"马甲文"代表作品为例,对于女主秦苒的"遥望"与"追随"成为男主程隽的行为表征。以往各大网站榜单上被"总裁""王爷"等关键词占据的醒目位置,如今纷纷换成"马甲""大佬"。2021年,阅文集团发布年度原创IP女频十强榜单,《夫人你马甲又掉了》强势登榜;云起书院的《全能大佬又被拆马甲了》登上销售金榜。畅销榜中,曾位列榜首的《满级大佬翻车》《退婚后大佬她又美又飒》亦是"马甲文"的变体;潇湘书院的新书榜中,《重生后马甲掉不停》位列第一;红袖添香的热销榜上,《夫人她马甲又轰动全城了》位列第二。"马甲文"对于"霸总文"的取代印证了幻想方式的变动。从"模仿"到"逆位",由"被动性"走向"自觉性",呈现了当下文化环境中有关性别认知的变迁。

(二)性别化角色的调整

"在话语层面,角色一方面表现为一种秉性,亦即对扮演者的修饰,但另一方面,从语义角度讲,它不过是对一个整体功能场的命名(功能场包含叙事中确实提到的或仅仅是暗示的种种行为)。"[1]格雷马斯将行动元看作角色的类归,"角色"被定义为行动元的基本单位,对应于协调一致的功能场。当行动元发生"位移",在具体话语

---

[1] [法]A. J. 格雷马斯:《论意义——符号学论文集》(上册),吴泓缈、冯学俊译,百花文艺出版社2004年版,第267页。

层面，角色的核心品质与性格特征也必然发生变化。在女性充当客体行动元时，"柔弱""软糯"常常是女主人公的主导性格。而当女性成为主体行动元后，被本质主义所定义的种种"女性特质"相继褪去，智慧、谋略成为被强调的女性品质。2020年—2021年，天下归元在《山河盛宴》中塑造的女主文臻依旧保有多谋善断的特质；尾鱼的《枭起青壤》中，女主聂九罗智商在线，与狡诈的林喜柔博弈；七英俊的《成何体统》中，女主庾晚音在多维多人穿书的局面里不断试探谁才是"局外人"，破除反派的谋反危机；侧侧轻寒的《司南》中，女主阿南每遇危难，都能淡定自若，频频从围攻中逃脱；沉筱之的《青云台》中，女主温小野抽丝剥茧，理清冤案真相；她与灯的《观鹤笔记》中，女主杨婉在回忆、摸索历史侧面的过程中拿捏分寸，修改历史细节，以达成对于局势的把控；城南花开的《遇见她》中，女主梅路路以极高的分数冲出小镇，在与不法分子的纠缠中，努力保持最大限度的理性，成为以智取胜的法官；疲惫的《凭本事找骂》中，面对"江湖"游戏中的舆论战，女主温黛以假打假，分而化之，远交近攻，妙计频出。"毫无机心""纯洁"与"无知""蠢钝"不再是女性形象的一体两面。女频网文中对于高智商女性的趣味倾向逐渐清晰化，着意打破女性与"逻辑""理性"之间的坚实壁垒，也是当下女性视角的悬疑小说多现的原因。

"美强惨"成为女性形象的新特质：气质上的"美"得到新型书写，戏剧性上的"惨"得到自然继承，而被有意反写的是原有的"柔弱"之"弱"。"强"被释义为智力、能力维度上的突出，更被释义为性格上的"刚强"。例如天下归元的《山河盛宴》中，女主秦长歌不"躺平"，不"躺赢"，不屑于"卖萌"或"装酷"，也不轻易言败，她从逆境中奋发，在艰难中挣扎，无论是身处险境，还是生死一线，都保持坚忍的意志。闲听落花的《墨桑》[1]中，女主李桑柔不"丧"，也不"柔"，身上兼具匪气、侠气、豪气、爽气、狠气与多情气，杀伐果断，"太阳照不到的地方，就只能自己厉害。"尾鱼的《枭起青壤》中，女主聂九罗身世坎坷，家庭支离破碎，但她仍旧选择为生命中重要的人放弃明哲保身，同强大的异族抗争。城南花开的《遇见她》中，重男轻女、猥亵、性侵、家暴、网暴、校园霸凌……亲眼目睹过无数黑暗元素的女主梅路路在成长的道路上备受煎熬，但仍以法律为信条，以光明为尽头，负重前行。

主客行动元身份的重置让"保护者"这一角色流转到女性手中。例如七英俊的《成何体统》中，"党争"波谲云诡，"竞演"各出奇兵，是女主"庾晚音"站在濒临崩溃的男主"夏侯澹"等人身前，为人性微光秉烛高照，为家国理想振臂高呼，证明"吾道不孤"，现代精神永不灭亡。疲惫的《凭本事找骂》中，当女主温黛以第一刺客的身份横行"江湖"，"一个人单挑一个团。"对抗游戏中抱团打压玩家的不良之风时，男主柏松筠热衷于当一个秒倒的无能"奶妈"，思考购买哪些花里胡哨的行头，如何布置自己的"家园"。又如戈鞅的《财神春花》中，"经商奇才"这一称号由男主让渡给了女主等。

语言、行动、外貌等间接形容呈现着女性具有"独立""主动"等特质的性格。语言方面，如侧侧轻寒的《司南》中，葛稚稚断然否定"女子为阴，以坤柔立身"，以"相夫教子，抚育后代"为唯一"正道"的观点，拒绝走上庸碌之路；蒿里茫茫的《早安！三国打工人》中，董白带领健妇营参战，同样有这样的表述："我想要试一

---

[1] 闲听落花：《墨桑》，起点女生网，https://book.qidian.com/info/1022485326/。下文出自同一作品内容引文不再标注。

试,看看后世史官也好,文士也罢,书写名将风流时,能不能留下我的名字。"行动方面,女性纷纷进入传统意义上的男性领域,进行社会资源的竞争,拓展外部空间。例如红刺北的《砸锅卖铁去上学》女主是机甲高手,闲听落花的《墨桑》中的女主李桑柔以"走镖"为职业,黎青燃的《白日提灯》中的女主贺思慕是驭"万鬼"的"鬼主",蒿里茫茫的《早安!三国打工人》中的女主陆悬鱼以"游侠"身份参战。外貌方面,"女扮男装"这类设定被大幅度削减,逐渐摒弃"假借"男性身份间接介入社会空间,逃避以女性面貌直接参与公共生活的叙述方式,直面性别关系的议题,并在某种程度上呈现一种"正视"之姿,随之而来的是身体叙事的转变,例如女主惯有的"纤纤柔荑"转为《司南》中"瘦硬有力""带着累累陈年伤痕的双手"。蒿里茫茫的《早安!三国打工人》中,女主陆悬鱼被诸多读者评价为"2021年度理想女主"。陆悬鱼创建卡牌时对于技能点的偏心,让她"既不柔婉,也不妩媚,更没有什么幽静之美"。身材单薄,长相普通,甚至碍眼,但武力值奇高,且多智、坚忍。在游戏性的设定中,当作者让女主以"品行高洁,武而不显,轻生死,重然诺"的任侠剑客形象实现"打怪升级",读者也在极力赞美女主身负黑刃,立于荒原,甘为家园城池选择背水一战的形象时,女频网络文学中有关此类英雄叙事的"双向奔赴"成了对于"性别特质"的有力一击。朱迪斯·巴特勒说:"性别是男性特质及女性特质概念借以被制造、被自然化的机制,但是性别也很可能成为这些概念被解构和去自然化的机制。"[1]近年女频网文之于"女性特质"的反向

---

[1] [美]朱迪斯·巴特勒:《消解性别》,郭劼译,生活·读书·新知三联书店2009年版,第42页。

书写，正是对这一思维定势的集中突破。

三、 对情爱叙事结构的超越

事业与爱情的冲突往往在女频网文中被加以强化，且被赋予绝对性。但是在近两年的女频网文中与事业相关的故事线则不约而同地得到了强化。"现言"方面，表现为职业文的流行。例如柠檬羽嫣（2020年度中国作协影响力榜新人榜获奖作者）的《治愈者》，围绕"亨廷顿病"建立了女主苏为安惊心动魄的医疗学术事业线。懿小茹（2020年度中国作协影响力榜新人榜获奖作者）的《我的草原星光璀璨》通篇叙述了女主蓝堇时如何想尽办法振兴江源村的故事。与"现言"不同，"古言"中"职业"的概念与女性身份之间的融合在一定程度上违背历史现实，于是作者常采用"复仇"与"穿越"等设定为女主人公设置其志业的逻辑起点：其一，由身世入手，为女主赋予一个华丽、惨痛的家世背景，这种独特的身份往往附带着复国、复仇等任务乃至更为广阔的家国责任。如闲听落花的《暖君》中，女主李苒的志向所在是安抚战乱；其二，作者借用"穿越梗"将现代的职业概念嫁接于古代背景之中，促使女主人公的选择有方向，行动有规律。如闲听落花的《墨桑》中，李桑柔谋划创建古代版的顺丰速递，开"民营快递铺"。同时"仵作文"一度成为热潮，诞生了凤今的《一品仵作》、薄月栖烟的《仵作娇娘》、花瓣雨的《神医女仵作》等佳作。

女频网文对于情爱结构的超越让人物的关系与职能发生了变化，爱情从命运的不可抗拒之力转为与实用性相关的点缀之物，男主人公也退居为功能性的存在，负责履行让女主人公在感情部分有所归属的任务，但是这一任务似乎也并不是那么重要，因此"他"是谁也成了无关紧要的问题，从而与此前男主"宿命"般的存在产生了本质区别。女主人公的主要行动线索总是"事业"，当男性恰好与她的行动目的相关，女主可以"顺便"与之互动。例如沉筱之的《青云台》上卷中，温小野要查洗襟台坍塌案，小昭王也要查洗襟台的真相，他们才携手前行；下卷中，温小野有自己的行动线，因此两人"同框"的戏份骤减。这其中蕴含的是"事业"与"爱情"的主次之分。当言情线无法沿着事业线顺流而下时，则爱情让位。余姗姗的《灯下黑》中，女主周珩为了能毫无弱点地在周、许两个家族的夹缝中使用双重身份生存、谋划，时刻警惕，不肯被爱情所牵动。闲听落花的《墨桑》中，女主李桑柔虽然喜欢顾晞，但家庭所附着的"内在性"让她望而却步，因不肯"陷入家庭事务"和"生儿育女"的拖累当中而拒绝了男主顾晞的追求。叙事模式结构化的变动甚至让女频网文中频频出现无 CP 小说。例如城南花开的《遇见她》并未设置爱情线，只是将梅路路如何从弱势群体的一分子成长为庇护弱势群体之人的成长经历娓娓道来，以法律为天平是她的信念，以法官为职业是她的全部。

格雷马斯在列维-斯特劳斯所提出的二元对立结构上增加了两个语义素，以四个语义素之间的相互关系来构造叙事的深层逻辑，四项义素之间的彼此作用与动态转化促使意义生成，这一符号方阵又被称为格雷马斯的"意义矩阵"[1]。如下图所示。

---

[1] [法]A. J. 格雷马斯：《论意义——符号学论文集》（上册），吴泓缈、冯学俊译，百花文艺出版社 2004 年版，第 141 页。

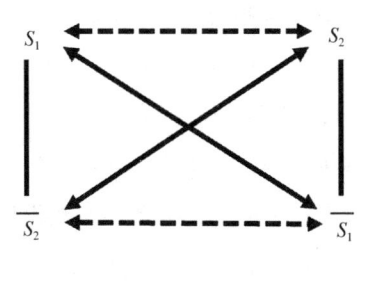

反义关系：◄----------►
矛盾关系：◄----------►
蕴涵关系：——————

图 1 格雷马斯"意义矩阵"

当我们以格雷马斯的"意义矩阵"为文学批评方式，为女频网文的叙事新变做出图绘，其中深层叙事结构的转变也跃然纸上。

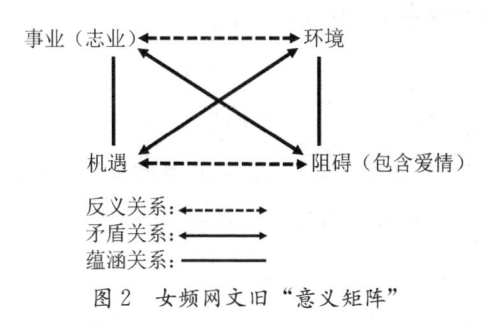

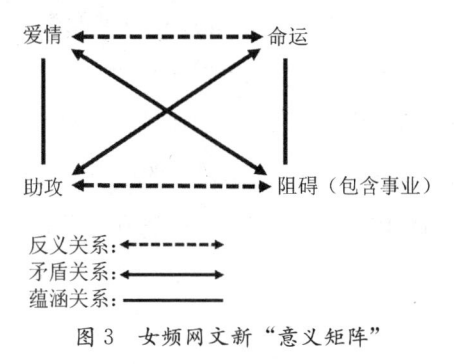

反义关系：◄----------►
矛盾关系：◄----------►
蕴涵关系：——————

图 2 女频网文旧"意义矩阵"

反义关系：◄----------►
矛盾关系：◄----------►
蕴涵关系：——————

图 3 女频网文新"意义矩阵"

55

如图2所示,以往的女频网文往往遵循纯爱逻辑进行叙事,命运的"阴差阳错"与"不可抗力"让爱情时沉时浮。在"爱情"的"捆绑"下,两性之间的空间距离趋于无限小,这让承载外部空间的事业成为爱情不可避免的阻碍。有关"事业"的设定流于表面,女性的本领用来"雌竞",为能与男性发生关联提供契机。在纯爱逻辑中,"事业"成为阻碍"花好月圆"的"绊脚石"。而对近两年女频网文中的叙事模式加以梳理,则如图3所示,叙事的核心义素由"爱情"转变为"事业"(当主人公的"志向"被着力突出时,称为"志业"更为妥当),上横轴的核心对立组也发生相应变化,由"爱情"在"命运"中的颠沛流离,转变为"事业"在"环境"中的曲折前行,叙事模式由"离合型组合"向"完成型组合"转变,即从"人际之间的聚散邂逅迁徙流离,相会相失",转变为以"艰苦求索,经历考验,斗争,任务执行"[1]为叙事中心,意义发生方式更迭。

将作品带入图3这一"意义矩阵"之中,进行内容赋值,可以清晰地呈现其深层叙事结构,由此阐释其阅读接受中所出现的相应问题。例如沉筱之的古言作品《青云台》中,"事业"是对于洗襟台坍塌一案的清查,"环境"则由各个阶层合力铸成,密不透风,虽然各方立场不同,但是他们各自注入洗襟台的私欲都让真相难以被揭开。旧日工匠、书生、山匪等角色的接连出现衍生了主人公的追寻轨迹,而言情线"不由自主"地拖累着事业线这一主线的推进。温小野与小昭王的言情线每一展开,叙述时间便延宕起来。尤其是下卷中,各方势力的联合"绞杀"为悬案的加快侦破带来紧迫性,但言情线上时间流速的舒缓与行动要求的快节奏相矛盾,造成了彼此

---

[1] 罗钢:《叙事学导论》,云南人民出版社1994年版,第112页。

氛围"对冲"的效果。所以,虽然温昭二人的"爱情"并不与"事业"相对立,却不由得建立了"反义关系"。作者沉筱之为了避免因两条线索"打架"影响故事的发展,放弃了言情线的继续,而读者也先后诟病于悬疑线的拖沓和言情线的骤然消失[1]。

正如波伏瓦所言:"作为生产者和主动的人,她便重新获得超越性,她在自己的计划中具体地确认为主体。"[2] 对于事业线的强化,无疑与女频网络文学场域内部对于价值的理解、诉求相关,表达了女性对于"被动性"的拒绝,对于主体性的接纳,因此有意清理旧有知识谱系中有关"事业"的概念,赋予"事业"以理念的高度、思维的深度,以辉煌与壮丽、真理与崇高,并以此为维度切入具有公共性的社会生活。新时代女频网文讨论现场普遍性的对于"恋爱脑"的指摘和对于"搞事业"的热忱,与其深层叙事结构的变动一起合力表达着"女频"对于情爱结构的超越。

四、变体:女频类型的"去女频化"

网络文学中男/女频的性别归类方式呈现二元对立的结构,将性别规约内化其中,互相指认彼此缺失性的"性别特质",钳制彼此之间的"越界"行为。但是频道内部结构却呈现相通性,以故事题材为子类型的分类方式,让频道内部的延展内容得以敞开。近年来"女频"中题材类型的重新洗牌,显现了频道内部结构的自我调整以及旧有性别划分范式的偏狭。女频网文正进入"言情+"时代。以

---

[1] 沉筱之、邢晨、李玮:《让"烧脑"和"言情"丝丝相扣——沉筱之访谈》,《青春》2022年第2期。
[2] [法]波伏瓦:《第二性》(Ⅱ),郑克鲁译,上海译文出版社2011年版,第543页。

言情为单一叙事线索的创作不再流行，"言情＋"新元素的配置成为当下女频的发展倾向。以"现言"与"古言"等言情类为指称，无法有效涵盖整体性的叙事内容，甚至出现"文不对题"的效果。"言情＋网游""言情＋仙侠""言情＋权谋""言情＋悬疑"……以"言情"为底衬，后者是否出色决定着故事的高度与传播效果。题材的多样性和视域的拓展，让价值序列发生变动，"权力""自由""人性""公理"等议题超越"爱情"成为叙事"关键词"，宏大意象"扩列"，思想性朝纵深处发展，由此为女频网络文学整体场域带来两点表现。

首先是女频原有类型的淡化，"宫斗文""宅斗文"式微，"权谋文""武侠文""仙侠文"兴盛。带有男权中心意味的斗争逻辑自行消解，诸多新作在叙事中借人物语言表达对旧有叙事类型的反思，如空谷流韵在《大宋清欢》中借女主姚欢姨母之口表达"宫斗""宅斗"的"无趣"，"魏夫人也好，曾夫人王氏也罢，再算上那荣嬷嬷吧，彼等天天锦衣玉食，可是关在深宅大院里的日子，就真的云淡风轻鸟语花香？只怕也是拿凉薄与愁闷，和了苦水往肚里吞罢了。倒不如你姨母我，孤零零一个妇道人家，撑下一片营生确实难中有难、累上加累，但俺再难再累，是在外头见天见地见世面，俺自己能做得了自己的主。"在"宁为雨里燕，不做笼中雀"的章节标题下，叙事场景从几座大殿、几间小屋，转至庙堂之高、江湖之远，以场域的开放性象征着主体的自我拓展与个体生活空间的延伸。代表作品有 2021 年最热门的女频网文作品，沉筱之的古言作品《青云台》和八条看雪的《解甲》，以及《知否？知否？应是绿肥红瘦》的作者关心则乱新近连载的介于"武侠"和"仙侠"之间的《江湖夜雨十年灯》,《皇后刘黑胖》的作者戈鞅新近连载的仙侠文《财神春花》。

其次是悬疑色彩的突出。"悬疑"不仅是一种以逻辑推理主要为叙述方式的类型文代称,并且是一种带有"中性化"意味的叙事方法,强调普遍意义上的故事性、情节性。例如祈祷君的《开更》讲述编辑连胜如何解开网文作家们身上的无数秘密;七英俊的《成何体统》讲述三个穿书人如何在迷雾障目的棋局中投石问路;城南花开的《遇见她》讲述一个身份交换的谜团背后令人唏嘘的群体人生;南山的《寻找金福真》讲述一个平凡的中年妇女意外被卷入凶杀案后不得不开启流浪生涯的故事。2021年豆瓣阅读推出的"女性视角的悬疑小说"主题征稿活动颇受瞩目,并涌现了东坡柚的《朋友的那个完美妻子》、酸菜仙儿的《二次缝合》、徐暮明的《心隐之地》等佳作。

女频网文将写作重心放在"叙事性"上,淡化性别色彩,由此在审美格调上也出现四点新变。第一点是生活触感的增加,现实性与细节性的提升。"爱情白日梦"在叙事逻辑上的种种问题得以暴露,不事生产的"专职恋爱"和悬浮于生活的"虐恋"叙事逐渐流失受众,促成全方位的市井烟火气深入小说肌理,契合网文整体由浪漫主义到现实主义的转变趋向。在这一方面的代表作以"年代文"居多,例如大姑娘浪的《梁陈美景》,将"言情"置于二十世纪八九十年代上海小弄堂温馨又吵闹的生活现场,家长里短、邻里纠纷、街边美食、特色建筑、生活习惯,本地方言构建着"言情"的叙事空间。孟中得意的《实用主义者的爱情》,讲述实用主义者与浪漫主义者在日常琐事中的相逢与彼此磨合,如象牙雕般趣味横生,此外还有李尾的《但愿人长久》、小麦s的《万春街》等佳作。第二点是群像写作的泛化。群像式人物意味着全景式的构思和关照视角的延展，摆脱女性独白式的写作方式，突破感知性视角的局限，以多元的视点、多元的立场，响应文化环境的变动。在这一方面的代表作有 Twentine 的《镜明花作》、沉筱之的《青云台》等大多数古言作品。第三点是人文精神的勃兴。停留在个体层面的亲密关系想象难以满足于主体性得到伸张后对于叙事变动的要求，对于文化资源的征用成为衍生文本的手段。诸多文本选择从艺术、历史等文化领域切入，提升着作品整体的文化价值与教化功能。例如空谷流韵的《大宋清欢》呈现宋朝市井文化和日常美学，侧侧轻寒的《司南》呈现奇巧的机关制造技术与术数知识，意千重的《画春光》（2020 年度中国作协影响力榜获奖作品）呈现商贸文化与民间制瓷工艺，她与灯的《观鹤笔记》呈现明代政治轮廓与古今贯通的文心。第四点是"格局"的提升。在书写物质现实与精神理性层面皆提倡宏大叙事，人物是否具有公共领域的使命、立意是否具有概念高度，成为衡量"女频"作品的新型标尺。在具体行文方面，作品正文内容寻求视野的广度与思考维度的多维递进，结局与番外取消"儿女双全"这一"常态化"戏码。在主题方面，Uin 的《阿吱，阿吱》通过"民国篇"书写抗日战争的壮烈，在"一寸河山一寸血"的苦痛中回顾历史的疮痍；戈鞅的《财神春花》让"财神下凡"传达"居利思义，利物爱人"的金钱观，长孙春花自解家业，甘愿以"一鲸落"促"万物生"；天下归元的《山河盛宴》为女主文臻赋予"无世家凌人上""为民者无需丰碑"的期待；希行的《第一侯》让女主李明楼在己身得护的基础上，义无反顾地去护住剑南道，在力所能及之处努力庇佑乱世中的众生；蒿里茫茫的《早安！三国打工人》关注

"海内沸腾，生民煎熬"的时代，让女主陆悬鱼被战争改变，"也要改变战争"，为命如草芥之人劈出流丽的刀光；沉筱之的《青云台》通过解构"洗襟台"，建构"青云台"，触摸信仰与真相的关系，呈现人性的光影斑驳。在纯爱逻辑下被遮蔽的家国观、民族观、苍生观得以重提，上层审美与下沉市场的共同更迭组成了女频网文整体性的代际更迭，种种新特质的聚合衔接着文化环境的嬗变。

2020年—2021年，女频内部叙事方式的结构变动，包括修辞上的"调焦"、主客行动元的"位移"、底层逻辑的"重塑"等等，使得女频网文的人物行动模式与叙事结构与男频网文产生某种"相似性"，各种"去女频化"的变体也从方方面面证明着"女频"与"男频"的关系正从强调差异转向淡化差异的过程。罗兰·巴尔特从语言学的角度指出，当二元对立的能指之下对应了相同的"所指"，就会出现所谓的"中性化"特征。"在其中一个适当的对立失去了其适当性，即不再是意指性的了。一般而言，一种系统的对立的中性化是在语境的影响下发生的。"[1]以二元结构的"对立"来指认彼此特征的"失效"，证明着旧有的男/女频分类方式中所固着的性别框架难以同当下的频道内涵相适应，由此出现一系列龃龉、裂缝。那些被散逸在外的、难以冠名的、意义含混不清的作品的频频出现，提示着我们以性别为频道分野这一归类样式亟待被重新审视、清理、扩容的需要。或许由文化传统所塑造的想象方式难以骤然逆转，立即取消这一性别分类方式所带来的模糊与混淆也并不能有益当下的

---

[1]［法］罗兰·巴尔特：《符号学原理》，李幼蒸译，生活·读书·新知三联书店1988年版，第165—167页。

现实,内部拓宽,自我赋权,更有助于性别认知的演进。网文动态生成的语境,让它具备一种独特的敞开性与流动性,与文化语境的共生参与着大众意识形态的变动,文本的及时响应、更新推动着叙事潮流的此起彼伏。这种敞开与流动也成为网络文学所天然储蓄的动能,刀锋潜行其内,以其不固定性为界定网文释放了更多的空间,意味着"女频"新的面貌永远在下一刻。

"盛世江湖"与漫长的"九十年代"：从金庸，"后金庸"到纯武侠的衰落[*]

在中国当代文学发展史中，金庸是一个现象级作家。严家炎曾将"金庸热"称为"一个奇异的文学现象"[1]。从二十世纪五六十年代的中国香港，到六七十年代的新加坡和中国台湾，到八十年代改革开放后的中国大陆，金庸以及武侠小说在华语世界渐次传播。金庸及其武侠盛行的背后，是普遍的"历史之手"的作用。宋伟杰曾指出大众文化的"乌托邦的或超越性的功能"潜藏"一种美好而又不失深刻，试图改变现实的'想象力'"[2]。由此，他对金庸小说中的"江湖""性别""民族"等叙事进行文化分析，指陈金庸的小说如何在中国港台适应文化工业的兴起，并在新时期的中国大陆激发了被压抑的记忆、心态或想象式的"个人"等多重命题[3]。

不过，要看清金庸及武侠盛行背后的"历史性"，仅站在"盛

---

[*] 本文系国家社会科学基金重大项目"社会主义文学经验和改革开放时代的中国文学研究"(批准号：19ZDA277)。

[1] 严家炎：《金庸小说论稿》，北京大学出版社2007年版，第1页。

[2] 宋伟杰：《从娱乐行为到乌托邦冲动——金庸小说再解读》，江苏人民出版社1999年版，第9页。

[3] 同上，第221页。

行"的角度去分析是不够的。当武侠濒危,"衰落"与"盛行"构成"武侠"的一体两面,其间的过程性变迁有迹可循,"金庸"及武侠的内涵与外延才清晰地显露其历史性功能,效用消长的历史流变使大众文化如何参与现代性概念持续生成与变异的过程才款款浮现。2008年后,伴随"后金庸",特别是大陆新武侠不显的声名,我们看到了金庸及武侠在某种程度上的持续衰落。"武侠没前途,谁写谁先死。"这调侃之语在当下的网络文学界广为流传。吊诡的是,武侠启发了诸多网络文学作家的创作,谈到"文学启蒙",总能耳闻"金梁古温黄",刀光剑影与快意恩仇的故事无不铸就作家们对于"吸引人的故事"最初的想象。但在他们创作的当下,武侠的身影却落寞不已。大众文化以网络文学显现身位的时代,"武侠"这一分支并未消失,但前景却步入"最不乐观"类型之一。哪怕是正在从事武侠题材创作的网络文学作者们都不得不承认,"修仙、网游,自然是大热门,穿越、言小,依然是大宗,而扑街第一名的,就是武侠,当今热门,几已找不到武侠小说的作品。"[1]严家炎、宋伟杰等学者对金庸小说文化价值的分析当然毋庸置疑,但当下武侠的状况,似乎在呈现这些文化价值的"边界"。只有当"边界"浮现,我们才能更好地看清金庸及武侠的历史性。武侠"乌托邦"的历史功能取决于它是否和过去、现在的历史形成"张力",当"乌托邦"成为现实的一部分,其召唤魅力不复存在也将理所当然。

一、 全球化进程中的金庸和"乌托邦"的张力

1981年《书剑恩仇录》由科学普及出版社广州分社出版,此后

---

[1] 三弦:《天之下》,起点中文网,https://book.qidian.com/info/1025090603/。

金庸的武侠小说相继被全国各地的出版社出版（或盗版）[1]。当然，不独金庸，包括梁羽生等作者在内的武侠小说也成为出版的热点，"仅以香港武侠小说家金庸、梁羽生的作品为例，就我所知，目前全国已有二十家出版社在印制他们的作品，品种达二十余种，一共有三十三种版本，有两种书同时有四家出版社出版，累计印数多达一千六百多万套册，还不包括根据他们的小说改编的连环画[2]"。1980年代国内出版社尚未进行改制，出版申报仍需要走严格的流程，金庸及武侠小说的出版也并非政府倡导的图书品类，但诸多出版社宁愿冒风险、走捷径也要出版金庸及武侠小说[3]，原因就在于金庸及武侠小说实在太畅销，可观的利润空间促使市场闻风而动，最先从商业层面打通这一经典化道路的开端。有一位出版社的编辑描述道：

---

[1] 在1980年代中国内陆出版（或盗版）的金庸的武侠作品有：1985年天津的百花文艺出版社出版《书剑恩仇录》，福州的海峡文艺出版社、哈尔滨的北方文艺出版社出版《碧血剑》，1984年11月长春的吉林人民出版社出版《射雕英雄传》，1985年厦门的鹭江出版社、扬州的江苏广陵古籍刻印社出版《射雕英雄传》，1984年11月长春的时代文艺出版社出版《神雕侠侣》，1985年西安的陕西人民出版社出版《神雕侠侣》，1985年北京的中国文联出版公司出版《雪山飞狐》，厦门的鹭江出版社、沈阳的春风文艺出版社、杭州的浙江文艺出版社出版《飞狐外传》，北京的宝文堂书店、长沙的湖南人民出版社出版《倚天屠龙记》，福州的海峡文艺出版社出版《连城诀》，西安的陕西人民出版社、合肥的安徽文艺出版社、北京的宝文堂书店、南昌的江西人民出版社出版《天龙八部》，江西人民出版社同年出版《侠客行》，济南的山东文艺出版社出版《笑傲江湖》，北京的宝文堂书店出版《鹿鼎记》，等等。
[2] 梁惠：《何必把眼睛都盯在一处》，《出版工作》1985年第8期。
[3] 由于中国内陆盗版金庸作品太多，金庸先生致信时任国家出版局局长边春光先生，在谈过有关"中国书展"一事之后写道"弟以'金庸'笔名撰写武侠小说，内地各省市擅自翻印，泛滥成灾，弟殊为不满。目前欣见报载先生发表谈话，表示对此类小说并不禁止，但印数必须控制，事先须得批准，实为高明之决策"。（吴仁：《金庸的抱怨和梁羽生的愤怒》，《出版工作》1986年第2期。）

"前不久,为提高书稿质量,改进出版工作,我们跑了上海一些郊县农村,广泛征求和听取农村文化部门对文艺书刊的要求和意见。嘉定县的同志反映了一些中国古旧小说和外国侦探、推理小说对青少年的不良影响。有些事是很触目惊心的。有个约12岁的小学生,本来表现较好,学习用功,平时喜爱阅读作文讲评书籍,作文水平提高较快。可是自从迷上了所谓'新派武侠小说'《书剑恩仇录》和《小五义》《东方列车谋杀案》等书后,功课急剧下降。"[1]仅仅将这一阅读偏好归结为青少年缺少辨识力是不够的。正如宋伟杰曾回忆的,"在我以及我们'文革'中出生的一代,金庸小说从中学开始,便以形形色色的方式一次又一次地走入了我们的日常生活。它撩拨、升华着我们的青春期冲动,构造着我们对于侠客的向往与想象,并一次又一次飘向我们的意识与潜意识深处。"[2]金庸及其武侠适应着改革开放后新一代人的爱欲。这是一种具有代际性的表达,并且是在具有阻力的环境中一种自发的选择和偏好。

如果说科技和外资等对中国人生活方式的改变是改革开放的显性成果,那么,金庸的出版和传播体现出改革开放后中国人意识和潜意识的变化。宋伟杰曾分析金庸及武侠的兴盛,在于其适应了资本和市场化的"文化工业"生产的需要。从中国香港、中国台湾,到新加坡,再到新时期中国大陆,金庸的传播与"文化工业"的全球化进程同步,对金庸的态度,不仅仅取决于全球化本身,也取决于各个地区对全球化的态度。根据对全球化的态度,以及由此决定

---

[1] 文萱:《从小学生看〈书剑恩仇录〉谈起》,《出版工作》1982年第7期。
[2] 宋伟杰:《从娱乐行为到乌托邦冲动——金庸小说再解读》,江苏人民出版社1999年版,第249页。

的文化政治的特点。汪晖曾把改革开放后的中国文化区分为"八十年代""九十年代",认为到"八十年代"末"中国的语境中,今天被称之为'新自由主义'的意识形态已经开始萌发……"这与1980年代对不平等的市场扩张自发的反抗构成区隔[1]。汪晖对"九十年代"意识形态的论述得到诸多学者的呼应。易晖在《重审九十年代文学》一文中也指出"在这背后,则是九十年代中国进一步纳入资本主义的世界市场,进入西方主导的资本主义全球化,以至于当费兰西斯·福山宣布'历史终结'于资本主义自由民主制时,它迅速被中国知识界接纳"[2]。不过,关于思考"新自由主义"何时进入中国,学者的意见并不统一。诸多研究者对1980年代文学的研究并没能证明汪晖所认为的对市场扩张的反抗,相反,1980年代小说在联系改革开放的政治实践方面的功能受到重视[3]。如果按这一思路,对改革开放的实践做一种具有连续性的考察,并看到1980年代文学和1990年代文学之间一脉相承的联系,那么学者口中所谓"九十年代"其实可以指代改革开放对全球化进程的一种总体上参与而非拒绝,融合而非反抗的态度。并且在这个意义上,较之执着于民族内部社会政治变动的"伤反小说",金庸的小说更为超越性地给读者带来一种去历史化、去政治化的想象。这种具有"异质性"的想象,是与十七年文学传统具有真正区别,并与当时的现实形成张力的"乌托邦"。

---

[1] 汪晖:《去政治化的政治:短20世纪的终结与90年代》,生活·读书·新知三联书店2008年版,第110—111页。

[2] 易晖:《重审九十年代文学》,《名作欣赏》2022年第10期。

[3] 程光炜:《文学讲稿:"八十年代"作为方法》,北京大学出版社2009年版,第24—38页。

金庸的"江湖"在1980年代所激荡起的热情，不仅在于"江湖"提供了丰富多彩的幻想世界，而且在于有关"江湖"的故事满足了一种新秩序的追求与新世界的想象。摆脱庙堂政治的束缚，超越政治等级，不拘门第和出身，靠一己的修炼和提升实现理想。这个"江湖"与中国古典武侠小说中的"江湖"形成很大差别。无论是"虬髯客"的江湖，还是梁山好汉的"江湖"，都与"庙堂"分不开关系。辅助政权，或是反抗政权，古典武侠的"江湖"处在政权的笼罩之下。虽然金庸的小说中也设置具体的历史背景，书写了各个王朝政权，但很显然"江湖"并不以政权为目的和对象。即使公卿贵族到了江湖也要讲江湖规矩，江湖高人不会把皇帝放在眼里。《射雕英雄传》中，郭靖守城并不是为王权，而是为了民族大义；《天龙八部》中王权争霸抵不过江湖兄弟情谊；在《鹿鼎记》中，皇帝、天地会也是为韦小宝所用。金庸所创造的"江湖"以"去政治化"为特征，也更具"自律性"。各大门派成为一个自足的体系，相互制衡。功名在江湖内部产生，道德在江湖内部实现。虽然不无阴谋，不无组织，但总体上更接近于一个相对自由平等的公民社会。

资本主义生成了具有"普世性"的"人格"与"人性"，当其跟随全球化的潮流，经由市场而深入中国语境之中，大众文化产品受其影响，便发展新的修辞与语式。正如易晖所分析的，"九十年代文学的一个基本特征，就是以一种资本主义的'普世哲学'来书写一个初级的、过渡性的时代，但陷入深度模式的作家却虚假地把它上升到一种人性（或国民性）的历史终结的写作模式中。[1]"金庸的武侠小说颂扬人性，该人性主要是个体性，包括个体独特的性格、能

---

[1] 易晖：《重审九十年代文学》，《名作欣赏》2022年第10期。

力、道德和情感等特征。个体性被上升到绝对价值的高度。个体潜能与特质形塑"江湖人"的面貌，每一个个性化程度高的个体都将以"名号"的存在实现"被看见"的功能，"侠"是一种突出个体性的产物。江湖之中，英雄皆有名号，无论是"东邪西毒""混元霹雳手成昆"，抑或"黄蓉""赵敏"，均以个体化的特质组建人物本身，亦正亦邪、阴险毒辣，又或古灵精怪、"灿若玫瑰"。每个人物的个性得到极大程度伸张，在这一目的下完成的"爱恨情仇"无不是个体性逻辑的驱使，《天龙八部》中书生气的段誉几经坎坷的恋情，带出王语嫣、木婉清、钟灵等独具个性的女性，其后又引出王夫人、秦红棉、甘宝宝等"个性的延伸者"，最后通过刀白凤的报复，将事件溯源至大理镇南王段正淳"风流"不改的个性；又如《神雕侠侣》中杨过从遗腹子至"西狂"的道路，是"东邪西毒南帝北丐中神通"变为"东邪西狂南僧北侠中顽童"的"五绝"更替，也是新一代个性者登上圣坛的表征，"华山论剑"其意即在于表彰个体性。《笑傲江湖》中的令狐冲，正是以放荡不羁，突破了"气宗""剑宗"的条条框框，也超越了正派和魔教的是非。

当然，家国和个体的矛盾在金庸笔下也构成主要的叙事线索。民族冲突是金庸小说世界观设置的基本结构，也左右着其小说中人物的行动轨迹。《射雕英雄传》中郭靖与蒙古国的恩怨，《天龙八部》中萧峰出身和志向之间的矛盾，《鹿鼎记》中韦小宝在天地会和"小皇帝"之间的周旋，都陈述的是个体幸福、追求和家国重任之间的抉择。从《射雕英雄传》到《鹿鼎记》，我们看到金庸小说渐渐放弃了民族主义的坚持。《鹿鼎记》中既呈现清廷腐败，又反映台湾郑家以及天地会内部的问题，最终以"杂种"韦小宝的个体成功作为最终的意义指向。从民族之辨走向以个体为基础的"杂糅"，是全球化推进过程所"生产"出的叙事方式。它表达了全球化对于民族壁垒的突破,以及由此产生的反作用力。在1980年代中国大陆,这种叙事恰如其分地适应了改革开放之初的文化心理,表现出迎接全球化最初的阶段产生的矛盾性变动。一方面要打破民族壁垒,另一方面是反向激发起民族情绪。1980年代中期兴起的寻根文学背后是全球化进程中对文化民族的重新寻找,或者说"发明"。陈晓明谈及文学如何化用古典传统时,也分析了全球化进程促成"文化民族主义"的再造,"这使中国的民族-国家建构也具有多重性的意义,它既需要跨国资本、又不愿认同西方霸权;它既要进入资本主义全球化体系,又想保持某种程度的富有历史感的民族主义特色。"[1]而金庸的小说中呈现的儒释道文化元素,较之寻根文学,更"自然的"建构了文化民族,如陈晓明所言,这是全球化进程中民族文化的必然反应。

可以说,虽然金庸及其武侠是建立在旧式的传统武侠资源之上,但他所叙述的是20世纪下半叶全球化进程中的故事。这个故事以去民族化、去政治化,并高度宣扬个体和个体自由秩序为核心,从而超越了冷战意识形态。它与中国大陆改革开放意识形态相适应,营造了一个与1980年代正在"拨乱反正"的现实形成张力的"乌托邦"。到了1990年代,中国继续延展而不是抵抗全球化进程。以1994年金庸被三联书店精装出版为标志,金庸逐渐被主流文化界、精英学者认可,直到文学史教材收录金庸并为其开拓独立一章,金庸及其武侠的经典化历程就此完成。需要注意的是,新时期读者对

---

[1] 陈晓明:《历史终结之后:九十年代文学虚构的危机》,《文学评论》1999年第5期。

金庸的这种认同不独是因为"武侠",这种认同实则蔓延至"言情""流行歌曲"及最初的"网络文学",甚至严肃文学领域的新写实小说、新历史小说,由此可证,同时期并行在文学领域的诸多潮流,在其中形成贯穿性的就是全球化背景下资本主义普世话语的弥漫。

二、"后金庸"与漫长的"九十年代"

金庸封笔后,武侠小说进入"后金庸"时代。值得注意的是,"后金庸"虽然以"革金庸先生的命"为口号,但不过是对金庸武侠中超越政治性和个体主义精神更加纯粹的表达。金庸乃至"后金庸"在中国大陆的盛行与漫长的"九十年代"同步似乎也不是巧合[1]。"九十年代"之所以被称为漫长的"九十年代",是指以"九十年代"命名的融入全球化的时代一直延续到 21 世纪初。汪晖认为直到 2008 年全球金融危机,"九十年代"才终结。而金庸和"后金庸"的热度在 21 世纪初一直攀升,到 2008 年前后退潮,似乎并不是巧合。所谓"后金庸"一般来说指中国台湾的温瑞安和中国香港的黄易,特别是 21 世纪大陆新武侠的兴起,如围绕《今古传奇》的作者,如凤歌、步非烟、沧月等。

21 世纪初延续着 1990 年代推进全球化的道路。在文化层面,去政治化、崇尚超越性的人性更加普遍化。在这种环境下,远离庙堂的"江湖"和具有个性化的侠客受到了更大程度的欢迎。央视从 2001 年开始先后改编了《笑傲江湖》《射雕英雄传》《天龙八部》《神雕侠侣》《碧血剑》《鹿鼎记》《倚天屠龙记》七部作品。武侠题材影视作品也极为繁荣,比如 2002 年的《英雄》,2004 年的《功

---

[1] 汪晖:《"九十年代"的终结》,《新京报》2009 年 9 月 5 日。

夫》《十面埋伏》，2005年的《七剑》，2008年的《叶问》等均为武侠题材。

对金庸小说的继承和超越也成为一股热潮。2001年《今古传奇》创设"武侠版"，2002年《今古传奇·武侠版》由月刊转为半月刊，到2005年刊物销行量达到月销72万份。"从木剑客主事武侠版，打造'大陆新武侠'概念，大力发掘新锐武侠作者，到凤歌接手主编，连载《昆仑》《沧海》，武侠版最鼎盛时期的发行量一度达到了大几十万，离'百万大刊'的称号仅有一步之遥，书摊、报刊亭、车站、学生的抽屉……那本薄薄的背后还有各种擦边小广告的小册子，真的到处都是。"[1]

温瑞安、凤歌和步非烟等是"后金庸"时期纯武侠创作的代表性人物。"影响的焦虑"成为他们创作典型的特征。温瑞安说："写金庸的，我理应追不过金庸。写古龙的，我也写不过古龙。所幸，我还可以写温瑞安的。写温瑞安的，只怕就算是上述大家，也未必能写得过温瑞安。"[2]不过，追求"温瑞安风格"也是在武侠基本范式内部的创新。他在呈现人性英雄、书写爱恨情仇，甚至基本的世界观设定等方面并未超越金庸。只是，在个体和家国，武侠和历史的关系方面，温瑞安的创作更加个人化、去历史化。韩云波指出，王小石、苏梦枕们"他们的激情与冲动并非理想主义的正义，武林势力重新整合不过是为了在新旧冲突中努力维持作为'超稳定结构'的制衡之局，小说江湖中的金风细雨楼、六分半堂，庙堂上的宋、

---

[1]《深度｜武侠已死？——亲历大陆武侠兴衰史》，https://user.guancha.cn/main/content?id=102569&s=syfwjxpl.

[2] 温瑞安：《说英雄.谁是英雄 后记》，作家出版社2022年版。

金两国朝廷，四者形成复杂的打破旧平衡又形成新平衡的循环制衡之局，王小石没有胜，蔡京没有败，金没有赢，宋没有亡，整个系列写到第八部，制衡之局终未打破"[1]。

"革金庸先生的命"是中国大陆新武侠作者的口号。2006年，北京大学"第三届今古传奇武侠文学奖暨黄易武侠文学特别奖颁奖暨2006年中华武侠论坛"会议上，凤歌认为要抹去"模仿金庸的痕迹""要打破他的江湖谱系"。步非烟改编金庸"侠之大者，为国为民"，而"做你自己"[2]。但无论是凤歌的《昆仑》还是步非烟的《武林客栈》，都未能实现这一目标，在读者心中，其作品不过是略有变形的金庸武侠的翻版，承认故事的"原创"但"处处能看到金庸的影子"，仅限于"模仿"[3]，意味着底层结构并未改变，在算学知识与魔幻风格之下，仍旧是金庸武侠的逻辑。虽然凤歌立意创新，但《昆仑》仍处处有着金庸的影子。比如有读者指出：梁萧的设定来自杨过，四大宗师来自射雕，黑水老怪来自黄药师，中条五宝来自桃谷六仙，韩凝紫来自李莫愁，叶莺莺来自木婉清，贺陀罗来自欧阳锋等等……[4]

将"做你自己"作为口号，恰恰表明乌托邦张力的消逝，舍弃了金庸小说中个体和家国的张力，个体话语成为不再被质疑的意识形态。无论是"剑神""玉手神医""铁面神捕"的故事，还是梁萧

---

[1] 韩云波：《从"后金庸"看金庸小说的历史地位》，《浙江学刊》2020年第4期。
[2] 青眉：《大陆新武侠之盛世江湖——记第三届今古传奇武侠文学奖颁奖典礼暨2006年中华武侠论坛》，《今古传奇 武侠版》2007年第2期。
[3] 《怎么评价凤歌的〈昆仑〉?》，https://www.zhihu.com/question/22226169/answer/1878003913。
[4] 同上。

的浪子传奇，都意味着金庸武侠背后的民族主义情结被舍弃，代之以纯粹的个体情动和游历。凤歌的《昆仑》中，梁萧父亲梁文靖为宋国人，而母亲萧玉翎为蒙古人，梁萧的出身就表达着"民族融合"的隐喻。由是梁萧帮助蒙古攻宋，又在宋朝覆灭后帮助最后的抗元基地——天机宫。梁萧之所以左右游弋，乃在于他的心中并无民族情结，家庭恩怨（父亲被母亲的师傅设计杀害）、个体情感（与柳莺莺、花晓霜）是其成长的动力。而作为一部成长小说，梁萧最具有意义指向的成长就是当他看到自己参与阵营后，战争对个体家庭和生命的危害，这使他毅然逃出蒙古军，成为更具有自觉性（自由意志）的"浪子"。让对生命、个体幸福的重视超越了对于民族、政权的重视，《昆仑》对个体性终极意义的强调，对全球化意识形态进行了更纯粹的书写。

三、"九十年代"的终结和纯武侠的没落

金庸小说和 1980 年代的现实呈现"张力结构"的人性、爱欲和文化民族，逐渐成为历史的"问题"本身。一方面，全球化进程深度化，普遍化的人性、以爱欲为目的的爱欲，或是文化民族主义不再是破除旧结构的历史功能，经由漫长的"九十年代"，它们成为现存的秩序和意识形态。另一方面，全球新自由主义意识形态正面临理论和现实的双重挑战。世界政治格局变动，全球化自由主义经济推行受阻，中国大陆文化的变动，都带来新的文化风潮。在这一意义上，"九十年代"似乎正在终结[1]。以新自由意识形态为基础的武侠设定不再是具有异质性的乌托邦，它丧失了和现实之间的张力，

---

[1] 汪晖：《"九十年代"的终结》，《新京报》2009 年 9 月 5 日。

并且因为特定时代的终结，而显得陈旧。金庸及其武侠热度的消减，与其说是一种类型的没落，不如说是武侠历史功能的退化。2006年的北大会议以"盛世江湖"[1]为主题时，韩云波就提出大陆新武侠事实上已走到"盛世江湖还是危机前夜"的十字路口[2]。曾经的金庸江湖的确是"盛世"，其乌托邦功能在整个社会层面放大疗效，而"盛世"之后，其"没落"也接踵而至。近些年，横陈武侠印象的纸质性代表刊物《今古传奇》的发行量锐减。李栩然回忆2009年前后《今古传奇·武侠版》的状况说，"等到我实习的时候，武侠版的发行量已经萎缩到十多万，甚至几万，知名作家也是有一搭没一搭的写着，而且因为收益太低，许多以此为生的作者经常处于朝不保夕的状态中"。随着历史的延展，继续武侠的写作令人有逆水行舟之感："我已经知道武侠的衰落几乎已经无力阻挡。"[3]

武侠在2008年后的"衰落"表现在各个方面，最明显的是金庸及其追随者的武侠作品在当下影视界的接受情况。从翁美玲版《射雕英雄传》上映时的万人空巷，到李一桐版《射雕英雄传》的波澜寂寂，二者的境遇形成鲜明对比。当然可以说，在大众文化的终端，最具有保守性的影视领域，中老年观众对金古武侠已产生审美疲劳，但承接金庸武侠再创的"江湖"故事也难以受到网生代年轻人的青

---

[1] "盛世江湖"一词来自金庸为《今古传奇》的题词。2003年，"当年傲月寒（时任武侠版副主编）刚来武侠版的时候，正好武侠版一周年纪念，我就给了她一个任务，去香港找金庸，最后她单枪匹马地见到了金庸，并请金庸题了字，当时金庸就写了'盛世江湖'几个字……"这几个字，很长一段时间都被放在武侠版封面上最显眼的位置上。

[2] 韩云波：《"后金庸"武侠》，西南师范大学出版社2013年版，第11页。

[3]《深度｜武侠已死？——亲历大陆武侠兴衰史》，https：//user.guancha.cn/main/content? id=102569&s=syfwjxpl。

睐。2020年，步非烟的《天舞纪》改编为同名影视剧，由当红的"流量小生"出演，却成了其近年作品中最悄无声息的一部。2022年，温瑞安的《说英雄谁是英雄》被改编后上映，该剧请来了著名导演李木戈，"左手《东宫》，右手《司藤》。"手握两部古言改编剧爆款之作的李木戈，是当下最受关注的IP操刀人之一。李木戈的成功之路也被认为是"亲自阅读小说，尊重原著内核，舍得辗转取景"，以画面质感和故事张力在IP改编中取胜。但《说英雄谁是英雄》播出后却反应平平，最大的宣传点也仅剩了"李木戈"这一关键词。观众对于该剧的批评不一，有人认为对原著不够忠实，破坏了故事的逻辑；有人认为打戏拉垮，不够精彩；有人认为台词低幼，对话无信息量……但除却这些IP改编剧的常见问题，《说英雄谁是英雄》所要面对的问题可能主要是："金风细雨楼"式的江湖恩怨似乎不再能够牵动读者和观众的心。

2008年后网络类型文勃兴。虽然诸多网络文学作家都谈到金庸等作家的武侠创作对自己的影响，但是舍弃武侠的世界观设定与纯武侠的"套路"，用新的世界设定和叙事设定编织武侠元素成为2008年后"武侠"的走向。这些作品中纵然有打斗，有招式，有门派，有秘籍，但庙堂之外的"江湖"不复存在。2012年开始连载于纵横中文网的《雪中悍刀行》被认为是最具武侠风格的作品，但徐凤年的成长显然不是在庙堂之外，而是在庙堂之内，江湖异士、侠女剑客成为皇帝、诸侯或权臣的老师、护卫或死士。徐凤年的成长也是认识到权谋对于维护自己和周围人生命、尊严、利益和幸福的重要性，而非如之前武侠那样动辄超脱世外，睥睨庙堂。相较于纯武侠"去父权"的设定，《雪中悍刀行》徐凤年游历过程中处处彰显其"人屠"之子身份，时时被其父"徐骁安排"，也使得《雪中悍刀行》的"江湖"成为庙堂权谋的一部分。与此相似，2014年开始连载于纵横中文网的《剑王朝》紧扣权谋复仇主线。同样获得成功的是《琅琊榜》，"江湖"成为一种潜在的背景，突出梅长苏的复仇、权谋和隐忍，"江湖"不过是梅长苏权谋中的一个重要工具。猫腻2007年连载于起点中文网的《庆余年》可谓是网络文学类型文最具代表性的创作之一，其中不乏武功、打斗等元素，但远离庙堂的"江湖"亦不存在，武力的较量服从于权谋的较量。

2019年开始连载的三弦的《天之下》是近年少有的不加玄幻元素的"纯武侠"，但仔细分析其内在叙事逻辑，可以发现它改变了传统武侠或寻宝或复仇的套路，其设定更倾向于当下在极端环境中思考人性和权力关系问题的"无限流"故事。九大门派像是荒岛求生的九个人，表面上相安无事，内地里暗流涌动，每个门派都在寻找破局之道，谁都想做最后一个活下来的人。李景风对九大派"仇杀令"的反抗具有后现代意味，九大派所认定的罪就是罪吗？九大派认为可以杀的人就应该死吗？少林明不祥的洞察亦有哲学意味，是否只有通过"以魔灭魔"才能让佛法生根……《天之下》对中原和蛮荒的区别并不在意，也舍弃了拔刀相助、快意恩仇。《天之下》的"江湖"更接近于当下抽象化的游戏设定，无正邪之分的九大派相互博弈，而对九大派所形成规则的挑战则有了文明反思的意味。《天之下》等作品的出现，似乎是在证明"不抢秘籍，不寻宝藏，不争天下第一，不替朝廷跑腿"，未必不能成为武侠。"反武侠套路"意味着生成新的叙事逻辑，以新的想象冲破旧有的武侠范式，<u>重塑一种新的故事表达方法</u>。

不能否认，诸多以玄幻、异能为标签的网络文学继承了武侠元素，但基本设定均不再具有远离政治的特征。相反，"江湖"成为个人夺权的重要抓手。任怨的笔名来自温瑞安的"说英雄谁是英雄"系列,他的代表作《横刀立马》中,也直诉了对于"江湖"的乌托邦想象。《横刀立马》讲述了少年王风从一个东方武侠世界穿越至西方奇幻世界的历险记。原始世界遵循武侠逻辑,武功路数、门派斗争、武林联盟,正与邪、强与弱的分辨都在"金庸"世界之内。但异界大陆中任何非军方的力量都要接受冒险者公会、武士公会、魔法师公会三大公会的控制,这是大陆所有人默认的规则,这一设定使得《横刀立马》不再是一个在美好新秩序中自由驰骋的故事,而是一个推翻旧秩序重建以"我"为中心的秩序的故事。男主王风不断破坏三大公会的规矩,引诱各位魔法大师建帮收徒,如"烈火教""厚土教"等,为他们传授江湖理念,讲解江湖规矩,再利用军方的力量支持"江湖"理念的传播。王风利诱皇帝,告诉他朝廷通过"江湖"可以更好地控制在野人士,同时有选择性地对"起义"和"绿林"这些抗衡朝廷的可能性避而不谈。"既然我已经回不去了,这里又没有江湖,那我就创造一个江湖,让这里的江湖也充满了恩怨、情仇、正邪、热血、义气。让江湖成为所有期望出来冒险的人们向往的圣地;让江湖成为抛开所有的国家和种族,不受任何势力左右的江湖;让江湖成为一个只遵守道义,而摒弃所有法律的江湖;让江湖成为一个按照它自身的规则运转的江湖;让江湖成为一个百花齐放,百家争鸣的江湖;让江湖充满幻想,精彩纷呈,绚丽多彩的江湖;让江湖成为这个崇尚强者的大陆所有人第一个愿望就是闯荡江湖的江湖;让江湖成为万众景仰的江湖;让江湖成为可以反过来影响国家和种族的江湖。"[1]王风的理想不同于郭靖,亦不同于杨

---

[1] 任怨:《横刀立马》,起点中文网,https://book.qidian.com/info/4175/。

过。郭靖、杨过等武功再高强，仍是遨游江湖的原子化个体，而王风的追求是掌握"江湖"的"领导权"，不仅是权力意义上的，还是文化意义上的。

"玄幻"不再使用"武侠"标签，并非只是因为非自然因素的添加与构造元素的增减，而是标示着作品整体政治结构和人性观的转变。自足的"江湖"不复存在，个体的成功与政权密切挂钩，文明的冲突代替原有的民族主义框架，个性化的人物被主角光环和金手指所代替……武侠的式微，与其说是因为曾经的武侠已经"封神"，不如说意识形态已然发生变化，既有武侠的叙事已经无法成为满足当下大众"白日梦"的需要。当然，在这种环境下，某种坚持反而显得可贵。无论是邱华栋"把侠写作一种精神，他去找这种精神的源头"，还是徐皓峰"写侠这个群体在没落时期的一种生态"，都是一种清醒的坚持。在当下，写武侠不只是某种文学趣味的偏好，而且是在坚守曾经自足和自由的"江湖"精神。

跨媒介的"叙事共生":网文 IP 影视转化的新变(2020—2022)

中国网络文学 IP(Intellectual Property)的影视改编是重要的跨媒介叙事转化现象。随着网络文学 IP 影视转化日益频繁,突破"次元壁"的跨媒介转化中的叙事特征成为跨媒介研究的重要理论问题[1]。如果说既有的跨媒介叙事研究偏于单个文本的话,当下集中和频繁的"网文—影视"转化则为跨媒介研究提出了新问题。自 2015 年"IP 元年""引爆"网络文学 IP 以来,网络文学 IP 影视化经历了最初的"风口期"以及接下来结构调整的阵痛期,在不断摸索 IP 改编的"提质增速"出路。2020 年—2022 年,虽然原创剧本有所升温[2],但不可否认的是,网络文学 IP 转化仍是影视叙事的主要来源。超 60% 的影视剧改编自网络文学,各个类型的影视剧都频

---

[1] 相关跨媒介叙事理论的研究包括批判为文学而提出的叙事学模型,界定非言语媒介讲故事的条件,探讨从一个媒介到另一个媒介叙事转移的问题,以及追问特定媒介的属性促进或妨碍叙事性的问题等。参见 [美] 玛丽-劳尔·瑞安:《跨媒介叙事》,张新军、林文娟译,四川大学出版社 2019 年版。

[2] 出现了《大秦赋》(2020)、《以家人之名》(2020)、《山海情》(2021)、《觉醒年代》(2021)、《我在他乡挺好的》(2021)、《对手》(2021)、《警察荣誉》(2022)、《猎罪图鉴》(2022)等优质原创剧目。

繁改编网络文学，网络文学创作领域亦出现"IP向"的创作方式。集中、频繁的网络文学IP影视转化，为当下跨媒介叙事带来新的特点。不同于传统印刷文学影视改编或是网络文学IP影视转化初期改编呈现为单向性的故事改编，网络文学和影视近年走向更深入的互动融合，这使得网文和影视两个不同媒介之间产生了共享元素、意义，叙事主体的"叙事共生"的现象。考察2020年—2022年"网文—影视"的媒介互动现场并分析跨媒介的"叙事共生"，可以看到，虽然媒介的不同属性塑造着各自的叙事形式和体验，但是跨媒介叙事在充满内在的矛盾和冲突的同时亦有共生和融合，跨媒介互动亦由单一脉络走向多元化。

一、 互动融合：2020年—2022年的"网文—影视"

相较于海外市场如迪士尼等IP运营模式，通过衍生实体周边进行文化符号的赋能，我国的IP运营还是更集中于文艺领域内的叙事转化和衍生，而其中最为显著的文化产业链条就是"网文—影视"的跨媒介改编。在所谓的"IP元年"2015年尚未到来之前，网络文学改编也并非不见踪迹，鲍鲸鲸《失恋33天》的改编电影就成了2011年同类型、同成本中最具商业价值的国产电影。2014年，《失恋33天》的DVD光盘更是成了国家领导人进行外事活动时所赠送的"国礼"之一。网络文学改编的商业价值并非从2015年发端，真正由《何以笙箫默》《花千骨》等"爆款"开启的是粉丝经济与影视市场的深度绑定，是影视市场思维结构的切换与媒介互动形态的转变。

从IP开发尚处于一片蓝海之时，网络文学巨额流量和"爆款"预订的诱惑令影视资本趋之若鹜。到"影视寒冬"到来后，"2020

年仅前四个月就有超过5000家影视公司注销或吊销"[1],而网络文学IP仍受到关注。可以说,网络文学和影视的关系越来越密切。《2022中国电视/网络剧趋势报告》显示,"网络剧题材则仍然以IP改编为主力,2022年网络剧播放量Top 50中,IP改编数量同比2020年的62%、2021年的56%回升至64%,非IP改编数量轻微下降至36%。"[2]《新华·文化产业IP指数报告(2022)》发布,显示"2022新华·文化产业价值综合榜TOP50"中,"原生类型为文学的IP有26个,占比52%,其中超8成为网络文学。"[3]《2021中国网络文学蓝皮书》显示,微短剧中网络文学IP改编作品的占比也在逐年提高,2021年新增授权超300个,同比增长77%,IP剧数量占比由上一年的8.4%提升至30.8%,同比扩大226%"[4]。在影响力方面,2020年改编自紫金陈《坏小孩》的悬疑剧《隐秘的角落》、改编自十四郎的《琉璃美人煞》的《琉璃》;2021年改编自未夕同名原著的年代家庭剧《乔家的儿女》、改编自尾鱼同名原著的奇幻言情剧《司藤》、改编自清闲丫头《仵作娘子》的探案剧《御赐小仵作》;2022年改编自祈祷君同名网文的《开端》、改编自九鹭非香同名网文的《苍兰诀》、改编自阿耐《不得往生》的《风吹半夏》,都是这些年受众广泛、口碑出众的作品。

---

[1]《行业极寒,短剧突围 | 2020年网络剧集白皮书重磅发布》,https://mp.weixin.qq.com/s/qVifKgLYMeuXmSa6S0xT6w。

[2]《重磅首发 | 2022中国电视/网络剧趋势报告发布》,https://mp.weixin.qq.com/s/Iwc4adM5RDq3vD_bhFPM0Q。

[3]《2022年新华IP指数报告发布:网络文学占IP综合价值和潜力榜单过半》,https://mp.weixin.qq.com/s/qp7BbhKRH122jlZDtrJkFQ。

[4] 中国作家协会网络文学中心:《2021中国网络文学蓝皮书》,《文艺报》2022年8月22日。

在各个垂直类型领域，影视剧和网络文学的跨媒介互动都十分密切。首先表现为网络文学的内容成为影视构架的主要来源，网络文学的叙事支撑着既有类型化影视作品的产出。2020年—2021年，各大平台都推出了许多网文改编言情剧，比如《小风暴之时间的玫瑰》（改编自肖茉莉的《小风暴1.0》）、《心跳源计划》（改编自缪娟的《掮客》）、《风起霓裳》（改编自蓝云舒的《大唐明月》）、《三千鸦杀》（改编自十四郎的同名小说）、《今夕何夕》（改编自时久的《玉昭词》）、《与君歌》（改编自飞花的《剑器行》）等。2022年网络文学改编言情剧更是呈爆发趋势，贯穿2022年始终。仅现代言情剧上架播出就有《幸福二重奏》（改编自爱莉莉的《老公孩子一起养》）、《舌尖上的心跳》（改编自焦糖冬瓜的同名小说）、《今生有你》（改编自匪我思存的《爱你是最好的时光》）、《流光之城》（改编自靡宝的同名小说）、《才不要和老板谈恋爱》（改编自叶斐然的同名小说）、《余生，请多指教》（改编自柏林石匠的《写给医生的报告》）、《影帝的公主》（改编自笑佳人的同名小说）、《请叫我总监》（改编自红九的同名小说）、《良辰好景知几何》（改编自灵希的《倾城之恋》）、《欢迎光临》（改编自鲍鲸鲸的《我的盖世英熊》）、《二进制恋爱》（改编自破破的《北大"差"生》）、《炽道》（改编自Twentine的同名小说）、《一二三，木头人》（改编自九穗禾的同名小说）、《乌云遇皎月》（改编自丁墨的同名小说）、《谁都知道我爱你》（改编自月下箫声的同名小说）、《进击的沐小姐》（改编自小玉啊的《首富家的白月光超凶超飒》）、《点燃我，温暖你》（改编自Twentine的《打火机与公主裙》）。古代言情方面，2022年出现了诸多颇有热度的古代言情剧，均改编自网络文学。包括3月播出的《与君初相识·恰似故人归》（改编自九鹭非香的《驭鲛记》），8月播出的《苍兰诀》（改编自九鹭非香的《魔尊》），7月播出的以写"宅斗文"闻名的关心则乱的《星汉灿烂·月升沧海》（改编自《星汉灿烂，幸甚至哉》），以及11月播出的改编自多木木多《清穿日常》的《卿卿日常》，等等。

其次，网络文学促生了影视剧的新类型和新设定的流行。由紫金陈的网络文学创作改编的《隐秘的角落》和《沉默的真相》是爱奇艺2020年第二季度推出的"迷雾剧场"主打之作品。这两部改编剧的成功带来了网络悬疑剧的盛行。与此同时，豆瓣阅读悬疑文的异军突起，让诸多作品的影视版权相继得到出售。2022年芒果TV于8月29日播出了《消失的孩子》，该剧改编自豆瓣阅读作者贝客邦的《海葵》。再如，近年诸多影视剧基本设定从"穿越"到"时间循环""平行宇宙"的转变，这亦是网络文学的迭代升级直接决定的变化。2018年后，"穿越""重生"虽然在网络文学中仍十分常见，但其热度已不及更加具有虚拟化特征的"时间循环"和"平行宇宙"。此前的《步步惊心》（改编自桐华所著同名小说）、《庆余年》（改编自猫腻所著同名小说）等以"穿越"为基本设定。而近年以"无限重开""时间循环"的《开端》（改编自祈祷君同名小说）为代表，影视剧开始流行新的设定方式。2022年《救了一万次的你》《一闪一闪亮星星》《天才基本法》《乌云遇皎月》等影视作品的相继出现，集中突破了时空的塑造方法，使得2022年被称为"时间循环年"。

同时值得注意的是，2020年后，微短剧的出现是影视剧发展的一个突出现象，而网络文学亦是微短剧的直接内容来源。近年快手、抖音平台上的诸多微短剧直接改编自网络文学，如快手推出的《今夜星辰似你：帝少心尖宠》改编自书旗小说中诺小颖的作品，《秦爷的小哑巴》改编自米读原创小说。华策和抖音联合出品的《唐诗薄夜》改编了七猫中文网盛不世的作品《你是我的万千星辰》。B站上爆火的《龙王赘婿》也吸取了"赘婿流"网文的创作经验等。

"网文—影视"的关系并非单向输出，影视剧"依赖"网文内容的同时，网络文学创作也有了"IP向"的特点。所谓"IP向"就是对作品IP改编，特别是影视改编有着自觉的追求，在创作中有意适应影视化热点和改编便利的创作。爱奇艺平台推出爱奇艺文学，签约IP改编有价值或有潜力的网络文学作家，并定期开展征文活动，要求之一即为"所有适合影视改编及IP孵化的中国好故事。包括但不限于：故事有起伏、有矛盾冲突点、有亮点有看点、有艺术性、叙事精巧、架构合理、人设有特点……"[1]依赖视频平台的网络文学签约工作室也应运而出，例如"昴（mǎo）星工作室"，其热衷的作品即为"IP向作品"。主要从事网络文学创作运营的主要网络文学网站都重点介绍影视版权售出的作品。如"晋江文学城"首页的醒目位置被用来推广正在播出的由晋江网站作品改编的影视剧，同时专门开辟"版权频道"，对影视签约作品进行陈列。"豆瓣阅读"也设有已售出影视版权作品专区，不仅陈列相关作品，而且对作品为何收到影视方的关注进行说明。如最新售出版权的《大宋Online》，其说明是"作品讲述了历史系学生唐凌云等五人，组团参加虚拟实境类游戏公测、携手闯关的故事。在经历起初的磨合后，五人组并肩作战，最终攻克难关并收获了友情。作品构建的世界观极具吸引力，故事情节紧凑，获得影视方的青睐"[2]。诸多网络文学作家表达

---

[1]《爱奇艺文学签约作品要求及投稿方式》，http：//wenxue.iqiyi.com/announcement-1016.html。

[2]《〈大宋Online〉售出影视改编权》，https：//read.douban.com/ebook/412625997/。

了她们对于作品影视化改编的期待，亦有作者表示创作过程中会有类似影像的"一种画面感"[1]。

二、"网文—影视"共生性的"元素融合"叙事

亨利·詹金斯在2003年曾提出"跨媒介改编"的问题。"跨媒介改编"指以一个故事为原初本体，在引入新媒介后进行具有媒介特性的再创作，使得故事经由媒介空间的腾挪，重新进入制作环节，乃至被重新解读，从而实现跨越单一媒介的生产与流通。蕴含着单向的流通向度，也充分体现了后发媒介的主动性。事实上，网络文学和影视在当下的交错共生，体现出二者的媒介互动以一种更加交织共生的方式实现着文化符号的延长效应与文化意义的流动。网络文学和影视共享性地生成各种叙事方式，其中之一就是网文和影视共享"元素"数据库，并且产生共时性的"元素融合"的创作现象。

"元素融合"是网络文学中新近兴起的一门创作技巧，即网络文学中成功获得市场关注的设定、人设、梗、情节方式、叙事要素等，通过重新组合来进行创作的方式。网络文学发展至今，已经形成了诸多类型，每一种类型都有特色性的各类要素，如"穿越""重生""游戏设定""升级""互换身体""甜宠""开挂""NPC"等等。东浩纪曾描绘日本的轻小说呈现"数据库写作"的特点，作家直接从既有的符号数据库中选取元素并重新组合。他从后现代文化的角度分析叙事图像世界的"整体性"的粉碎，"大叙事"裂解为数据库中的各种"表征"、各种"元素"。轻小说的写作不会直接描摹现实，而是从"元素数据库"中挑选元素并加以重新组合。东浩纪揭示

---

[1] 蓝色狮，朱怡淼等：《"自己的节奏"·蓝色狮访谈》，《青春》2021年第10期。

"要素"消费成为后现代思维下的主要消费方式[1]。在中国网文领域，类似东浩纪所说的"数据库写作""元素融合"，越来越成为网络文学的一种发展趋势。如卖报小郎君的《大奉打更人》集诸多"大玄幻"的成功元素于一身；在"金手指""升级打怪""种马"等要素之外，还有类似《庆余年》的朝堂权谋、类似《将夜》的理念斗争，修仙升级、仙侠江湖、悬疑探案，各种元素轮番上场，做成了2021年的"爆款"。由于《大奉打更人》的此种特质，该作品被读者称为"超级缝合怪"。

而影视剧，尤其是改编剧，由于近几年与网络文学共享"叙事元素"，同样表现出"元素融合"的特征。许多改编剧在改编过程中突出原著重要的"网文元素"，以特定的元素融合作为改编剧最主要的情节。如《赘婿》（改编自愤怒的香蕉同名小说）突出"赘婿"＋"商战"，《君九龄》（改编自希行的《君九龄》）突出"重生"＋"权谋"，《风吹半夏》（改编自阿耐的《不得往生》）突出"年代"＋"创业"＋"女性"＋"霸道总裁"。也有一些改编剧为原著重新增加流行"元素"，而这些"元素"在网络文学叙事中亦较为流行与常见，改编过程中编剧将这些"元素"和原著内容相结合并不违和，相反使新叙事更"流行"。"新鲜感"一词在专门从事影视剧流行性分析的德塔文报告中多次出现。"古装剧过往的陈旧内核已经不足以让观众有心灵寄托，也不容易发展出新套路，是其失去大众级别观众兴趣的根本原因。"[2]鲍德里亚对于"消费社会"的著名判断中指

---

[1] ［日］东浩纪：《动物化的后现代：御宅族如何影响日本社会》，诸炫初译，大鸿艺术股份有限公司2012年版。
[2] 《重磅｜德塔文2020—2021年电视剧市场分析报告（二）类型市场》，https：//weibo.com/ttarticle/p/show？id＝2309404617873082417213。

出大众对于物的消费实则是一种对于符号的消费[1],"新鲜感"的乏善可陈,意味着消费符号的驱动不足。顾漫《何以笙箫默》式的故事提供了一种类型化的"都市浪漫",《花千骨》将"仙侠"的"神话"内核替换成"言情",文化产品给出了新的"符号编码",消费就会跟随着"流量"的消耗而产生。《三生三世枕上书》(2020)、《千古玦尘》(2021)、《沉香如屑》(2022)的"失效"皆因同样的"仙侠"+"言情"+"虐恋"的公式已经成了审美疲劳的既定模式,新的元素组合势在必行。《隐秘的角落》引入"坏小孩"设定,《御赐小仵作》引入"女仵作"设定,都是与网络文学同步,引入新鲜元素,增设叙事符号的行为。

当网络文学愈发显示出包括严肃纸媒文学和通俗文学在内的既有文学所不能容纳的新经验,越来越和Z世代、M世代的经验联系在一起时,影视改编也会同步引入"当下性元素",避免"过时"。台词、微型情节,乃至部分逻辑等方面,都会"版本升级",使"故事世界"与"会话领域"弥合,让"叙事叠层"的边缘自行接洽[2]。《才不要和老板谈恋爱》(改编自叶斐然同名小说)在改编时尤其突出了这一点,更新了时空背景,让主人公为"发际线"和"搞钱"而发愁,增加"共享单车""共享雨伞"的学生会提案,在情节中穿插"狼人杀""密室逃脱"等时代游戏。《开端》则是在公交车的群像人物中增加了一个网络主持"一哥",交代了公交车爆炸后其他直播博主对其流量的瓜分;增设了刘瑶等人物,增加了寻找"网暴"

---

[1] [法]鲍德里亚:《消费社会》,刘成富、全志钢译,南京大学出版社2014版。
[2] [美]凯瑟琳·杨:《叙事现象学中的框架与边界》,[美]玛丽-劳尔·瑞安:《跨媒介叙事》,张新军、林文娟译,四川大学出版社2019年版,第67—98页。

真相的详细过程，将"网络暴力"铺设为一条叙事副线。《请叫我总监》（改编自红九同名小说）关注年轻女性的职场经历，突出了"职场霸凌"，细腻刻画了一位"擅长PUA的Boss"。《卿卿日常》（改编自多木木多的《清穿日常》）的影视改编更是"全盘替换"，重写了主体故事和叙事逻辑，突出了性别文化的概念表达，用"宣纸腰"代替"A4腰"聚焦"身材焦虑"，按照"绿茶女""普信男"的标签重新制定人设。这部自带官方吐槽与内心OS弹幕的反套路轻喜剧，被观众调侃"抄了多少微博段子"，正是在提示其影视改编过程中对于"网感"的过度使用。网络文学的内驱属性使得编剧有意识地对标网生代消费群体，通过挪用、整合各大社交平台的"语录"并进行一定的"翻译"，实现圈层文化的衔接与再创作理念的嬗变。

由于网文和影视共享叙事元素，许多并非直接改编自网络文学的影视剧，由于采用了"元素融合"的叙事方式，使得它们比网文改编剧更像网文改编剧。如《覆流年》（2022）播出时，观众会用"这很网文"来形容其观看感受，这种可以被触摸的感觉并不简单表现为具体内容的相近，意味着在情节之外，诸多为"网文-影视"所共用的"元素"得到编织。除此之外，网文元素已经成为诸多成功影视剧的"套路"。微短剧《拜托了别宠我》（2022）的"穿书"设定是近年网络文学常用的设定；《长公主在上》（2022）的男女主反差人设也是这两年女频顶流作品的创意，如晋江红刺北的《将错就错》等作品就曾成功设置男女反差人设。各类"赘婿"题材短视频、"马甲"设定的短视频充斥着下沉市场，而"赘婿""马甲"等都是面向下沉市场的网文中比较常见的元素。

可以说，网文、影视共享叙事元素，并且共同偏重"元素融合"的叙事方式。这是网络文学作品持续进入影视领域的必然产物。"元素融合"意味着媒介之间的叙事差别和边界正在消减。跨媒介双向互动的叙事方式正在改变既有的跨媒介叙事转化的问题。相较于并不强调"表征"而强调"整体性"的"故事",各种"元素"包括"设定""人设""梗"等沟通了具有跨媒介叙事区隔的网文和影视,由是产生跨媒介"叙事共生"的现象。

三、跨越媒介区隔的"意义的核心"

如果说"元素融合"是"网文—影视"跨媒介"叙事共生"较为表层的表现,那么语义层面的跨越和共享则是更深层次的奥秘。叙事学在人文社科领域的泛化,让叙事演化成了一项被广泛讨论的命题。从罗兰·巴特所说的广布的叙事形式的存在,到克劳德·布雷蒙所说的故事在不同媒介中转换的过程中可以被"追踪",玛丽·瑞安从诸位叙事学缔造者的构想中指出叙事研究的跨学科性与跨媒介性。媒介所提供的叙事资源并非完全同一,即使"从一种媒介迁徙到另一种媒介","意义的核心"具有跨越性,但是新媒介可以通过展现其独特的"资质"而实现不同的叙事潜力[1]。传统的印刷文本思维方式强调"能指"的作用,当新媒体出现,跨媒介传播成为常态时,叙事学研究者更加意识到"所指"在跨媒介叙事流动中的重要性。"当文本主义以压制所指的方式来凸显能指时,叙事学却仰赖故事/话语二分法赋予了(通过故事再现的)所指与(通过话语再

---

[1] [美]玛丽-劳尔·瑞安:《故事的变身》,张新军译,译林出版社2014年版,第3—4页。

现的）能指同等重要的地位。"[1]网络文学IP的影视改编过程中，决定改编成败的并非是否沿用网文的表层叙事方式，而是是否能够呈现原著的叙事"所指"，特别是深层语义系统。

用适合影像表达的能指表达出原著的所指，这是网改剧忠实原著的应有之义。虽然网络文学不乏满足权力、金钱等欲望的"白日梦"，但近来网络文学的迭代升级也在进行中。网络文学的发展顺应着大众文化心理，出色的网络文学能够体现出大众文化心理的鲜明变动，其对性别、人性、文明或人类未来等问题的思考亦在深化[2]。改编此类网络文学，最重要的就是能否尊重原著"意义的核心"。2022年末播出的《卿卿日常》改编自晋江文学城多木木多的《清穿日常》，原著描述的是女主穿越到清朝后的一日三餐，男主原型是雍正，女主的原型是齐妃。《清穿日常》的创新之处在于摆脱了"清穿文"写宫斗的套路，女主安心美食和日常，"尽量跟院子里其他的女人友好相处"。改编剧对原著做了很多改动。最突出的是改编剧重新嵌套世界观，将时间线上的价值观区别做成空间上的地域性问题，天下分为九川，男主是新川少主（类比清朝阿哥），女主来自霁川（一夫一妻制平等社会）。去除清朝背景，设置架空世界，此番整体世界设定的改变，有助于淡化清朝所具有的色彩浓重的封建王朝的固化认知。架空世界以关于性别的价值观进行区域划分，有助于将"男女平等"等现代观念顺理成章地植入作品。男主尹峥也没有雍正帝的帝王思想，虽然有夺权上位的桥段，但整个剧作偏重男女主的

---

[1] [美]玛丽-劳拉·瑞安、杨晓霖：《文本、世界、故事：作为认知和本体概念的故事世界》，《叙事理论与批评的纵深之路》2015年第00期。
[2] 李玮：《论女频网络文学叙事结构的新变（2020—2021年）》，《江苏社会科学》2022年第4期。

平等关系、二人的相互尊重和欣赏，女性人物们"姐妹团建"，为争取女性地位奋斗，为日常生活代言。改编剧的设计并不紧凑，枝蔓人物较多，但其播出实绩却打破了爱奇艺热度破万的最快纪录，在全年热度榜单上排第二，会员最喜爱榜单排第一。众多分析该剧成功原因的文章都提到剧作的"概念"，提炼"日常"，女孩独立互爱，是该剧的亮点[1]。近年，随着网络文学创作的转变，影视改编团队也越加意识到要对原作的创新和深化保持敏锐，让"概念""立意"跟上时代。《卿卿日常》的编剧刘闻洋就曾明确自己对该剧主题时代性的敏锐把握，他说"放在十年前，这样的角色不是说你想突破就突破，不合理，也出不来，那时候我觉得古装剧更多的还是在鞭笞和反省封建制度。放在未来，可能又是另外的对于性别之间和价值观之间的更进一步的深化和变化。所以，它是当下这个时代的产物"[2]。

对于"元素"的删减和保留，会围绕原著最重要的语义系统展开。古偶言情剧如此，现代言情剧亦然。改自叶斐然的同名小说《才不要和老板谈恋爱》，对原著的改变可谓大刀阔斧，核心要义就是"去形衍魂"，保留着核心理念与线索情节，同时进行了一场更加集中化、戏剧性、细节性的出色处理。原著是一个较为简单的甜宠结构，影视剧在保留原著的时空逻辑、男女主的感情线的基础上，自己增添了亲情线、成长线和职业线，并且改编删除了一系列常处在偏离人设的暧昧场景，让情节内容的现实性更强，擦除了无关紧

---

[1] 《〈卿卿日常〉收官，热度口碑"高开疯走"见证暖冬爆款"小日常"》，http://ent.czongyi.com/2023/dianshi_0103/66643.html。
[2] 《2022爆剧启示录③|〈卿卿日常〉背后的古偶方法论》，https://baijiahao.baidu.com/s?id=1753444161180948222&wfr=spider&for=pc。

要的赘笔,并去除了女配的低级心机设定和男配的扁平化标签。同时期改编自柏林石匠《写给医生的报告》的《余生,请多指教》,亦是这样一部去油去腻的甜宠剧。在日常职业和生活中展开剧情,绕开浮夸,去除没必要的误会,男二女二的捉弄也不过分。《余生,请多指教》给甜宠剧适当做减法,又加以职场线和亲情线做中和。这二者都尊重网络文学原著中"反霸总"的套路,增加亲密关系的日常性和现实感。编码"中国故事",激活"数量可观的平民生活史诗"[1],清华大学影视传播研究中心《2022中国电视/网络剧趋势报告》如是总结。与以往在言情IP中"消失"的家庭相比,2022年的"家庭"格外多,原因即为"网文—影视"共享共同的语义对影视剧元素选择的重要作用。

网文IP影视改编最具争议性的话题,即为改编不忠实于原著的问题。将网络文学作品进行影视改编,通过裁剪、重塑,调动镜头进行象形演绎时往往引发负面争议,使"魔改"一词与"网文—影视"的跨媒介改编如影随形。但值得注意的是,改编失败的作品往往不是因为影视改动了原著中不适合影像表达的部分,或是增加叙事元素,而是改动了原著重要的语义系统,让原本具有创新性的语义表达变得陈旧、扭曲。如改编自米兰Lady《孤城闭》的《清平乐》(2020),改变了原著着重从"宦官—公主"跨阶层爱恋的角度书写一个清平优美的时代面具下所掩盖的悲剧故事,将原著中的配角皇帝和皇后改为主角,书写仁宗政治生涯和情感历程,将为边缘人物发声变为为帝王立传,此改编被认为毫无新意,平平无奇。

---

[1]《重磅首发 | 2022中国电视/网络剧趋势报告发布》,https://mp.weixin.qq.com/s/Iwc4adM5RDq3vD_bhFPM0Q。

2021年，影视剧《司藤》的原著作者尾鱼在新浪微博吐槽"魔改"，痛陈改编将其原著中"志怪"的精妙删除，沿用陈旧的言情剧套路。2022年，古言权谋"巅峰"之作《凰权》的作者天下归元在新浪微博发布长文，讲述作品《凰权》在改编为影视剧《天盛长歌》过程中，原著作者充当编剧遭受的种种辛酸经历。《天盛长歌》作为改编剧的问题也不在于删掉枝蔓人物、压缩世界设定，而在于它将女主作为"行动元"的情节统一替换为男主，把宣扬女性独立的"大女主文"改为"大男主剧"。因此无论画面制作如何精美，演员阵容如何强大，也不能引人共鸣。改编自沧月长篇奇幻小说《镜》系列的《镜·双城》，是2022年首部S+级别IP改编剧作，首播当日播放量即破亿，可见观众对其期待值颇高。但是随着剧集的演绎，直至收官，该剧的热度却持续下跌，网络口碑也有所下滑。分析改编前后可以看出，对原著中诸多家国思想和磨难历程、冲突视角和反抗理念进行删节，只留存爱情这一条单线。这是《镜·双城》改编剧未能充分吸引观众的重要原因。

虽然不同的媒介有不同的表达方式，许多研究者强调媒介本身就决定了"内容"，所谓"媒介即讯息"[1]。但同时不应忽视在网络文学IP影像转化的过程中，最为重要的"意义的核心"，它既能先验地决定改编剧的结构，也能调动新的媒介编码手段，促成影视媒介叙事形式的创新。如上所述，改编剧的删减和增加元素，关键是能够有效传达原著"意义的核心"，而这种前置的意义亦能调动影视特有的媒介编码方式。如《都挺好》试图讲述一个"做家人久了，

---

[1] [加]马歇尔·麦克卢汉：《理解媒介：论人的延伸（增订评注本）》，何道宽译，译林出版社2011年版，第16—20页。

难免就会有积怨"的故事。与原著苏明玉冷静地选择稀里糊涂地过下去"远远观望"的结局相比，影视剧将收尾安排为父女在夜里的老宅"找习题集"时一步步地走向记忆的和解。无论是路灯下的灯光，还是寒夜里的拉扯与搀扶，都铭刻了媒介所要传递的"讯息"。就像是《乔家的儿女》虽然在按照沿着戏剧性的情节进行叙事，但镜头语言却透露了评价的态度，"照亮"的是发旧的衣着，泛黄的砖瓦与冒热气的灶台，彼此依偎、守望的家庭情谊就在这些有意辗转的镜头语言中得到突出，这些承载情节的布景细节无一不在"塑造叙事形式并影响叙事体验"，可以被追踪为一种"被编码的意义类型"[1]。

无论是2020—2022年网络文学IP影视转化所体现的跟进网络文学"意义的核心"的重要性，还是由此所决定的元素增减或影视编码形式的调动和创新，均说明网文和影视在意义层面具有共生性。网络文学思考的深化和意义的创造，在改编剧中以不同的形式得以呈现。虽然网文和影视在叙事视角、语态、节奏或者角色、行动元等设置都可以有不同的处理，所运用的纸面文字和镜头语言亦有差别，但深层的语义系统能够跨越媒介的区隔，促成二者围绕同一"所指"产生"叙事共生"。

四、跨媒介叙事主体的重合

据骨朵传媒数据统计，网络文学IP网剧的热度仍高于原创网

---

[1] [美]玛丽-劳尔·瑞安：《导论》，[美]玛丽-劳尔·瑞安：《跨媒介叙事》，张新军、林文娟译，四川大学出版社2019年版，第1页。

剧[1]。对于单独剧情的讨论已经显得势单力薄，缺乏互动话题与社交意义，最终也会影响影视的升温。无论是叙事元素还是深层情感结构，都是通过与社会话题共享流量实现热度。影视方鼓励的"二创"，希望刺激大众"挪用""拼贴"素材，制作海报、安利视频、花样剪辑，拉动活跃度；提倡"破圈"，发挥 IP 的品牌效应，贡献话题度，拓宽市场面积。这种"次元互动"的要求，潜在地证明观众、读者和多终端消费者的身份因交叉、模糊而得到重叠、重塑，成了"积极的创作者和意义的操控者"[2]。

在这种情况下，网络文学作者和影视编剧、读者和观众往往不分彼此。以往邀请网文作者成为编剧，是为了保证著作的还原度和对于故事整体的把握，但近年来作者的功能不仅是为作品把关，他（她）们也成了编剧本身。如未夕出任编剧改编《乔家的儿女》，也进入正午阳光的编剧团队创作《山海情》的剧本。在此种情况下，许苗苗曾指出："女性网络作家对媒介身份的定位却并非一以贯之……当网改剧热播荧屏时，她们退避在编剧名下。"[3]有的编剧也陆续进入网络文学领域，成为作家。鹳耳、陆春吾、散仙等作者因为编剧的职业经历，在小说创作中带有一种从业痕迹。网络文学作者身份与编剧身份之间不再泾渭分明，诸多网络文学作者在写作之初就考虑到了版权售出的未来，从而在空间感、视觉效果和敏感度、

---

[1]《行业极寒，短剧突围｜2020 年网络剧集白皮书重磅发布》，https：//mp.weixin.qq.com/s/qVifKgLYMeuXmSa6S0xT6w。

[2]［美］亨利·詹金斯：《文本盗猎者：电视粉丝与参与式文化》，郑熙青译，北京大学出版社 2016 年版，第 22 页。

[3]许苗苗：《新媒介时代的"大女主"：网络文学女作者身份的转变》，《扬子江文学评论》2022 年第 2 期。

制作难度上更注重一种可视化的效度，以方便进入影视流程，甚至一些作品被判定为具有较高类型性商业价值的作者会去专门创作可供改编的剧本。例如《三国机密之潜龙在渊》《古董局中局》《长安十二时辰》取得了收视佳绩后，马伯庸的作品受到巨大关注。《风起洛阳》（2021）让观众无数次地想通过阅读原著来破解悬疑迷局。鲜橙的《掌中之物》被影视化后，又为《不期而至》（2022）创作了剧本，与此同时，小说的状态不得而知。《东宫》的作者匪我思存成为《传闻中的陈芊芊》（2020）的总策划，又充当《乐游原》的小说作者兼编剧。薛定谔状态的原著作品与《覆流年》等"比网文还网文"的原创剧本，象征着创作主体身份的模糊，显示了一种双向的，超越媒介自觉的"出位之思"。

媒介融合并不只依靠创作层面的思维渗透与技术操作，也依靠"消费者的积极参与"完成内容上的流通。在网络文艺领域进行文化消费的群体界限并不分明，所召唤的主体受众都是网络时代的青年群体，在读者和观众的身份中频繁切换。随着新媒体技术空间的延展，开放话语场域，分权程度骤增，也影响了意义发生方式，变迁的文化"鼓励消费者获取新信息，并把分散的媒体内容联系起来"[1]。鲜橙原著的影视化作品《阳光之下》（2020）过度删减，让书粉"意难平"，也影响了观众的审美体验，剧组在第三年推出了原班人马的新剧《不期而至》（2022）。除却剧作本身类型讨喜，悬疑看点鲜明的特点，不可否认的是，这部剧的叙事意义要依靠粉丝共创。对应着《阳光之下》，《不期而至》的男女主人设对调，情感模

---

[1]［美］詹金斯：《融合文化：新媒体和旧媒体的冲突地带》，杜永明译，商务印书馆2012年版，第31页。

式翻转，最终又殊途同归。台词呼应，情节耐人寻味，"名场面"还原，旧有道具复现，部分代步工具、衣服、餐厅都与前者保持一致。弹幕实时解读，调侃人物的"前世今生"，挖掘细节，以散点式的弹幕星丛、突出的高赞弹幕词条构成了互动性极强的参与景观。值得注意的是，其意义的源头并不是《阳光之下》，而是《掌中之物》的文本世界，在粉丝话语体系中还勾连着演员的三次元世界。交流渠道的开放召唤了各式各样的社群，对于叙事权力的"解放"允许大众进行发散联想与逻辑重组，主动使用碎片化的信息进行实时反馈，发挥"盗猎者"功能，这让"网文—影视"系统面临着越来越复杂的文化共创局面。如果与《阳光之下》《不期而至》有关的叙事互文还可以追溯为原著《掌中之物》的始发效应，那么从《县委大院》（2022）这一原创剧作中显露的 IP 效应则更体现出了媒介互动的复杂性。《县委大院》是以表现"基层干部"这一社会角色为主题的献礼剧，情节较为舒缓，集中于县委大院中的工作与生活。由于题材的限制性与戏剧矛盾的匮乏，作品并不容易凭借故事本身收获观众，但热度却通过另一种方式实现。正午阳光的有意为之，令演员面孔与《琅琊榜》这一知名 IP 的演出阵容高度重合，连主演胡歌的角色人物都重新启动了"梅"姓，以"梅"开二度为宣传点，取名"梅晓歌"。实时弹幕不断滑过对"霓凰郡主"与"梅长苏"同框的解读，"'此生一诺，来世必践'，这就是来世吗？"青年梅晓歌的演员扮演者正是《琅琊榜之风起长林》中扮演"萧平旌"的演员刘昊然，"金陵城最明亮的少年"跨越时空的接续引发了新的叙事意义。围绕着被"正午阳光"影视化的经典 IP，各个封闭的故事时空相继打破，意义流动，依靠消费主体进行叙事钩织，不仅展示了"正午阳光"的品牌黏性，詹金斯所说的"参与者文化"、媒介的社交功能在这一剧目的播出现场也展现得淋漓尽致。"赛博演出"消除了"人际组合里的时间差异和空间差异",以"数据"在场的观众一边调侃既往优质 IP,一边探讨日常生活,交流实时感染症状,进行社群对话,虚拟场域中主体的在场与集合,昭示了媒介所具有的形塑之能。

网络文学和影视的叙事创造主体和接受主体,以及叙事衍生等交错共生,由此"网文—影视"之间的跨媒介互动共生将更加深入,跨媒介叙事转化的过程不再呈现线性、单一的面貌。其复杂的交互性所钩织的多元空间,较之前仅仅作为"原材料加工"的文学影视转化,表现出了一种更具系统性的媒介融合趋势。最初的跨媒介改编集中于纸介媒体到网络媒体的流转,存在一"线"之隔,自从网络文学兴起并成为 IP 的绝对基础,网剧顶替"台播"成为影视市场的主流形式,网络空间虽然自行分层,但经由网络搭建起来的整体空间仍旧处于一种共通共联的状态。近年网文 IP 影视转化显示网文和影视正走向更紧密的互动融合,而非相互对立。

五、结语

综上,以优质 IP 剧目集中爆发的 2022 年为锚点,回顾 2020 年—2022 年这一具有阶段性意义的网络文艺生长阶段,考察网络文学 IP 影视转化的新特点和发展趋势,可以发现网络文学和影视的频繁互动,使得二者以不同的媒介方式共享叙事元素和"意义的核心",具有"叙事共生性"。网络文学的更新迭代促进了影视表达的更新迭代,影视则通过媒介语言的有意使用表现了一种跨媒介改编的统一性处理方法。在媒介交互的过程中,网络文学与影视之间的关系与此前线性牵引的结构相去甚远,不仅"同频共振",而且以意义的相互簇生,展现了媒介的交织共融。"网文-影视"跨媒介互动的新变化也昭示出"参与式文化"景观、后结构主义式的"互文"成为媒介叙事传播的重要内容。它带来了跨媒介叙事的新问题，也注定以更多向度、多元化的互动共生促进跨媒介叙事理论的新的思考和生成。在"虚拟"与"现实"不断交织共生而走势未知的时代，"网文—影视"这一个充满二元意味的话题最终将迎来更具多元意味的解答。

"主动幻想"：作为新空间形式中的"文学"的剧本杀

文学叙事是否只能是静态、封闭的意义结构？文学主体是否只能是被塑造出来的、先验的、决定性的存在？在印刷媒介承载的文学发展史中，孤立的文学写作方式，使得文本的时空呈现封闭的静态。虽然印刷媒介文学也呈现出诸多先锋性探索，比如打破闭环的结构，呈现发散的或是断裂的时间和空间，但是，在静态文本中，无论作家如何具有开放叙事空间，呈现多重主体的动机，文本仍改变不了单一作家言说的基本属性。或集中，或发散，或清晰，或模糊，印刷媒介文本总会存在一个"主人公"，并围绕该中心构筑时空和勾连事件。巴赫金曾指出被动施加的"主人公"的空间形式，只能成就在"以我为中心"的消极状态，是被动的被施加的幻想世界[1]，即读者只能在作者创造的以"主人公"为中心的整体世界中，被动地感知或共情。"被动幻想"的过程中，"主体"不能与"他人"

---

[1] 巴赫金在《审美活动中的作者与主人公》中对文学作品中的作者和主人公的关系进行了批判。他指出，围绕主人公设置封闭的意义统一体的叙事，使得"主人公变得消极无为，正好像部分对于包含它并完成它的整体只能处在消极状态一样"。参见［俄］巴赫金：《巴赫金全集》（第一卷），晓河、贾泽林、张杰、樊锦鑫等译，河北教育出版社1998年版，第110页。

的意识进行交互和对话,一切事件都被"主人公"的愿景和情感所笼罩。如果不把"文学"仅仅当作是一种"再现",而是把它当作意义的输出和表达,正如柄谷行人在论述文学文体时所启发的,文学叙事存在的空间性探索,也许不只是在文学内部增加风格的多样性,文学的空间结构,其实也是认知世界的结构方式[1]。我们可以认为,"被动幻想"的叙事空间形式,本质上是"自我中心化"的外部结构和主体内面的表达。

在理论层面,强调"对话"、强调"主体间性"已成为研究热点。但如果这种"对话"和"间性"不能在审美层面加以实现,不能转化为对于身体化、内部的"自我"反观和生成,那么这种公共空间仍避免不了抽象和空洞。在这一意义上,中国"剧本杀"以创新的文学空间形式,为"对话"创造了审美的可能。当文本的"主角"消失,人物呈现未完成的状态,情节成为一种参与和互动的"讨论",意义在选择和对话中生成,并由此形成对意义世界的审美反观。本文以"主动幻想"来概括剧本杀上述叙事创新的特征,认为剧本杀实现了审美意义上主体间性的可能,它开创了具有先锋性的叙事方式,为文学、文化的发展提供了新的可能性。

一、注重"文学性"的中国剧本杀

中国剧本杀最早脱胎于桌游,业内将从英国翻译过来的《死穿白》(*Death wears white*)作为国内剧本杀的启蒙本。之所以许多剧本杀资深玩家将之认为是最早的剧本杀,是因为《死穿白》更接近

---

[1] 参见"文类之死灭"。[日]柄谷行人:《日本现代文学的起源》,赵京华译,中央编译出版社2013年版,第147—162页。

于真人角色扮演。2016年，明星推理真人秀《明星大侦探》使这种游戏样式得到普及。2017年初第一家剧本杀实体店在上海开业。2018年，"我是谜""百变大侦探"等线上剧本杀项目先后获得了融资，资本的进入使行业知名度进一步增加。2019年全国的剧本杀店数量由2400家迅速飙升至1.2万家。截至2021年5月底，美团、大众点评线上收录、在营业状态的剧本杀实体门店约1.3万家，全国剧本杀实体门店约3万家。根据小黑探平台数据，2020年年末，小黑探平台上架剧本总数已逾3000本。与之发展趋势相呼应的是平台剧本交易金额，2020年全年小黑探平台剧本总交易金额达近亿元[1]。2019年中国剧本杀市场规模超过百亿元，同比增长68.0%。2020年受疫情影响，市场规模以7%的增幅增至117.4亿元[2]。

不过，就内容而言，当下中国剧本杀与最初的交互性的游戏剧本有了很大不同。《2021年中国剧本杀行业报告》分析，中国"剧本杀的核心在于剧本，因此这不仅是一款线下游戏，更是一类文创产品。如今泛娱乐产业以IP为核心，影视、网游、小说等领域都有众多具有影响力的IP，运营优秀的IP或因其主角人设或因其故事情节吸引大量粉丝，粉丝也会积极为IP跨领域的转化保驾护航"[3]。也就是说，中国剧本杀的发展不再满足于参与性的推理游戏，更强调"剧本"，关注"内容"向度。

当下中国剧本杀主题不再局限于谋杀探案，而是拓展到儿童教育、家国情怀、人类命运等主题，甚至是各种哲学思考的各个方向。

---

[1]《2021年中国剧本杀行业报告》，https://36kr.com/p/1122210116644873。
[2]《剧本杀成年轻群体社交新潮流》，《新快报》2021年4月30日。
[3]《2021年中国剧本杀行业报告》，https://36kr.com/p/1122210116644873。

如《粟米苍生》[1]将背景设定于1942—1943年的河南饥荒；《像水消失在水中》[2]思考新中国成立后动荡历史中的人物命运和情感悲剧；《我们都将死于29岁》[3]以北岛的诗"那时我们有梦，关于文学，关于爱情，关于穿越世界的旅行；如今我们深夜饮酒，杯子碰在一起，都是梦破碎的声音"点题；《人类成长计划》[4]讨论人类文明发展走向；《美丽新世界》[5]则思考教育之恶的问题……无论是《像水消失在水中》对博尔赫斯的援引，还是《美丽新世界》对鲁迅"就令萤火一般，也可以在黑暗里发一点光，不必等候炬火"的援引，都表明诸多剧本杀的创作直面人生，正视困境，不满足于娱乐性。在文字表述上，当下中国剧本杀已不再满足于仅提示人物背景和故事线索，而是调用诸多文学修辞，在肖像描写、动作描写和心理描写方面着力，同时也开始运用隐喻、象征等手法，创造适应不同情景和意义表达的语言风格。

中国"剧本杀"的文学化特色还表现为"剧本杀"与网络文学越来越多地融合在一起。大约从2008年开始，中国网络文学IP（Intellectual Property）的运作模式开始萌芽，即重视内容知识产权的影响力，并将该内容运用推广到文化产业全领域，实现某项内容

---

[1] 安生：《粟米苍生》，汽水文创工作室出品。下文出自同一作品内容引文不再标注。

[2] 安可：《像水消失在水中》，麻心汤圆工作室出品。下文出自同一作品内容引文不再标注。

[3] 杨顺舟：《我们都将死于29岁》，W-工作室出品。下文出自同一作品内容引文不再标注。

[4] Rainstop King：《人类成长计划》，北京MASTER KEY剧本推理出品。下文出自同一作品内容引文不再标注。

[5] 沐黎、游三：《美丽新世界》，鲜焰文化出品。下文出自同一作品内容引文不再标注。

知识产权的联动效应。IP运作模式的影响于2010年，通过网络文学影视剧改编达到了巅峰，《美人心计》《千山暮雪》《步步惊心》等一系列由网络文学改编而来的影视剧获得关注。盛大文学旗下作品《致我们终将逝去的青春》被改编成同名电影，取得了7.18亿的高票房，并实现了票房口碑的双丰收。同时，在游戏领域，网文IP的游戏开发主要是以故事中提供的人物、情节、环境为蓝本，设计开发成同一主题的游戏，类型包括浏览器页面、客户端和移动端游戏。网络文学IP不仅为游戏提供丰富的想象力元素和精巧架构，而且网络文学原有的流量也给游戏增加了人气。这几年的剧本杀传入中国后也受到网络文学这一发展趋势的影响。一方面，剧本杀引入了许多IP，如在网文创作界和影视改编领域取得很好成绩的《步步惊心》《琅琊榜》《元龙》等被改编成剧本杀。网络文学改编成剧本杀，使得剧本杀整体的文学丰富性得到了提升。另一方面，当故事立意、情感细腻等具有高端剧本杀的发展倾向时，剧本杀的作者群体和读者群体就会发生变动，诸多网络文学作家转而写作剧本杀，诸多具有文学诉求的读者也开始期待剧本杀实现除游戏、交往之外的文学功能。

当下中国剧本杀意义表达的深刻性和语言风格的多样性，正表明剧本杀本质固然是一种游戏，但它们同时成就一种"新文学"的可能。表面上看，剧本杀接近于剧本，剧本杀介绍各个人物的背景，并设计各个人物的故事线，大型剧本杀会为人物设计台词和动作。但不同于脱胎于印刷文学的剧本，剧本杀中的人物不设置"主角"，并且以保证每个人的发声和参与作为剧本杀文本的根本要求。为了呈现"剧本杀"的冲突性，"剧本杀"的参与角色观点、性格或利益具有冲突性，并且为了保证每一个玩家的参与感，"剧本杀"文本赋予这些具有不同观点、立场的人物以相同的"发声"的权利。

在实际操作层面，剧本杀要求每一位参与者都认真阅读剧本，代入角色，并按照线索设置参与互动。大型剧本杀会设置主持人DM主导故事进展的节奏，把握故事延展的流畅性，或是设置NPC助力故事的演绎。在游戏功能层面，剧本杀保证参与者的参与、解密体验，也实现了社交功能。而同时，当参与者认真阅读剧本，揣摩人物心理，体验人物情感，并代入人物参与故事进程，特别是通过互动产生新的情感、心理碰撞、通过再创造的言行、选择决定人物命运和故事结局走向时，剧本杀的参与过程就不简单是社交游戏。剧本杀参与者在沉浸剧情人物的同时，也实现了对自我的反观，并且在故事互动中实现了对世界有距离的思考。

剧本杀体验反馈表达了参与者的痛苦、感动或沉思……如知乎上《金陵有座东君书院》[1]的测评写道："亲情、友情、爱情、家国情，一个六人本怎么能完美地诠释这么多种情感呢？"[2] "历史，从不会记录小人物的故事，但他们就是历史的故事。"[3]《兵临城下》[4]的玩家体验之一是"我玩的团长本，全程很投入。DM读日记的时

---

[1] 十四先生、申老师、铁头阿土：《金陵有座东君书院》，黑羽毛工作室出品。下文出自同一作品内容引文不再标注。

[2]《〈金陵有座东君书院〉剧本杀测评丨成长就是将美好的东西撕碎给人看》，https://zhuanlan.zhihu.com/p/399398963。

[3]《剧本杀〈金陵有座东君书院〉丨鲜衣怒马少年时，不负韶华行且知》，https://zhuanlan.zhihu.com/p/374088769。

[4] 猫斯图、逆火：《兵临城下》，老玉米联合工作室出品。下文出自同一作品内容引文不再标注。

候我就入戏了,慷慨激昂一股脑要守城"[1]。《像水消失在水中》的玩家体验是"剧本就像一本短篇小说一样,质感很强,每一个细节都经得起推敲,剧情特别赞,随着剧情进展慢慢体会到角色的无奈,会联想到现实生活中,做选择的话是因为生死还是因为信念?故事里每个人都在做抉择,而每个人在做选择的时候都是不容易的"[2]。这些反馈都表明,虽然剧本杀是一种游戏,但如今已经发展成为康德-席勒意义上的具有审美功能的"游戏",参与者在剧本杀中所体验到的是关于人类、家国、历史或个体的意义思考,是自身对这些意义既沉浸(关乎身体和情感)又有距离(是游戏和虚构)的审美观照。

二、 未完成的"人":"主角"的消失

剧本杀不仅具有文学性,而且以新的空间形式开创了新的文学叙事。当剧本杀叙事不再依赖静态、封闭的印刷传媒,而是在群体互动中展开,并且因保证参与者平等参与的需要,去主角、去叙事中心,强调情感、情节和意义的互动时,剧本杀的叙事处理打破了既有叙事"范式"的束缚,在角色、视角、情节和意义生成等诸多方面都具有创造性。

塑造"主角",是书面小说叙事的一般法则。围绕"主角",展开种种事件,才能构成一定的意义总体。这个"主角",可以是特殊的个例,也可以是普遍的典型,她/他的存在是文本的"中心",是

---

[1]《剧本杀〈兵临城下〉测评:在中国历史的至暗时刻,你是否愿意站出来?》,https://zhuanlan.zhihu.com/p/341501140。
[2] Susu苏颜末:《剧本杀 |〈就像水消失在水中〉强推情感本TOP1》,https://www.bilibili.com/read/cv11351085/。

主要行动元,助手/敌人等起到辅助意义生成的作用。20世纪30年代的"速写体"曾强调群像描写,不过速写体所改变的不过是以个人为"主角"的写作方式,文本以群像为"主角",他们有统一的性格、情感和愿望,在一定意义上,这些群像不过是一个大写的"单数"。对于这种多样化、个别化和交互式世界的追求,是否要从"消解主角"做起。从这一问题出发,中国剧本杀所呈现的"先锋性"就值得关注。

《像水消失在水中》(下文称为《在水中》)是一个极为复杂的故事,故事的复杂性正表现为文本的每一个人物面向波动的历史,都深陷命运的捉弄,由是各有各的不甘、挣扎和选择。文本呈现人物命运的交织,同时也呈现出每个人的选择都影响着周围人的命运,反之亦然,但每一个选择都面临责任、伦理、情感的困境。如果复盘故事的梗概,大体如下。1975年,乡村教师伏岂蒿被批斗,双臂被扯断后仍坚持"这世上没有不爱国家的卫风",为了捍卫从事谍报工作的好友卫风声誉,挺直腰板撒手人寰。他的两个学生陈芸箚和殷步熹目睹献出生命的老师,各有所悟。卫风于改革开放后回国,在警察局任基层警察。抚养父母双亡的陈芸箚和殷步熹,并照顾他之前的爱人杨伯兮和孩子杨和。1994年,杨和(后改名杨未晞,成为记者)和殷步熹(政法部门工作人员)结婚,并生下女儿殷洵美。同年,姜其羽出生。2000年,姜的父母在海关工作被人逼迫,不得不在黑恶势力交易中私自开了一把保护伞。这件事被在政法部门工作的殷步熹和做基层警察的陈芸箚发现。精明强干的陈芸箚一度取得了突破性进展,但在关键时刻,对方弃卒保帅,以"抚养姜其羽"的虚假承诺换取其父母在狱中双双自杀,证人线就此切断。殷步熹被强行调去西部,杨未晞将自己叛逆的七岁女儿殷洵美送入"替孩子养成良好习惯"的教养院。殷洵美在教养院受尽折磨，吞牙膏自杀未遂并因为被踢击而导致肾脏破裂。同时陈芸蒥遭陷害，百口莫辩中持枪拒捕，独自逃亡。为了给女儿换肾，殷步熹开始堕落。陈芸蒥遇到乞讨的姜其羽，便知道姜的父母在某种程度上是因自己而死，感慨之余假装自己是人贩子，欺骗姜其羽演了一出"追逃"大戏，换取姜其羽被电视直播，受到关注，因而获得良好的成长环境。陈芸蒥锒铛入狱后只有卫风偷偷照顾她。误解陈芸蒥的姜其羽，与殷洵美阴差阳错相恋，但姜在成长后追查儿童拐卖事件的过程中，逐渐聚拢起故事的人物，矛盾和真相也逐渐浮现……但值得注意的是，跌宕起伏的故事情节并不是文本最重要的内容，文本给予每一个人物充分的"内视角"的呈现。但"内视角"所呈现的是从属于每个人独立的意识，它们自成逻辑，有属于自己的前瞻和判断，犹疑和思考。但人物的前瞻性，并不具有完整的意义功能，如传统文本所做的，让人物的每一步内部和外部的思考和行动，都传达意义的输出。剧本杀中的人物呈绝对限制的状态，每个人物的逻辑和整体意义的生成之间并不具有必然的联系。并且在很多时候与情节主线呈游离的状态。殷洵美所关心的是"脸好大。让我百度一下日系妆是怎么画的"，或是"小区楼下那只小野猫一岁半了，感觉没有小时候可爱……"她的心中只有她童年的创伤和对姜其羽无望的爱情。而杨未晞"对于未来，家境普通又是单亲的你十分恐惧。害怕成为那颗刚跳出炉的香灰，快速暗下去，撞上冷风，就成了地上又暗又灰的渣"。卫风则惦念狱中的陈芸蒥袜子破了，叮嘱狱警袜子放在了衣服夹层。如果说殷洵美呈现历史的断裂，那么具有类似经历的卫风、陈芸蒥则呈现出历史的连续性。她们交织存在，不同的声音在同一个时空相会。

由于多个"内视角"的存在，并且由于这些"内视角"本身也许出现观点的差异和情感的冲突。姜其羽、殷洵美是男女朋友，但各有各自的忧伤，甚至在姜其羽看来殷洵美少女的叛逆十分做作，他所感兴趣的是自己的创伤，有关拐卖儿童的消息，他并不想与殷洵美分享；陈芸箔和殷步熹共同目睹伏岂嵩惨死，也共同咬着牙发誓不给老师丢人；陈芸箔遭人陷害，把自己掷出去，保全卫风、殷步熹和姜其羽；而殷步熹则在堂堂正正做人和保护妻儿之间选择了后者……文本让每一种声音都充分地展开，而声音和声音之间形成了冲突和矛盾。每个人物都有自己的热望和守护，他们的行动和选择无不是对一种伦理观的坚持。个人的和家庭的，私利和家国，公理正义和个体道义，在不同人物的"内视角"呈现中，剧本杀不再"非此即彼"，而是让不同的声音说话。传统文本中"价值中心是整个主人公与之相关的整个事件。一切伦理和认识的价值都应从属于这一整体……"[1]而剧本杀则让不同的伦理和认识形成各自自足的线索。这些线索又以历史的、巧合的方式被编织在一起，并以此让复数的"内视角"产生对话和反观。

也就是说，剧本杀中的人物，固然有自己完整的思想和行动线索，但他们在未参与"交互"和"对话"之前，他们都处于未完成的状态，他们固有的"以自我为中心"的思考和行动都是不完整的。《在水中》殷洵美对童年创伤和少女情事的执着，在"内视角"中是完整的，但在卫风——杨未晞的历史线观照下，在陈芸箔——姜其羽的社会政治线的衬托下，殷洵美的逻辑就显出"偏见"，殷在参与

---

[1] [俄] 巴赫金：《审美活动中的作者与主人公》，《巴赫金全集》（第一卷），晓河、贾泽林、张杰、樊锦鑫等译，河北教育出版社1998年版，第109页。

"交互"和"对话"的过程中才开始她的"成长"。《粟米苍生》中，1943年初冬饥荒背景下的林珊珊痛恨自己的父亲林泰清，认为母亲就是被他不知不觉活活饿病的。在逃荒路上她时刻小心林泰清，并想方设法夺取林泰清霸占的粮食，但林泰清的逻辑是：必须让女儿恨自己，否则以女儿的善良，必然会牺牲自己……在一重重"对话"中林珊珊认识到极端环境下亲情的复杂和伟大……

在传统叙事文本中，人物的意识被具体地限定，越细致、完备，这个人物越被认为丰满、圆熟。但反过来想，细致圆熟的人物，是被精心塑成的一个人物，她/他自身的逻辑越完善，她/他越封闭，所有的事件都被精心编织为一个整体，她/他的审美功能只能是"共情"，而不再具有未完成和交互的功能。而在剧本杀中，人物细密的心理、细节性的动作，固然能够引发"共情"，但这种"共情"在多重对话中，会成为被"反观"的对象。由此，剧本杀破除了人物在表现形式中的消极性，人物不是被动的静态的整体，而是一个未完成的"整体"和"局部"的辩证统一体。《在水中》少年殷步熹每个月省下一元七毛钱，攒了半年买一把二手吉他，穿着租来的衣服，参加文艺汇演，却因旧布鞋感到自卑。他因杨未晞的爱情克服自卑，和杨未晞一起读《直布罗陀海峡的水手》，看到在精彩处留下的指甲印感到惊喜和心照不宣……然后二人结合，迎来三口之家。这一系列细节构成了殷步熹精彩但封闭的局部和整体，但殷步熹为了维护这一整体的细节，恰恰成为另一种整体的"开端"：陈芸箾的悲剧、姜其羽的厄运。由是，"共情"被打破，人物的命运被有距离地反观，复杂的意味由此生成。

三、对话和反观：情节的不稳定结构

在以"主角"为中心的文本中，作者竭力把散见于设定的认识世界、散见于开放的伦理行为事件，整个地汇聚起来，集中主人公和他的生活，并用他本人所无法看到的那些因素加以充实而形成一个整体。这些因素有：圆满的外表形象、外貌，身后的背景，他对死亡事件及绝对未来的态度，等等；还要充分阐明并完成这个整体，但不是用他自己不断前瞻的生活所获得的涵义、成就、结果和业绩，而是用除此之外的因素来阐明和完成[1]。但巴赫金指出文本这种处理方式的问题在于，在生活中，我们并不是自足的整体，相反，每一时刻都是未完成，并且是在和他人交互的状态中的未完成性，我们无时无刻不在紧张地期待着、捕捉着我们的生活在他人意识层面上的反映……我们的生活是前瞻的，是面向未来事件的，是不满足于自身的，是从来也不与自己的现状相重合而不变化的。[2] 由此，巴赫金认为，作者的意识不能统摄主人公及其整个事件，不要让作者的伦理、审美成为主人公、文本世界立场的全部。他主张主人公和整个的文本世界并不应该具有一个必然的、整体的联系，主人公和文本世界中其他人物、事件要素之间的对话性需要被加以呈现，否则主人公只会成为作者理念的一个代言人。

在传统印刷文本中，集中、静态的写作和阅读方式，使得叙事的线索难免会围绕"主角"，即使在许多先锋性文本中，叙事的开放性也只表现为作者有意打破了叙事的完整性，通过线索的混乱和开

---

[1] [俄] 巴赫金：《审美活动中的作者与主人公》，《巴赫金全集》（第一卷），晓河、贾泽林、张杰、樊锦鑫等译，河北教育出版社1998年版，第110页。
[2] 同上，第112页。

放性结局来反抗的叙事的垄断性。有意为之的破坏，虽然表达了对于封闭叙事的突破，但同时也容易造成意义的破碎化。自1980年度末期开始的中国先锋小说的探索所面临的困境之一即为意义功能问题。相较而言，剧本杀，以多重"声部"，未完成的复数主体为基础，在叙事过程中，不仅摆脱了圆滑、封闭的情节（因果编织）设置，突出"对话""选择"在构成因果，传达意义方面的作用，而且能够通过选择的开放性实现对意义世界的反观功能。

剧本杀中人物命运因果线的编织是在交互的选择中逐渐完成的。初级本是以谋杀探案为主题的剧本杀，每个人的角色都是由玩家主动参与完成，凶手是否能够被指认取决于参与者的交流、讨论、观察和辨析。高级本是有着更深刻主题的剧本杀，在处理家国和个人情感的关系，在选择正义的方式，在推进关于人性的思考等等方面，都通过参与者交互性的沟通和主动的选择，来展开故事的走向。在《在水中》，陈芸�所面临的正义的困境，是个体性的，她生活在殷步熹的影子里，为了帮助殷，做了警察，调查器官走私案。陈芸箙查出了姜其羽父母参与走私并亲自审问，自以为正义。姜其羽父母自杀后，陈得知他们本来是不想死，要举发幕后黑手的，但那个人用姜其羽要挟他们，说他们俩进监狱是要在姜其羽的档案上挂一辈子的，姜其羽就毁了，但他可以帮忙削掉档案上这一笔，还会给姜其羽置办好之后的房子和生活费。姜的父母听到这里，只犹豫了一个晚上，就答应了。这时，她才思考"什么是正义"，思考自己"只是从你（殷步熹）那里听了一些道听途说的句子，就认为他们罪无可恕，一点没有回旋余地"……直到陈芸箙死，她也并没有解决这个伦理问题，她只是在有限的交互中反观了自我，她的转变与其说是一种"成长"，不如说是自我与他人的"敞开"。

向自我和他人"敞开",意味着整个意义世界的开放性,即整个故事意义性的编织是在永远的"未完成"的状态展开的。冲突和矛盾、歧路和困境一直伴随着情节的展开,但解决的通道不在作者手中,而在参与者的"选择"中。选择并承担后果,选择并反观命运,是剧本杀情节展开的重要特征。剧本杀活动过程中,对每个人的命运都设置了"灵魂拷问"环节,让每个人重新审视选择的艰难。《在水中》结局,六人的灵魂面临老和尚的拷问,孰是孰非在反观和对话中加以思考,并投票决定谁活下去。《兵临城下》是抗日主题,面对注定打不胜的战争,是抵抗还是投降。朔县的县长、骑兵团团长在艰难的环境下宣布对日寇作战,结果导致日军屠城,其心上人身首异处。剧本让角色重生,让他们重新投票选择是战还是降。被送入儿童教养院的孩子受到极大的伤害,被救出后,《美丽新世界》让孩子们重新面对同伴和父母……

由此,开放性结局的设定,让参与者自己思考、反思自己的选择,并决定最终结局是剧本杀一个突出的特点。《在水中》的作者这样描述自己对结局的处理,"至于结局的留白,是我思虑再三的结果……《在水中》的游戏结局,大家依据自己对人物的理解自由投票,这是我对诸君的信任和尊重,也是玩家该有的权利。但是在我心中,殷步熹、姜其羽、卫风……他们有一套成型的选择逻辑,有对生死执念的强弱区分,有的人想活下去,有的人不想,有的人想不想活下去可能取决于另一个人有没有在投票中活下来,他们应该有一个确定的,和命运与性格相关且富有美感的结局。"《兵临城下》让参与者反观自己抵抗的命运,并再次提供一次重生选择的机会。而《美丽新世界》的结尾则让参与者认识到真正的选择是在"现实":"自己的选择和结局没有关系,他可能选择了抗争或者是放弃,遵循父母的要求去生活，但是现实的结局完全不一样，结局是一个非常现实向的内容，基本上每个人都是 be 的结局，这个结局的设置是来自于现实的残酷……"

　　剧本杀强调每个人物行动的合理性和重要性，任何角色行动逻辑的设定都和人物性格相关，人物的命运也由人物的主题话语所包容和渗透，剧本杀也充分尊重每个人物对事件的关注和选择的无奈或偶然，考虑到人物命运的某种偶然性和被动性。但同时，剧本杀通过交互和对话使人物行动的理由不再单纯地局限在个人偶然的、被动的内部，而是在反观的整体中，在与他人（或是"现实"）的交互中完成，由是成为一种是富有美感的行动。正如 Godan 对某个剧本杀的推荐："每个人物都是非常的重要，最后的立意也让我们不得不去反思，我们最后的选择是真的对吗？真的可以去选择这个吗？是真心的内心深处的决定？还是只是为了苟活去做的？"[1]

四、 主动幻想：审美主体间性的实现

　　剧本杀总是让人联想到近几年出现的"沉浸式戏剧"。沉浸式戏剧，如孟京辉的《死水边的美人鱼》，将观众拉入戏剧演出内部，和演员一起参与和经历演出。这种形式能够使观众产生复杂的、多种感官并重的体验，但值得注意的是，虽然观众被代入，但观众对于整个的演出和意义表达其实并没有特别的介入作用。也就是说，谁是观众并不影响演出的进程。亦有研究者强调剧本杀为参与者提供了沉浸式体验。就对故事全身心、全感官的投入来说，剧本杀的确

---

[1] 77:《〈七个乌鸦〉还愣神呢？轮到你咯！》，"GoDan"微信公众号，2022 年 1 月 5 日。

较之传统文本和剧本，更具有参与性和代入性。但是如果仅就这个方面认识剧本杀的特质，反而抹杀了剧本杀更重要的功能。

沉浸式体验更有利于"移情"的发生。超越自我之外，感受他人的悲欢，身体的战栗，精神的震动，移情能够让阅读者和参与者短暂地超越自我现实的束缚。但仅有"移情"是不够的，被动地代入，完全沉浸所产生的效果，要么是仍然自我和他人相区隔的"同情"，要么是满足自我缺失的"白日梦"。"移情"向审美观照迈步的关键在于，移情后的反思和反观。一方面充分了解他人的痛苦和选择的艰难，认识命运的不稳定性；另一方面通过主动地选择和思考，反观人物和自我。如此，才能完成对人和事件的审美化观照。而剧本杀，在提供参与和代入体验的同时，通过交互、对话，在未完成性和反观性上，反而区别于沉浸式的"被动幻想"，而是能够实现对自我和故事人物双重有距离的审美观照，更接近于巴赫金意义上具有主动性的、积极的幻想。

《金陵有座东君书院》中组织者手册中说："我们想表达的绝不是一场简简单单的儿女私情就能诠释的人生场景，我们探索的是对生活敏锐而真切的体验。"剧本中六个角色的设置，是南唐后主李煜自我人格的分化。逃避与面对，恐惧与沉勇，抗争与妥协……剧本杀让参与者感受书院中的儿女情长，家国破败时的生离死别，人生抉择时的艰难和痛苦，但在参与的"选择"中，参与者同时也在反观自己对历史沉浮的认识，对历史中人的命运的认识。

《美丽新世界》中白井铃兰等六个儿童因为不同的"异质性"，被送往象立学园，在严苛的驯化手段下，儿童的世界产生种种幻觉。剧本杀的第一部分即通过种种意象的隐喻，表达了儿童心理因压抑、恐惧而产生的幻象。不存在的弟弟、反复出现的"你知道它们为什么不喜欢你吗？因为我，因为我是个男孩啊"、幻想中"一下一下地拍着我，甚至温柔地捂住了我的耳朵，让我听不到男孩的话"的母亲、蒲公英一般但永远追不上的清秀男生、破破烂烂的蜘蛛网，脚下几只刚死去的乌鸦，被蚂蚁团团围住……而真实的情况是在名为学校实则施行监禁规训的象立学园，训导者用格外温柔但让人颤抖的声音命令"好孩子，听话"，强制喂给孩子们含有致幻剂的巧克力。通过各种隐喻和幻觉，文本让体验者设身处地感受到学园中孩子遭受的精神压迫和感受。象立学园的真实所指是治疗网瘾的学校豫章学院。在隐喻中体会被迫害的孩子的痛苦，在主持人"你们知道错了么？""你们是好孩子么？""为什么不好好吃巧克力？"的质询中，体会权力的威压……《美丽新世界》让参与者实实在在地与教养院的孩子们"共情"，而在直接面对权力威压，是非难辨，真假混淆的参与过程中，参与者所反观的不仅是扭曲的豫章学院……

《像水消失在水中》的标题来自博尔赫斯的作品《另一次死亡》。作者以唐古拉山脉的一滴水的命运为隐喻，指陈"融入水中""就是失去了绝对的自由和相对的差异。你无法左右命运的洪流，同样不能成为那数百兆计水滴中独独被人记住的那一粒清幽"。当参与者通过作品回顾社会历史裹挟的人物命运的沧桑感，对方向和意义把握的无力感时，参与者所感受的不仅是人物本身经历的跌宕起伏，而且是超出个体意义上的生命体验。正如作品所表达的，唐古拉山脉降生的一滴水"可能会在所罗门群岛的一个平平无奇的清晨，被座头鲸扬起的巨尾拍向高空，沾到信天翁左边翅膀的一根羽毛，然后随它一道飞过重阳，滴向巴黎田间的一束香根鸢尾草……""也有许多，刚从冰棱上落下，就碎在了石头上……""而这一切的一切，我们刚从唐古拉山脉的雪中探出头来时，都不知道。"

参与、选择、反观，在未完成的主体性塑造中成就人物与人物，人物与命运，参与者和人物的反观和对照，剧本杀以新的超出静态文本的空间形式，实现了新的叙事突破。这种叙事突破尤其表现为一种巴赫金意义上审美主体间性的实现。主体间性，意味着把"我"和他人纳入一个统一的层面上区，"我"应该在价值上外位于自己的生活，并视自己为他人中之一员。这一过程用抽象的思维不难做到，只需借用生理学、心理学、社会学的等抽象、普遍的认知规律，就可以实现将"我"和不同的群体建立起联系。但是，"这种抽象的过程与把自己视为他人而从价值上直观具体地加以感受是大相径庭的，也绝不同于把自己具体的生活和自己本人（即这一生活的主人公）与他人和他人的生活放在一起，放在一个层面上加以关照……"[1]巴赫金由此区别了"认识的客观性"和"审美客观性"，前者是从普遍意义的角度，对人和事件做出不掺杂感情的、不偏不倚的评价。而"审美客观性"则是在主体身上完成的，它强调以"主人公"为基础，但又避免陷入"主人公"本身的兴趣、关注、情感、欲望或意义逻辑中去，而是要"外在于主人公现实的意识"，摆脱加之"主人公"的消极状态。在自我和他人的积极对话、交流中，在自我和命运的选择和反观中，剧本杀促生"主动幻想"，主体由此在"间性"中获得更深刻的伦理的认识和能力。这种伦理的能力不是抽象的习得，而是共情和反观，不是封闭的整体，而是未完成的开放的"整体"。

从"被动幻想"到"主动幻想"，文学形式上对于封闭、中心化

---

[1] [俄]巴赫金：《审美活动中的作者与主人公》，《巴赫金全集》（第一卷），晓河、贾泽林、张杰、樊锦鑫等译，河北教育出版社1998年版，第159页。

的结构的超越，意义不仅是文学内部的。巴赫金关于"对话"等理论影响了西方学术界，以及对世界政治和民族政治的解释。不过，任何的理论和概念都要通过经验的转化才能最终实现。尤其是文学形式，以特定理念结构化的形态掌控人的感官和身体，并且以审美客观性（或者说普遍化）的方式发挥特定的意识形态功能。在这一意义上说，剧本杀的形式，也许不是一种游戏和文学交织的偶然，当文学被打破了静态封闭的状态，当未完成性和"对话"成为一种审美的自觉，这一变动所关联的不仅仅是文学本身，它也许一种更重要的文化创新的信号。

网络文学现场

新兴文学需要具有对话性和行动性的新型评论

网络文学的出现是当下文学发展的重要现象。一方面网络文学占据广泛的读者市场,并受到年轻人的喜爱,另一方面,网络文学超出了既有的文学标准、文学规约,引发诸多忧虑。在有关网络文艺讨论的现场,我们可以看到,冲突和交锋时有发生。当新兴文学和既有的审美标准产生矛盾时,评论的两难由此产生。坚守依然制度化、物质化的标准,是否会压抑新兴文学的创造力,扼杀文学艺术更新、生长的可能性?拥抱新兴网络文学,是否会陷入市场至上、娱乐至死的误区,丧失批评家应有的立场?

解决这一两难问题,马克思主义美学的辩证思想值得借鉴。伊格尔顿曾说:"历史就其不可化约的特殊性而言,恰好是对理论的苍白的普遍性的替代。"(《我们必须永远历史化吗》)进入多线的历史,重视经验的丰富性,尊重历史的不确定性,并在此寻找辩证统一的道路,这是改革开放时期的文艺活动提供的重要思想资源。当下出现的文学新经验、新形式,正是激发文学理论活力、让理论在与经验的对话和碰撞中不断生长的契机。

一

如果我们注意到会潜水的乌贼的《长夜余火》、会说话的肘子的《第一序列》、青山取醉的《亏成首富从游戏开始》等网络文学创作中，或是B站诸多文案中对资本化逻辑的批判意味，也许我们就不会将网络文艺盖棺定论为商业文学，也许就可以从"互联网左翼"中找到这个时代给予的新的批判性资源，反思审美中心主义的问题；如果我们关注到近年来诸多女频文本在叙事方式的逆转，"反套路"的处理，就会发现女频网络文学已经不再以"行动元"强调外貌与柔化的性格，也不局限于编织纯爱逻辑，以内视角进行独白的单线叙事，而是通过重塑底层逻辑、调换主客行动元、变换修辞方式，来展现一种内部叙事方式的结构变动。这种在修辞层面、故事层面和内在逻辑层面同时发生的变动可以阐释近年来女频的一种"去女频化"特征，频道内部结构演变背后所隐藏的是对于性别认知的深化；如果我们看到诸多的网络文学书写"后人类"，重新思考人和自然之间的关系，在创作中重建复合性身体、超人类或非人类的视域，并由此展开对性别、残疾、种族或民族等去中心化的思考，也许我们就不会简单地从技术工业的角度去否定网络文学或网络文艺，从而反思人本主义，重新建立技术和艺术的辩证关系。日前，由上海市新闻出版局支持，阅文集团主办的第六届现实题材网络文学征文大赛在上海揭晓得奖名单，和晓的《上海凡人传》、花潘的《都市赋格曲》、时不识路的《塌房少女重建指南》都赫然在榜。近年来现实题材的书写盛行并不仅仅源于政策的扶持与倡导，还源于新的世代经验在凝聚后的自然展现。豆瓣阅读的异军突起以"悬疑向"与"生活向"闻名，时代热点与社会现象充当着小说的灵感起源与主体情节，例如《恶评》关注网络暴力，《奶奶反诈团》反映针对老年群体的诈骗现象。细腻的生活内容与日常烟火展演当代青年人的心路历程,例如李尾的《但愿人长久》和大姑娘浪的《梁陈美景》展示生活的平淡底色与冒着热气的磕磕绊绊,复现的现实世界仍是网络文学的主体空间。不同于80后着重书写主体的内面来构造"青春文学",Z世代的青春在网络环境中跟随着时空的次元变动生长,日常生活在自媒体的兴起、媒介传播的革命中重新钩织,爱豆、穿越、AI、二次元、"元宇宙"等成为成长中的"关键词"。《塌房少女重建指南》(时不识路)就是这样一部书写Z世代青春的现实题材网络文学,重建的时空秩序中记录这一代人的迷茫和追求,承载着新的青春经验,书写了新的现实题材。网络文学的集体赋权使来自各行各业的青年人可以表达世界想象的跳跃,展示生命元素的更迭,凝塑时代的新貌,在赛博空间以"共鸣"的声音获得精神共同体的温暖,并折射进三次元生活。

二

批评不是制度化的理论的延伸,而是理论和新经验之间对话的场域,是辩证关系的生产场域。面对新兴的文学经验和形式,评论尤其要以自身的敏锐性、参与性和对话性在场。首先是敏锐性。当更迭加速成为文化产品的常态,文学评论要及时、敏锐地跟进文学现象和热点,对成因加以阐释,捕捉利弊。比如2021年各大网络文学平台盛行"马甲文"。"马甲文"吸引了相当大数量的读者群体,对网络文学作家群体也产生了很大冲击。诸多网络文学作家产生如下疑惑:如果门槛低、收益高,为什么还要费心构造世界观、编织悬疑线,或是构思权谋、描摹历史、纠结情感线和事业线的矛盾问题呢?对此扬子江网络文学评论中心及时澄清"马甲文"是对"霸总文"的替代。当女工们总会发现"霸总文"不过是为自己的身体贴上了不现实的价格标签，在现实资本的案板上，身体永远不可能掌握主动权时，傻白甜幻灭，穿马甲的大佬诞生。"马甲文"是对"霸总文"的补充和超越。虽然这一波流量也是拉得理所当然，不过，"逃避"的结局永远是"面对"，想来不久后，尖利的现实就将戳破"马甲文"的脆弱的幻境。再如《大奉打更人》成为2021年的网文爆款，长居起点中文网"畅销榜""月票榜"榜首，阅文授予它"年度最佳作品""年度影视改编期待作品"等称号，让演员胡歌给作者颁奖并启动影视改编。如何阐释、评价《大奉》及其火爆的现象，扬子江网络文学评论中心及时关注，并呈现不同的声音。《大奉》是当之无愧的"集大成"玄幻爽文，集近年各种大玄幻成功"套路"和"元素"于一身。面面俱到容易面面不到，《大奉》各种套路的运用不拉垮，但也不特别出彩。朝堂权谋也好，悬疑探案也罢，反转和创意其实并不能让人拍案称绝，特别是对于许多老读者，可以感到明显的套路感。但《大奉》首先坚决地做到了强化语言和动作，弱化情感和心理。不同于有的玄幻用大量的场景化描写渲染玄幻世界背景，或是有的玄幻用场景化交代人物命运，《大奉》肯将叙事时间放慢的原因只有一个：爽点。让线索的铺排、性格的逻辑为"用梗"和"爽点"让路，将任何探索性的，不确定性因素排除在外，靠汇聚各种"套路"制造四平八稳的"爽"。套路带来了上架、关注和点击数据，也博得了资本的青睐，成为"爆款"的《大奉》内在的怕踩空、误投，使它规避了任何引领性、创新性携带的风险，是一出稳健的商业化写作。如此评论及时给网络文学作者指明"爆款"的问题和发展空间。鲁迅曾把他的杂文称为战斗的"阜利通"，当下的文学评论亦要汲取鲁迅的精神。在急剧变动的文坛中，以敏锐性和及时性对文学现象进行分析和阐释。我们注意到，短评、微评、弹幕等等越来越成为有效的评论方式，这是快速变动的文坛对新兴评论的召唤。

三

新兴评论具有参与性和对话性，是将评论从纸面推向参与性的"行动"。理论界，语言的操演性（performative）和文学的行动性，越来越受到研究者的重视。受此启发，文学评论，也不仅是纸面文章，它可以是一种"行动"，特别是具有引导作用和对话功能的"行动"。仍以评论对网络文学发展的"参与"为例。经由二三十年的发展，网络文学的更新迭代业已发生。从十几年前各类型文的开创，到近些年类型变体成为主潮，网络文学由先前的类型化已经开始走向深度创意。"好故事"不再只是意味着"爽"，而且需要融合和创新并存，有趣和有力并举。当网络文学提供越来越多这样的作品时，我们需要超越既有的纯粹以"点击率""月票榜"为主的评判，超越单纯地以既有文学经验为标准的评判，由此推动网络文学在广泛受众基础上，在创新和想象力上发力。基于这一动因，全国五大高校网络文学研究机构（北京大学网络文学研究中心，中南大学网络文学研究基地，山东大学网络文学研究中心，安徽大学网络文学研究中心，南京师范大学扬子江网络文学评论中心）联合行动，推陈"网络文学青春榜"。该榜单以"新世代"的青年大学生为依托，在深入网络文学现场、浸泡式阅读的前提下，遴选网络文学作家和作品，充分重视网络文学在创造新时空，表达新经验方面的重要作用。

为网络文学发展提供新的维度，让"理性青春"成为网络文学传播的重要价值导向，让新世代推陈"中国原创内容"的创造性和影响力，推选"青春榜"本身就是具有引导性和参与性的"评论"。

新时代和新媒体环境下，面向出现新兴的文学文艺方式，我们评论工作更应该在创新性和创造性上下功夫，直面文艺创作和传播中出现的变化和问题，建好用好网络新媒体评论阵地，探索更敏锐、及时、有效的方式，使评论真正地发挥导向和引领的作用。对文艺传播的产业链条进行全程性关注，探索网络文学的影视改编重点、难点，对于相关现象的始末溯本清源，为网络环境中的文艺传播做出迅捷且专业的反馈。例如2021年，《司藤》作者尾鱼在新浪微博吐槽自己的作品在影视化过程中所遭遇的"魔改"现象，一石激起千层浪，作者、编剧，各方的舆论战争论不休。扬子江网络文学评论中心回顾发声始末，发现这是一场努力聚焦却焦点离散的事件。2022年，《凰权》作者天下归元讲述《天盛长歌》改编前后的作者经历，再次将网络文学改编推上热搜，扬子江网络文学评论中心分析了《凰权》的改编得失，与女主人设的改动相伴的是主体结构改编的失误，"大女主"变"大男主"的易主背后是对原著最为核心的三元权斗结构的舍弃。拨开缭乱的迷雾，厘清现象根本，与大众话语环境联动，真正地参与网络文艺传播的第一现场，才能在新媒体环境下，使"评论"重新积蓄力量。扬子江网络文学评论中心致力于探索在文字评论、纸媒评论之外，充分利用一切形式，包括评榜、活动、全媒体宣传，尤其强调敏锐性和及时性，对网络文学做出引导性的有效评论，与哔哩哔哩视频号、知乎、微博联动。在新媒体环境下，直面文艺创作和传播中出现的形式变化，充分利用一切新媒体形式开展"介入"和"引导"的多元化行动。

面向新兴的网络文学，评论不是固守尘封的规约，不是一枚标识权力的印章，它从来都是一种再创作，是多元化，多样性的参与和对话。

从《大奉打更人》看资本口味的保守化

近日,《大奉打更人》(下文简称《大奉》)完结,阅文隆重宣传。《大奉》长居起点中文网"畅销榜""月票榜"榜首,阅文授予它"年度最佳作品""年度影视改编期待作品"等称号,让演员胡歌给作者颁奖,《大奉》的影视改编已经启动……

读者热捧也好,市场营销也罢,成为爆款总会伴随一个问题,《大奉打更人》好在哪?

《大奉》集近年各种大玄幻成功"套路"和"元素"于一身。不仅"金手指""升级打怪""种马"一样不缺,而且我们看到《大奉》写出了类似《庆余年》的朝堂权谋,类似《将夜》的理念斗争,吸收了修仙的主体升级套路,也借鉴了仙侠的江湖设置,甚至近些年网文界兴起的悬疑探案手法,也被用来开篇或推动高潮。

面面俱到容易面面不到,《大奉》各种套路的运用不拉垮,但也不特别出彩。朝堂权谋也好,悬疑探案也罢,反转和创意其实并不能让人拍案称绝,特别是对于许多老读者,可以感到明显的套路感。修仙升级,仙侠江湖只是点缀,"为天地立心"的儒家理念也属旧谈,何况主角团队屡屡"屠城",人物也鲜有哲学气质。不过,作者的取舍选择、强弱处理，使得《大奉》成为教科书般的爽文写作。

《大奉》首先坚决地做到了强化语言和动作，弱化情感和心理。《大奉》强化语言和动作，但并不追求语言个性化，而是追求语言的"搞笑化"。"爱泡夜店的女孩，孕气都不会差。""二弟，我的貂蝉在哪里？大哥，你的貂蝉在腰上。"……主角许长安屡屡爆出近来脱口秀常用的"谐音梗"，再加上"大奉版炒作卖人设！""婶婶正疯狂diss侄子。"这些当代网络梗，让文风轻松愉快。动作描写也不追求细节化，以惊险刺激为主要风格。

《大奉》放弃了网文新出的"痛感"写作，或是表现某种超越性的"亲密关系"，虽然也写了大太监魏渊和皇后之间的"虐恋"，但作者无意深化这种情感描写，只用几笔皇后每天准备魏渊爱吃的点心和魏渊的一封信就将之交代完毕。主角对女性的态度也以"双修""撩妹"为主要动机，显然作品并不想走"情动"路线。《大奉》也放弃了复杂、绵密的人物心理，除了尔虞我诈，设藏不露，人物心理大多一根筋到底。

不同于有的玄幻用大量的场景化描写渲染玄幻世界背景，或是有的玄幻用场景化交代人物命运，《大奉》肯将叙事时间放慢的原因只有一个：爽点。比如描写王首辅女儿婚前上门，是和主角无关的一个场景，作者安排此种场景并非为了叙述亲情，或埋下伏笔，而是用"宅斗梗""凡尔赛"来制造爽的感觉。在用梗、爽点面前，线索的铺排、性格的逻辑都在次要位置。

近来许多网文开始思想性探索。在网文中谈"情怀"，谈文明冲突，彰显人和命运的纠葛，许多大玄幻在情节主线外，尝试设置"理念"的逻辑。《大奉》中亦有"情怀""理念"，不过这种"情怀"和"理念"更像是一个"梗"，写贞德帝食人，作品只突出白骨累累的惊悚感；写巫神作乱，作品也只是渲染黑雾弥漫的恶魔感；儒、巫、佛、蛊等冲突到底是因为民族情结，还是理念冲突，或是利益纷争，作品随意游移，重点是制造了可供观赏的"纠纷"。

《大奉》是当之无愧的"集大成"玄幻爽文，只是，将任何探索性的、不确定性因素排除在外，靠汇聚各种"套路"制造四平八稳的"爽"。套路带来了上架、关注和点击数据，资本首先看数据。《大奉》似乎在隐约透露：他们如此怕踩空、误投，不愿担任何引领性、创新性的风险。《大奉》的这波资本操作"实在是太稳健了"！

"马甲文"会一直火下去吗？

"马甲文"这两年风行女频网文界。今年6月阅文集团发布年度原创IP女频十强中有《夫人你马甲又掉了》。除此之外，云起的《全能大佬又被拆马甲了》上了销售金榜，潇湘的新书榜《重生后马甲掉不停》位列第一，红袖添香的热销榜上《夫人她马甲又轰动全城了》位列第二。云起女频畅销榜曾位列榜首的《满级大佬翻车》《退婚后大佬她又美又飒》亦是"马甲文"的变体。"马甲文"吸引了相当大数量的读者群体，对网络文学作家群体也产生了很大冲击。

如果门槛低、收益高，为什么还要费心构造世界观，编织悬疑线，或是构思权谋、描摹历史、纠结情感线和事业线的矛盾问题呢？

"机械复制"的工业时代是不是正需要这种可以无限量"机械复制"的文化产品，比如"马甲文"？

所谓"马甲文"，亦称"掉马文"。以极端的"扮猪吃老虎"为主要套路，最典型的"马甲文"并不设置成长线，无逻辑，主角直接开挂，打脸。作品大多会出现以下场景：

"被离婚"的"夫人"微微一笑，拉起行李箱飒爽英姿地从总裁别墅中走出，走进自己的更大更豪华的别墅中……

被认为是"废柴"的拖油瓶或家庭主妇,每个月去市内顶级医院主刀一次,是神秘的外科专家……

被亲戚或夫家看不起,"大佬"她面无表情地用钻石卡一次消费百万元……

遭遇霸凌或黑社会,"大佬"以一敌十,鞭打渣女、渣男、一众暴徒,让人拍手称快……

"马甲文",在很多时候仍依托"豪门""职场""后宫"等背景设置,不过女主既不是"傻白甜",也不是要经历成长的"大女主",而是天生的超级女神,毫无先兆、超越逻辑地集财富、武功、资源、人脉、人设、美貌甚至神力于一身。不过,她们没有改造世界的激情,也缺乏匡扶正义的勇气,手术主刀、救死扶伤亦不是彰显专业技能或是济世情怀,亲情人道在作品中更像是为了凑齐"人设"。可以说,女主一身的伟力主要用来"打脸"——打身边贴着"势利""暴力""傲慢""冷酷"等标签的工具人的脸。

"打脸",压抑下的众生,哪一个没做过这样的白日梦?也许无须说明,"打脸"的梦境来自现实的压抑:财富无望,美貌艰难,资源匮乏,还手无力……更应该注意的是"象征性解决"的方式。

靠成长逻辑实现升级打怪的网络文学,能够成为引导前行的"乌托邦",至少赋予主角或坚忍或机智或勇敢的精神以改变现状的价值;靠再造世界观,或玄幻或科幻,重建公平正义的网络文学,也可说是通过提供新的时空想象,以"异托邦"表达某种反思和改变的意愿。而天生伟力,直接打脸,看似最直接,最"爽",其实恰恰是对改变现状艰难性的掩盖和逃避,反向表达了对于坚硬的现实的认同,和无处逃脱的"恐惧"。"马甲文"就像肥皂泡,看起来很美好,但很无力。

脆弱的幻梦是做不长久的。应该注意到，如今"霸总文"停止了灰姑娘叙事，女工们总会发现"霸总文"不过是为自己的身体贴上了不现实的价格标签，在现实资本的案板上，身体永远不可能掌握主动权。于是，傻白甜幻灭，穿马甲的大佬诞生。"马甲文"是对"霸总文"的补充和超越，这一波流量也是拉得理所当然。不过，"逃避"的结局永远是"面对"，想来不久后，尖利的现实就将戳破"马甲文"的脆弱的幻境。

"梦"是救赎的第一步，多少有价值行动从"梦"开始。希望女频的作者和读者不再满足于脆弱的肥皂泡，多做一些有力量的"梦"。

潇湘改版:"大女主文"后女频再破局

"岂意兰溪船,忽作潇湘逢。"既有澜波之意,又有红楼之典,"潇湘书院"的名字在传统文化与书卷气的加持下,于一众阅读网站中尤具特色。潇湘书院在女频网络文学中有着悠久的平台历史,但在竞争激烈的网文圈,想要获得出色的发展,无论是傲人的历史,还是隶属阅文集团的有力支撑,都不如自身不断地创新更重要。

平台的盛衰和网文类型的盛衰密切相连。"榕树下"成就了安妮宝贝、宁财神等都市情感文学的兴起;起点中文的前身是玄幻文学协会,它的繁荣与其在几年后创建的大玄幻类型文兴起密切相关;晋江文学城的网站流量从 2007 年末的 1500 万,迅速增长至超过 9000 万,与女频类型文阅读人气保持同步;"霸总文"在红袖添香的发展历程中也至关重要。而潇湘书院成为女频网文重镇的原因之一,即为"大女主文"的兴起。从作为"大女主文"鼎盛标志的《扶摇》,再到以"又爽又飒"的大女主人设为核心的"马甲文"《夫人你马甲又掉了》,潇湘书院的每一次成功操作都与"大女主文"有关。今天潇湘书院的改版亦面向"大女主文"的变动和转型。

一、"大女主文"成就"潇湘特色"

潇湘书院创建于 2001 年，是最早发展女性网络原创的文学网站，也是最早实行女性原创文学付费机制的网站。但很少有读者知晓，最初的潇湘并非是主打"女频"阅读的网站。2001 年，潇湘书院成立之初，主要是将武侠小说通过 OCR 技术转换成文字在网站上连载，吸引的阅读用户多是男性读者。2003 年到 2005 年，潇湘进行频道转型，转战言情小说领域，聚集女性用户，从此逐渐成为女性阅读主流网站之一。潇湘专门设立原创频道，吸引大批女性作家进驻，连载小说，才使得日后知名的"潇湘书院"初具女性原创文学平台的规模。随着付费制度成为网文的主要阅读机制，2007 年，潇湘开始实行 VIP 付费制度，成为最早实行付费制度的女性原创文学网站。次年天下归元的《燕倾天下》上架，接下来 2010 年天下归元的《扶摇皇后》、莫言殇的《白发皇妃》、2011 年天下归元的《凰权》等成为当年女频最受关注的作品。风行烈的《傲风》（2010）创造了单章订阅突破 5 万的巅峰纪录，颠覆了男生玄幻作品"一统天下"的格局，为女频原创作品开拓了一个更为广阔的新天地。天下归元也在 2011 年获中国当代文学研究会女性文学委员会颁发的"年度新人奖"。

这些作品有一个共同的特色，就是它们改变了既有女频文学"男强女弱"，并以言情作为主要内容的套路，凸显女性的主体意识，并让女主参与权谋，表现出与男主相当的智慧和谋略。如天下归元最初的作品《燕倾天下》就表现出较之其他网文不同的特质，即表达了爱情和谋权之间的冲突。后来的《扶摇皇后》则展现了主人公孟扶摇绝处逢生的痛苦挣扎，突出了其生生不息的自强精神。再如风行烈的《云狂》中，女主云狂正如她的名字，具有狂傲不羁、恃才傲物的气质。无论遇到任何险境，都能镇定自若。面对险恶的皇权争斗、宗派倾轧，云狂举重若轻，挥斥方遒。相较于女主云狂的潇洒自若，其他男性人物相形见绌。风行烈曾自言："我一向觉得作品的人物就是要有个性一点，才能够吸引人的目光，我的书里通常都夹杂着一些自己的思想，比如我一直认为，人就算跌得再惨痛也要有一身傲骨，所以云狂就有了这样的个性。"正因如此，云狂的个性和傲骨一以贯之，不为富贵摧眉，不为权势折腰，不把任何名利放在眼中，只为担负起对身边人深情的责任。此种刚毅果敢的女主形象，推动了整个女频女主形象特质的转变，也让潇湘书院成为女频大女主文的集结地。女性的打怪升级、女主成长逆袭故事，女主职业智慧超群成为接下来潇湘头部作品的统一风格。2014年风今的《一品仵作》是首批"仵作文"的代表作品，开了"仵作文"盛行的先声。除此之外还有蓠羽的《妖娆召唤师》（2011）、凤轻的《盛世嫡妃》（2013）、妞锦的《且把年华赠天下》（2014）、连玦的《神医废材妃》（2015）等作品。

2013年的潇湘书院平台订阅过亿，"大女主文"引领着整个女频网文行业的发展风向。到了IP元年2015年，潇湘书院的作品也成为影视改编重点关注的对象。诸多作品最终也成了话题度与知名度双丰收的剧目。2016年，由唐嫣、罗晋主演的《锦绣未央》热播，蕴含了"复仇＋宅斗"元素的剧目以其新颖性斩获收视佳绩。2017年，由赵丽颖、林更新出演的《楚乔传》成为暑期最热剧目，"星玥夫妇"入选年度"意难平CP"，其原著都出自潇湘书院。2018年，由杨幂、阮经天主演的《扶摇》在海外视频平台YouTube上线48小时内点播突破100万次，是"YouTube平台上最快突破百万点击的华语剧集"，其原著是天下归元的《扶摇皇后》。同年，由陈坤、倪妮主演的《天盛长歌》以吻合度奇高的选角、精致的服道化、庞大的演员阵容重磅登场，北美知名电视评论媒体 TV Guide 称其为"中国版的《权力的游戏》"，其原著是天下归元的另一代表作《凰权》。此外，还有至今虽尚未影视化却在哔哩哔哩等视频平台拥有无数"饭制"视频的《重生之将门毒后》，千山茶客的这一作品以极高的人气、影响力强悍的粉丝周边，让影视化期待值拉满。还有 2019 年的《白发皇妃》改编自莫言殇的同名小说，2021 年的《皎若云间月》改编自西子情的《纨绔世子妃》，等等。

二、 现言大女主人设的突破

2017 年前后，随着古言大女主文存量的增加，其人气也有所下滑。潇湘开始寻求现言方面的突破。当年的潇湘发起现言征文等活动开拓现言题材。2017 年德音不忘的《国民女神之重生王牌千金》采取双强设置，凸显女主"飒爽英姿"的人设。2019 年一路烦花的《夫人你马甲又掉了》更是以全网高涨的热度，让"马甲文"成为近年来的最热门的类型文之一。浓郁的类型风格、多变的题材选择，让潇湘书院再次引领女频网络文学的潮流风尚。到了 2021 年，阅文集团发布年度原创 IP 女频十强榜单，《夫人你马甲又掉了》强势登榜；云起书院的《全能大佬又被拆马甲了》登上销售金榜。畅销榜中，曾位列榜首的《满级大佬翻车》《退婚后大佬她又美又飒》亦是"马甲文"的变体；潇湘书院的新书榜中，《重生后马甲掉不停》位列第一；红袖添香的热销榜上，《夫人她马甲又轰动全城了》位列第二。

值得注意的是，"马甲文"是"大女主文"对现言的革新。以往的"霸总文"中，男性得到中心塑造，并充当着行为主体，女性充当着其"愿望"的客体。"商业奇才""卓尔不凡""资本雄厚"的男主，具备"猎取"女主的意图，并拥有达成相应目标的能力，相反女主则柔弱无辜、贫穷无助……而"马甲文"则重置了女主人设，在"马甲文"的叙事模式中，女主作为绝对的行动主体，在"打脸"身边贴着"势利""暴力""傲慢""冷酷"等标签的工具人的同时，其欲望得到实现，"知""能"不再对应女主的"无知""失能"，而切入女主的"全知""全能"状态，男主因此落入可有可无的"辅助者"位置。以一路烦花的《夫人你马甲又掉了》为例，对于女主秦苒的"遥望"与"追随"成为男主程隽的行为表征。"秦苒下了车，程隽看着她的背影，阳光笼罩下，单薄又带着嚣张。""程隽看着她当先走在前边的背影，指尖按了下太阳穴，站了半响。""目光"之于"背影"的追逐成为边缘之于中心的象征。男主常常以"旁观者"的身份，见证女主行动的发生以及她对于内部价值的实现。二人的交集偏离叙事核心内容，围绕着零星的，如共进午餐等生活场景展开，与大多数事件维持"无关"状态。

三、改版与女频再破局

女频网络文学在迭代中有着清晰的演变线索，从潇湘书院的类型变迁中可见一斑。潇湘早期作品便以"女强正剧"风格为主，诞生了诸多佳作，其中蕴含的思想性与先锋味道至今仍未过时，现言中的"霸道总裁"化身披着"马甲"的女性，"脑洞"凸显，女性角色的能力提升，人设多线增发，去除依附性，内嵌着结构性的变动，这一线索与女频网络文学的趣味流变同辙。不过当下，仅靠"又爽又飒"的大女主人设不足以支撑潇湘的引领作用，新的创新和突破势在必行。随着女频悬疑、女频科幻等新类型女频网文的兴盛，其至"去女频化"的趋势已见端倪，潇湘也在思考如何在女频变局中脱颖而出。2022年6月，潇湘书院宣布进行品牌升级，将专注孵化精品女频作品，打造出题材更有创意、文笔更加精妙、角色更富魅力的新经典。全新移动客户端"潇湘书院Pro"全网上线。

此次改版，除了技术平台的升级，潇湘似乎在改版女频故事本身。今年主推的闲听落花的《吾家阿囡》、丁墨的《待我有罪时》和油爆香菇的《退下，让朕来》等作品都在立意的创新性、故事的细腻化和群像的立体化上有所突破。闲听落花的《吾家阿囡》展现北宋时期女性参与政治经济生活的活跃一面。古代苏州、上海的平江府的背景让作品独树一帜，以北宋社会人文为基调，展现古江南风情背景，科举制度、方言和各种节气、风俗的运用，让本文的画面感、特色感、区分度都非常突出。在具体的描写中，作品并不急于推动情节，而是耐心铺排线索，旋绕气氛，如女主替考的时候，各种官方检查和考试的描绘，让读者既紧张又期待，同时也会对科举制度产生浓厚兴趣。新书发布之后，位列起点读书和微信读书新书榜第一；上架后，位列起点女生新书畅销榜第一、起点总畅销榜第六、QQ阅读新书畅销榜第一。

再如油爆香菇的《退下，让朕来》开创女频"儒道流"，作品以接近春秋时期的战争背景和偏向三国两晋的文化背景写百国征伐的乱世。设定上，言出法随，将传统文化和游戏机制相结合。作品的群像描写也精彩纷呈。沈棠在"集卡"过程中收获了诸多谋士，有引导npc·猫猫爱好者·"恶谋"祈善、稳重老成的陨落天才褚曜、搞笑兄弟翟乐、美强惨的公西仇、被动窥心者顾池、十赌九输的康时等，人物间的互动十分有趣。叙事的跳跃感亦为作品亮点，从一开始的权谋文、集卡文到种田文、基建文，不离争霸主线，却能不断带来新"爽点",在起点男频→女频流动率极低的情况下,实现了跨频道流通。

女频网文的文化功能,不仅在于提供为女性读者喜闻乐见的作品,而且在于女频网文表达了由女性视角、女性经验和女性意识等构成的女性对文化创新的作用和贡献。近来,突破单一、刻板的女性人设,无论是"傻白甜"还是"大女主",改变程式化、套路化的女频故事,突破言情的限制,丰富背景、设定,在"爽感"之外添加新的阅读召唤机制,潇湘书院的此次改版顺应了女频创新的潮流,也必将在网文精品化和经典化层面成就新的贡献。

网文承接Z世代的青春想象

　　每一个特定的历史时刻都会产生属于自己的"青春文学"。如果说21世纪初兴起的80后的"青春文学"着重书写主体的内面,那么Z世代的青春从一开始就与时空的次元变动有关。一出生就身处网络环境中,是所谓"网生代",生长的过程经历的是自媒体的兴起,媒介传播的革命直接影响着日常生活,从爱豆、穿越到AI、二次元、"元宇宙"等成为成长中的"关键词"。这种具有异质感和断裂性特征的青春想象,在印刷媒介中并不突出。无论是作为媒介还是作为内容表达,网络成为承载Z世代新的青春经验的主要载体。诸多Z世代作者选择网络来书写机甲、科幻、二次元……即使是现实题材的创作,我们也可以看到网络如何承载着Z世代的青春重建,记录这一代人的迷茫和追求。《塌房少女重建指南》(时不识路)就是这样一部书写Z世代青春的现实题材网络文学。从宋桉的27岁生日开始叙事,作品讲述了三个95后都市少女(常喻,宋桉,白婉静)追星和成长故事。在城市与青春的话题中,《塌房少女重建指南》从粉丝文化的"塌房"到精神重建,将新时代青春文化隐喻浮现于网络文学的浪潮之中。如作者所说,作品没有很大的跌宕起伏,但思考了"都市生活中每一个渺小的我们成长的意义"。

"塌房"是粉丝文化中的惯用语。偶像在粉丝心中屹立不倒的"人设"、闪闪如金的"主角光环",如同一座恢弘气派的建筑。一旦爆出负面新闻,"人设"崩塌,光辉骤然暗淡,那座建筑应声而垮的景象,被粉丝称为"塌房"。而在这部作品中,"塌房"指的是在"爱豆"身上寄托的幻梦的坍塌。粉"爱豆"是 Z 世代独有的文化现象。读者、听众对作品的喜爱和痴迷,来自对某种艺术才华和造诣的欣赏。而粉"爱豆"具有灵魂寄托的特质。"爱豆"这一从练习生做起,在舞台上既具有生长性又具有光芒性的符号,更像是一个具有时代特点的隐喻:追逐的并非是一个具体、确定的人,而是自我个体实现的乌托邦。作品中宋桉说:"追星不就是这样吗?一起成长的过程,用自己的方式做出努力,希望在这一点点努力下,他可以在舞台上发光发热,不求回报得看着他实现梦想。"

与精神乌托邦相对的是现实生活中的逼仄。父辈所选的相亲对象的浅薄和无聊,父母对自己搬出家、租房子住的阻挠,父母干涉工作选择……宋桉被奚落的一片狼藉的房间和八块腹肌抱枕象征着不被尊重的界限感以及不被理解的价值追求。在精神乌托邦中,她们躲避的不仅仅是复杂的人际关系,而是一种"社会不认同感",一种尚未消亡而顽固异常的社会价值观。不求上进、也不谈恋爱,生活停滞不前,是作品中的父辈给人物的评价。Z 世代青年与其父辈理念的鸿沟由此凸显,世代间的区隔将她们推入精神的"元宇宙"。当职场应酬让人难以忍受时,只有"最近新上的穿越小甜剧……《带着手机回到唐朝》里面的小皇帝"和好友的表情包能够让常喻在窒息中会心一笑。

当 80 后倾向于在语言的自我指涉中表达经验和感受,如"悲伤逆流成河"（郭敬明）"幸福是生生不息，却难以触及的远"（张悦然）等，而Z世代则借助虚拟符号表达现实经验。在常喻看来，"张淮以是7788小游戏里，那拿着麻袋装金矿的矿工，到处闪身把所有的信息都收麻袋后整合……"白婉静表达自我身份认同的方式是染成紫色的头发，和卡通蝴蝶纹身；微信、新浪微博就是她们交流的主要方式；参与"爱豆"投票、评论，网络世界是她们获取和输出意义的主要方式；三个少女，虽然家庭不同，性格不同，职业不同，但她们都需要被屏幕上追逐梦想的人"温暖"，这成为她们建立情感共同体的核心要素。

Z世代一方面是在网络世界中建立自我形象、自我话语和独立的意义世界，但另一方面是职场、家庭、生活的羁绊，哪怕是"爱豆"都免不了"现实"的羁绊。作品就这样把二者区分为"青春世界"和"成人世界"。在网络世界的特立独行，洒脱不羁，和在现实世界中纠缠扯皮，挣扎无力形成对照。"爱豆"亦是如此，屏幕上光芒四射，"塌房"后方展现普通人的一面。作品中的追星少女们经历的一次又一次爱豆"塌房"，正和她们一次又一次被推向"现实"，与现实妥协，或和解的过程。捍卫"粉丝"的本质也许是对"成长"的拒斥。作品中当爱豆演出生涯结束时，宋桉能感到"她的青春也结束了"。

时不识路的《塌房少女重建指南》正视了Z世代青春的欲求和渴望，是对网络时代Z世代都市青春的记录和表达。

网络文学：新浪潮与新经验

网络文学的价值，不仅在于它依托新媒介，也并不仅在于它与大众化阅读关系密切，而且还在于它越来越表现出承载和创造网络世代的新经验的倾向。特别是互联网时代，Z世代M世代的经验推动了网络文学迭代的发生。近年来，网络文学在表现虚拟世界、"第二人生"方面的独特性越来越突出……

在汲取类型文创作经验的基础上，在2020年之后的网络文学现场，我们深切地体会到网络文学正在呈现不同于印刷文学（无论是传统精英文学还是通俗文学）的新的想象和新的表达。当Z世代越来越成为网络文学创作和阅读的主要力量时，网络文学用新的"创意"和"脑洞"的表达，构筑新的时空，勾连新的虚拟和现实的关系，表达网络世代的中国人关于"宇宙"和历史，主体和个体，人类或"后人类"问题的新想象，也以这种方式表达了新世代的"现实"关怀。

一、想象中的"现实"：时空重建的意义指向

当《开端》让李诗情与肖鹤云一次次地回到运动着的车厢内，

网络文学有关时空建造的新经验就已经通过影像呈现于大众面前。"时间"可以是连接两个空间的线索，一头是1940年的上海29号弄堂，一头是2021年的盛世都市，《长乐里：盛世如我愿》放映出新的沪地书写以呈现时间流速的奇诡。又或者时间的这一头是2019年的南京，那一头是"末日"之下2040年的南京，以"老古董"电台为结，引渡新的时间法则，天瑞说符的《我们生活在南京》编织了梦幻的时间，以柔软的人类情感改编时间的线性因果律，重新勾画了如幻如织的生命时间。网络文学中城市书写与时间触感的变动，为新世代架构了新的故事场域。而新世代的生活遭遇与成长体验就浮现于此。网络文学已经成为青年生活的重要组成部分，祈祷君的新作《开更》关注到新世代生活背景的变动，以网络文学为话题切入青年群像，网文作者、游戏玩家、网剧编剧，既有关个体的人生、婚恋、职业理想，也着重表达着"连载""断更""氪金""魔改"等新世代生活的重要经验。蒿里茫茫的《早安！三国打工人》让女主陆悬鱼在"咸鱼""躺平"的"佛系"梦想中屡屡失败，主动长剑出鞘。赵熙之的《小镇做题家》以意识流的手法展现了长于繁华年代的青年在面对父辈期待、"标签化"和"被动社交"时的苦涩心绪，被裹挟着却又无能为力的心理现实。可以说，网络文学在展示着一场新的都市景观，既有以"网暴"等问题编织故事矛盾的豆阅"悬疑"，也有以人间烟火进行浪漫叙事的豆阅"言情"，形态重塑的时空之下，"Z世代"青年在一系列新的成长体验与社会症候中给出了自己有关"意义"的答案。

二、虚拟中的"现实"：赛博空间的多维折射

入驻"2021年度十大网络用语"的"元宇宙"成为近期新兴的

网络文艺话题，如果说"元宇宙"是以前沿的数字技术牵引赛博空间，网络文学则是以古老的方形字符创造一个新的符号世界。在"表"与"里"的多维命题下，"表象"与"本质"，"能指"与"所指"，"庄周"与"梦蝶"成为虚拟与现实的一体两面。桉柏的《穿进赛博游戏后干掉BOSS成功上位》让读者跟随女主一起陷入辨别现实世界与虚拟游戏的旋涡，探讨"是在感性挣扎中灭亡，还是在绝对理智中重生"的话题，这也正是"元宇宙"问题内嵌的思考。疲惫的《凭本事找骂》的遣词造句尽显"网感"，塑造了一位在网游世界恣意吐槽，现实生活中却敢怒不敢言的女主人公温黛，线上线下，两副面孔，展现了都市个体面对现实社会与赛博空间的精神分层。黑山老鬼的《从红月开始》从现代文明的深处打捞起精神变异的逻辑链，将负面的心理状态具形为精神污染体，孤独、恐惧、忽视、贪婪、失眠，隐喻都市青年的心理问题，虚拟之中迸发着强烈的现实关怀性。无独有偶，与红月世界对于心理现实的关注不同，后来者的《每天都在升级打怪爆装备》将人性中有所失落的一面幻化为"怪"，小的如"甩锅""负能量"，大的如"三只手"、人贩子，主人公需要用语言或行动将它们"击杀"。在幻想的符号之间，充斥着主体的自我探询之音。在虚拟的空间中，世界被多维折叠，经由虚拟的通道，抵达新的精神现实。

三、历史中的"现世"：主体的变动

少年梦话在《直播学习强国》中以"直播"的方式切入历史，将过往的疮痍与现世的盛景装进同一块屏幕。她与灯的《观鹤笔记》为六百年前的研究对象赋予主体性，展示史书的遮蔽与文脉的绵延。这些网络文学作品追问着历史与现世的关联，分辨历史面貌的同时，也是在为当下的青年群体寻找精神资源。七月新番在访谈中陈述自己的人民史观，坦诚《史记》中最打动他的并"不是各篇慷慨悲歌的'列传'，也不是雍容庄重的'世家'，而是《货殖列传》"。因为《货殖列传》中能看到贩夫走卒的故事。"我的历史观就是人民史观，人民是历史的创造者，他们才是真正的英雄。"人民史观正逐渐代替英雄史观成为青年群体对于历史的想象。南方赤火的《女商》，以微观经济学牵引近代史脉络，将人民史观渗透进"清穿文"的写作，在世界视野下反观中国的现代化进程。蒿里茫茫的《早安！三国打工人》展示"庶民"身上流速极为缓慢的历史时间，令历史事件跳脱出严谨的因果联系，历史人物疏远宏大的意义符号，展现被"诸公"忽视的"黎庶黔首"的生活，"兴，百姓苦；亡，百姓苦"的乱世之下，并非英雄建功立业的热血，而是"海内沸腾，生民煎熬"的苦痛。从"英雄历史"，到"人民历史"，历史文写作中"人民性"浪潮的翻涌正是当下青年对于历史的主体性探寻。这一探寻行为或许以"穿越"的方式展演，或许以"直播"的方式呈现。史料的择选、主体的互动之间，讲述了当代青年如何认识历史进程，寻觅现代化起源的故事。

四、以"非人"观"人"：二次元的真实性

疫情时代之下，后人类中心主义思想以奇诡多姿的设定隐喻在网络文学文本之中，展示着"非人图式"，而又以科幻类型的表达最为直观与鲜明。《三体》中从未登临地球的三体星球一次次地着陆于网络文学世界，展示人类文明与"非人"文明之间的照面，彩虹之门的《星空之上》中的这一文明叫做"瑞墨提"。从雨魔的《驭兽斋》到轻泉流响的《不科学御兽》，"御兽文"复兴，人与动物的关

系问题重新出现，在《不科学御兽》的世界里，无论是植物、动物还是山川、湖泊，都拥有超凡进化的可能性，在主人公探寻异世界生物前史，遭遇宠兽种族问题的同时，有关自然的"他者"重新讲述自己的故事。云住的《霓裳夜奔》将故事放置在基因科技强盛的纪元更迭期，以拟人生物体霓裳为主人公，以身体为媒介抵达了一个"第一种人类"与"第二种人类"截然二分的世界，展示了来自外星的探照种子对于人类的观察与审视。种种"非人"问题都是"人"这一生命命题的反题，"非人"与"人"的界限不在于人的外部，而在于人的内部，无论是宠兽还是外星人，都在以多重的"非人"想象确定着"人"的内部现实，"何为非人"的问题指示着人类在物种之间的位置，也泛起了后人类中心主义思潮的浪花。

  网络文学的迭代打破了文学代际的时间序列，也改变了文学的发生方式，不局限于文学内部的互文，而是以新的符号编码，以赛博主体之间的互联与共通的表达，创造了新的代际想象，表达了新的对于现实的理解和塑造。仅仅用大众文化、资本之手去解释网络文学的新经验也许会浮于表面，其背后所体现的网络社会的情感和欲望表达，虚拟世界的修辞和意义表征，以及全球化/地方化，世界/中国，技术/人文等等思想因素，还有网络文学在整体文化传播中的号召、联结，或者是区隔作用值得进一步被思考和呈现。站在网络文学的前沿，我们可以看到由新世代所写就的网络文学如何面向变动着的中国和世界的未来，用新的编码为我们编织通向网络新文明之路。

2022：多样的网文和多元的宇宙

从高速发展到多元化、可持续化，一个有活力的新生事物的发展轨迹在中国网络文学身上同样适用。近些年中国网络文学增速放缓，但无论是网络文学内部的迭代升级，还是网络文学IP转化和海外传播的拓殖和深化，都表明中国网络文学从娱乐大众的单向增长走向更加多样化和纵深化的发展模式。简要盘点2022年中国网络文学的发展，可以更清晰地看到这一发展趋势。

2022年，网络文学并未出现集中关注于一身的"大爆款"，但让人眼前一亮的"小爆"在各个类型、各个层次、各个IP领域持续出现。女频网文方面，从言情走向"言情+"，这些年女频网文越来越表现出"去女频化"的发展趋势。2022年，女频淡化言情线，强调新设定和新元素的特征越加明显。群星观测的《寄生之子》、油爆香菇的《退下，让朕来》、居尼尔斯的《大宋online》是2022年女频口碑出众的作品。它们分属晋江、起点女频和豆瓣阅读，但均不设言情主线，主打新奇设定。《寄生之子》讲述外星人寄居地球生物的故事，叠加星际文明冲突和平行时空的设定，堪称2022最让人惊喜的"脑洞文"。《退下，让朕来》的儒道流加基建文，《大宋online》虚拟实境类历史解谜游戏的设定,均彻底跨越了性别频道,标识 2022 年女频网文不仅打破了言情套路,而且迅速引领创意类型的发展。2022 年男频比较受关注的新作如狐尾的笔《道诡异仙》、晨星 LL 的《这游戏也太真实了》、三九音域的《我在精神病院学斩神》、历史系之狼的《家父汉高祖》等等,他们虽然仍沿用"爽文"的套路,但都以"新设定"和"新元素"表达着 90 后网文作家的生气和活力。

现实题材网络文学更加多样化,2022 年比较突出的现实题材网文涉及现实生活的各个领域。如医生文有志鸟村新作《国民法医》、石章鱼新作《大医无疆》等;讲述国产大飞机发展历程的匪迦的《关键路径》;以地区建设为背景的何常在的《奔涌》;养老题材有孟中得意的《老来伴》、顾天玺的《时光养老院》等;体育竞技题材有林海听涛的《禁区之狐》、静悄悄地写的《我真的只是想打铁》和三姜哥的《乒乓人生》等;反映当下社会问题的,如阿宴的《恶评》关注网络暴力,基顿家长的《奶奶反诈团》反映针对老年群体的诈骗现象等;2022 年中国成功承办冬奥会,网络文学作家蛇发优雅自述冬奥会工作的经历,以冬奥为背景创作新书《寒冬遇骄阳》。

2022 年,传统"大神"和近年新兴作家各有佳作完结或上线,略举几例,如忘语的《大梦主》、天下归元的《辞天骄》、流浪的蛤蟆的《仙狐》、柳下挥的《金装秘书》、关心则乱的《江湖夜雨十年灯》等佳作完结,管平潮的《仙长也疯狂》、匪我思存的《潜心于墨》等新作上线。这些年新兴的网络文学作家作品有闲听落花的《吾家阿图》、大姑娘浪的《世无双》、爱潜水的乌贼的《长夜余火》、马伯庸的《太白金星有点烦》、天瑞说符的《我们生活在南京》、祈祷君的《开更》、一度君华的《不醒》、远瞳的《黎明之剑》、老鹰吃小鸡的《星门》、御井烹香的《买活》、孟中得意的《老来伴》、桉柏的《穿进赛博游戏后干掉BOSS成功上位》、会说话的肘子的《夜的命名术》、阎ZK的《镇妖博物馆》、Twentine的《无何有乡》等完结。也有青衫取醉的《我的玩家都是演技派》、十四郎的《云崖不落花与雪》、宅猪的《择日飞升》、净无痕的《7号基地》、退戈的《歧路》、远瞳的《深海余烬》、大姑娘浪的《来日方长》、流浪的蛤蟆的《异仙列传》、希行的《洛九针》、言归正传的《深渊独行》、陆春吾的《迷人的金子》、唐家三少的《斗罗大陆外传斗罗世界》等新作上线或依然在连载。除了主流的网络文学平台，诸多小平台或不专门从事网文传播的网站上也出现诸多佳作，如微信公众号上连载的行烟烟的《零诺》、微博上连载的丹云炒饭的《淡水鲨》、长佩文学连载的好芋的《在逃离》、知乎盐选上连载的喵太郎的《我本以为我是女主角》、每天读点故事上连载的桃山大魔王的《过冬》等。

各个类型横向比较，科幻成为2022年最热门最受关注的作品。不仅传统网文网站诸多"头部"作家扎堆写科幻，卖报小郎君写《灵境行者》、言归正传写《深渊独行》、天瑞说符写《保卫南山公园》，以及上述《7号基地》《深海余烬》《长夜余火》等等。各类小众平台上的科幻也特别值得关注，如鹳耳的《恐树症》（豆瓣阅读），N31welt.尚丘的《载体空间》（知乎）等。诸多平台集中发起科幻类网文征文或评奖活动，仅3月一个月就有晋江文学城发布2021年度盘点·科幻题材年度佳作·现言组作品，起点发布第一期科幻星光新书奖，咪咕数媒正式启动"无垠杯"科幻征文大赛，点众文学首届科幻征文落下帷幕（武侠故事结合现代科技的作品获特等奖，讲述如何突破生物科学上限的作品获一等奖）等多家平台推介科幻作品。

各个平台开始形成自己的特色。比如豆瓣阅读主推"悬疑",并开启"古风悬疑"有奖创作活动,第四届豆瓣阅读长篇拉力赛也以"悬疑"为组别之一;番茄小说网及快应用联合启动 2022 年男频新媒体保底征文活动,主要收稿题材包括都市神医、鉴宝捡漏、战神女婿、美女总裁和情感职业五个方向;七猫中文网则启动女频特色题材第三季"超级甜宠"征文和"百万奖金现实题材征文大赛"。微博文学推出"网文超新星计划",遴选出色的网文短篇作品等。哔哩哔哩漫画也正式启动"我有一个脑洞"征稿活动,其中 Boom 工作室主收男频文,收稿方向为都市生活、异界邀游、末世征途,包括但不限于都市、仙侠、玄幻等题材,Fire 工作室主收女频文,收稿方向为恋爱甜宠、高燃爽文、脑洞爆梗,包括但不限于现言、古言、幻言等题材等。

2022 年,网络文学一方面在各种阅读数据和点击量方面有创新高的突破。2022 年,起点十万订阅小说增至 8 本。其中,卖报小郎君《灵境行者》上架五天首订破十万创造起点新纪录;12 月首届"网文填坑节"活动中百位知名作家共更新 50 万字,吸引超 7000 万用户参与并贡献了破亿阅读量;番茄小说 2022 年原创年度报告显示,入驻番茄原创作者数增长迅速,较去年增长 300%,总稿费上涨 91%;七猫 2022 年累计服务用户达 5 亿,新增原创作品同比增长 42%,多部有声作品播放量破亿……

另一方面,网络文学主流化的趋势也日益显明。网络文学作家和作品在弘扬传统文化、传播正能量方面的活动日益发挥越来越重要的作用。网文作家"爱潜水的乌贼"受 2022 央视网络春晚邀请,为广大网友送祝福;上过 1818 黄金眼的知名网络文学作家紫金陈在微博晒图,宣布自己成为"宁波市消协维权公益宣传大使";著名网络作家会说话的肘子被授予"洛阳文化旅游推广大使"称号等。网络文学平台开始通过各种活动对网络文学的正向价值进行宣传。如阅文和B站联合，打造国风元宵晚会，联合国家图书馆、上海图书馆以及人民文学出版社等100家出版单位共同推广全民阅读等。网络文学也越来越受到主流媒体的关注，2022年1月20日，《人民日报》刊文《让网络文学更好表达当代中国》；6月9日，新华社首发《书写时代》网络文学系列微纪录片，通过采访现实题材网文作家，讲述他们用故事书写时代温度的故事等等。

在网络文学IP改编方面，2022年，网络文学仍然是影视剧改编的重要源头。2022年整年上架播出并较有影响的有大约50部网络文学改编剧，以《开端》（改编自晋江文学城祈祷君同名小说）为代表，2022年网络文学的迭代升级促成影视剧新设定的趋势愈加明显。2022年《天才基本法》《乌云遇皎月》等网文改编剧以及类似的《救了一万次的你》《一闪一闪亮星星》相继出现，沿用网文近年更加虚拟化的时空设定，使得2022年被称为"时间循环年"。以贝客邦的《海葵》被改编为《消失的孩子》播出为标志，近年异军突起的豆阅悬疑的IP转化为影视领域带来新的内容。网络文学微短剧改编在2022年也十分频繁。如快手推出的《今夜星辰似你：帝少心尖宠》改编自书旗小说中诺小颖的作品，《秦爷的小哑巴》改编自米读原创小说，华策和抖音联合出品的《唐诗薄夜》改编了七猫中文网盛不世的作品《你是我的万千星辰》等等。另外，网络文学动漫改编迎来爆发。B站《凡人修仙传》《元龙》、腾讯视频《斗罗大陆》《斗破苍穹》热度不减，播放量均超亿次。8月8日腾讯主办的"鹅次元动画节"中网文IP更是占了"半壁江山"等。

网络文学出海传播的影响力更强。2022年，网络文学出海阅读数据可观：《天道图书馆》的阅读量超 17 亿，有 27 万余粉丝投票支持，评论数据近 2 万；《全职高手》阅读量超 1.2 亿，粉丝超 9 万，评论上万；《重生之最强剑神》阅读量 1.18 亿，《诡秘之主》阅读量 3110 万，《超神机械师》440 万。面对这样的市场规模，韩国互联网巨头 Kakao 通过旗下掌上阅读平台 Radish Media，收购了以翻译中国网文出名的海外小说平台"武侠世界"（Wuxiaworld），交易价格达到 3750 万美元，约合人民币 2.4 亿元。网络文学在海外也逐渐得到经典化认可。2022 年 9 月，16 部中国网络文学作品首次被收录至世界最大的学术图书馆之一大英图书馆的中文馆藏书目之中。

  2022 年，中国网络文学在各个领域都表现出迭代升级的变化。特别值得一提的是，2022 年，好莱坞电影《瞬息全宇宙》和韩剧《财阀家的小儿子》等热门影视剧的设定和中国网文同频共振。可以说，以原创内容为核心，网络文学的覆盖面远远超出网文读者。通过对文化产业全产业链的覆盖，以及与世界范围内关于人类文明的思考的相互呼应，中国网络文学正在用想象力和创造力搭建属于自己的"元宇宙"。我们高兴地看到，更加多样化发展的网络文学，让这个"元宇宙"更加多元，更加丰富多彩。

网络文学作家作品

东西交融与多元文明
——评跳舞的《恶魔法则》

阅文的起点中文网曾做了一个推文:"如果能随意穿越,你会选择哪一个世界?"跳舞[1]的《恶魔法则》名列第一。这虽然是一个商业化的广告,但《恶魔法则》的幻想世界的确有着独特的魅力。《恶魔法则》是少有的西方玄幻作品,以魔法世界、精灵兽人、巫师女神等西方玄幻元素布局。同时《恶魔法则》也吸收了修行、悟道等属于东方幻想的力量提升方式和龙族、汉字等东方形象和符号。在各色人物、族类的对峙过程中,在简汉世界穿越而来的主角和西方幻想世界沟通的过程中,作品呈现一种东西文明对照和沟通的特点。

---

[1] 跳舞是起点中文网的白金作家,代表作品有四大西方奇幻小说《变脸武士》《恶魔法则》《猎国》和《天骄无双》,以及四大都市小说《欲望空间》《嬉皮笑脸》《邪气凛然》和《天王》。此外,还有东方玄幻小说《至尊无赖》与都市异能小说《天启之门》等作品。2018年,小说《源世界之天衍》在首届泛华文网络文学"金键盘"奖中获得悬疑科幻类作品奖项。其作品网络总点击量超过1亿,简繁体出版畅销海峡两岸,读者遍布全球华语文化圈,多部作品完成网络游戏跨平台改编。2011年,跳舞加入中国作家协会,成为继唐家三少之后第二位加入中国作家协会的网络作家。2013年,中国网络作家富豪榜排名中,跳舞以550万元的版税收入位居第10,引发广泛关注。2017年2月,在第二届"网文之王"评选中位列"百强大神"。2018年5月,在第三届"橙瓜网络文学奖"评选中位列"十二主神"。

跳舞的玄幻作品并不局限于或东或西的幻想世界，而是将东西元素为我所用，世界观并不局限于某一民族内部，而是着眼于整个人类文明和命运的关系，其中一以贯之的是对尊严、自由和个体幸福价值的肯定和追寻。这既成就了跳舞创作在玄幻类型中的范本地位，也让作品因其独特的思想内涵迈向经典化之路。

一

《恶魔法则》虽然采用了一般玄幻小说的"套路"，以主人公的能力、权力升级过程为主线，但该小说并未满足于此。作品的想象力并不局限于一个民族或一个世界，而是通过几层空间的展开，为读者带来立体化的、绚烂多姿的多元文明世界。《恶魔法则》设置了多重空间，第一层是罗兰大陆的帝国空间，这一空间以皇权斗争为中心，但是又并不简单地由皇权主导，还涉及神殿、魔法公会的权力斗争，所以在皇权暴力之外，还有魔法、骑士等不为皇权所制约的社会空间；第二层则是以罗兰大陆为中心，西至雪山、草原，北至冰封森林、南洋及各部落之间的"天下"。这个"天下"包括不同的文明体系，不仅引入游牧文明、海洋文明还有生物界（作者将之幻想为各种魔兽）；第三层，除了人类，还有精灵族、兽人族、龙族、魔族，它们彼此之间构成更为复杂的权力争斗关系；第四层则是在现实世界之外增加了神话世界，交代光明女神、魔神、龙神、精灵神和兽人神之间的情感纠葛和阴谋权斗，最终完成了整个世界的建构。显然，人类的各个族群，人、兽，或是龙族、精灵族、兽人族等，他们各有自己的生活和文化方式。非人类族群的生存方式和思考方式为反思人类文明提供了参照。蛇化身的美杜莎审视、反思"人性"的矛盾和问题。精灵族王落雪讽刺"人类的历史，不正是一部同类之间杀戮的过程吗?"当然,作品并非贬此褒彼,人类也好,龙族、精灵族也好,再或是皇家、贵族、魔法师、武士,作品都没有将他们平面化,而是写出了这些族群各自的复杂性。他们各有不同的信仰、信念、思维方式和生活习性,彼此接触的过程中充满了冲突与对话。正是这些冲突、对话,以及这种复杂性的体现,丰富了作品的意义表达。

作品是穿越小说,主人公杜维具有现代人的思维方式。不过小说也没有局限于将现代人的优势仅仅归结为科技或文化创意。杜维的"成功"恰恰在于他不自大、不霸权,与各类文明保持"对话",并坚守自由尊严的信念。在一开场,主人公杜维以"皇权的过于集中才是导致腐败的根源"的言论传达了他与皇权世界的异质性。这使得整个作品不仅不以权力欲望作为唯一的线索逻辑,而且表达了对权力欲望的反思。杜维并不沉迷于权力之路,作品一方面设置了许多"助手",让杜维"被动性"地进入权斗网,另一方面让杜维的思想和行为时时偏离争权的路线,这种处理让杜维超越了网络文学"功利人"设置的套路。作者也并未让杜维拥有最顶级的魔法和武功,相反,杜维经常在武斗的过程中失败。杜维的转危为安,或是绝处逢生,几乎都是靠他人的帮助实现的。这些帮手中既有机缘巧合的阿拉贡、塞梅尔或是克里斯等,也有以人间情感联结的辰王子、薇薇安乔安娜姐妹、侯赛因、甘多夫、美杜莎、白河愁等。这让主人公并没有和弱肉强食的权斗背景融为一体,而是与权斗背景形成了对话的关系。在很多时候,杜维的情感逻辑能够超越利益逻辑。比如杜维以亲情战胜了父亲雷蒙爵士对于家族利益的执念。摄政王辰临终前对杜维的猜忌,从"人心是靠不住的"开始,也终于以"靠得住的是人心"收场。

当然，小说表达权力逻辑和情感逻辑时，也并没有非此即彼，作品一方面展现了权力逻辑中"弱肉强食""成王败寇""拳头即真理"的问题，另一方面也指出，单纯指责权力逻辑，有为不思进取的弱者代言的嫌疑。当精灵王落雪指责人类的残忍和杀戮时，作品借美杜莎的口反驳："你指责人类狡猾，偷学魔族的文明，那么你为什么不责怪你们自己太过保守而不思进取？你指责人类背信弃义，违背了协议而对曾经的盟友下手，那么你为什么不责怪你们自己太过天真幼稚？你指责人类残忍……那么你为什么不责怪你们自己太过优柔寡断？不管过程是怎么样也好，但是事实的结果就是，人类是'优胜'，而你们，则是'劣汰'！！这种时候，与其用酸溜溜的语气来抱怨人类，不如自己反省一下自己种族的缺陷！"这种对话，让作品有了类似尼采、福柯意义的反思文明道路的意味。

类似的对话性的思考渗透在作品处理"献身""牺牲"等问题的处理上。面对草原的威胁，杜维让含月牺牲自己的身体杀死草原王。虽然杜维有充分的理由认为除此以外的方式，胜算极小，牺牲极大。但作者并没有让杜维免除道德指责，反而用很大的篇幅来描写杜维深深的自责和愧疚。作品慎重地对待为除暴君不得不忽略一个小裁缝的"生死"问题，努力表现杜维的心理斗争，一方面"在一段时间以来，杜维甚至已经习惯于站在'高位'之上俯视下面的人，然后用这些'大道理'去判断，去衡量，然后做出一些他认为很崇高的决定：决定让谁是牺牲，留下谁来被保全"。另一方面，作品让杜维被裁缝的话语触动，"我不明白，我是一个好人。我没有做错过什么。我尽心对待自己的工作，我爱自己的家人……可是为什么，我要莫名其妙的去死？是，我是一个小人物，是一只小小的蝼蚁。可是，我的生命。却可以被随意地剥夺？"于此，作品表现出宏大叙事和个体话语之间的矛盾，家国伦理和个体生命伦理之间的选择难题。

二

跳舞当然有网络文学文体的自觉。他将《恶魔法则》归类为YY小说，创作的目的也是为了让读者在辛苦的生活中获得愉悦放松的体验。不过，由于在写作过程中，跳舞有意无意地渗透了自己对于文明、文化或生命意义等问题的思考，这使得作品在很多时候表现出了和YY小说相反的文本特征。《恶魔法则》拒绝"一夜功力大增"，或是"魔法全通"的处理，认为这太有违逻辑。而且作者还强调情节本身的自然发展，"虽然我是作者，是笔下人物和故事的创造者。但是，一步一步，人物也好，故事也罢，到了后来，自然有他们自己的命运和趋势了……我也主宰不了。"对于许多穿越小说中人物对"新世界"无保留的认同，作者也略加讽刺，认为无论在现代社会的生活如何，一夜间便能否定、忘记过往，径直拥抱新生活的态度十分可笑。《恶魔法则》中主人公对他所穿越的世界并不十分投入，有着拒斥、无奈乃至游戏的态度。作者写出了双重时空带给杜维的困惑和迷茫。而作者对因果逻辑、人性复杂性的尊重，使得《恶魔法则》在满足读者的"白日梦"欲望的同时，也具有了一定的超越性的审美功能和思想功能。

与此同时，跳舞对历史的看法也具有新历史主义的特点，特别是注意到历史叙事的不稳定性，不同的叙事者，不同的叙事动机，都会使历史面貌产生巨大变化。由是，作品并不书写成王败寇，不为胜利者代言。作品有意展现不同的人口中的神话世界。在光明女神控制下的史诗中，魔王爱上了人类女神，但人类女神为了推翻魔族统治，套取魔神的弱点，联合阿瑞斯（人族的男神）战胜了魔神。

在阿瑞斯口中，魔神并没有被打败，而是甘心被光明女神杀死，以"这就是你想要的吗？"完成一个凄美的爱情故事。在克里斯（恶魔的仆人）口中，魔神并没有爱上光明女神，不过是魔族为了改良统治，娶了作为人类的光明女神。光明女神怀孕后，魔神对光明女神的戒备放松，光明女神便联合各族神灵打败魔神……不同的叙事者因为不同的目的和情感，以不同的角度叙事历史，增添内容和逻辑，从而为历史赋予不同的意义。神话如此，国族历史亦是如此，作品细致地描述在撰写罗兰历史的过程中，哪些血腥的夺权、镇压、阴谋被略去，哪些秘密被掩盖。

《恶魔法则》似乎有意打破文本的封闭性，用布莱希特的拆掉第四堵墙来形容也许过于夸张，但作品似乎并不想让读者过于"沉浸"。作品用了一系列现代小说、影视之中的角色名称，如甘道夫、炎魔来自托尔金的《魔戒》；杰克斯派洛船长来自黑珍珠号电影《加勒比海盗》；美杜莎、缪斯、阿尔忒弥斯、阿瑞斯来自希腊神话故事；亚当、伊甸园来自《圣经》；霍格沃茨魔法学院、飞天扫帚来自J. K. 罗琳的《哈利·波特》；断背山来自电影《断背山》……此外，QQ、卡巴斯基来自现代软件名称；贝克汉姆是知名足球明星；侯赛因是伊斯兰教什叶派第三代伊玛目（穆罕默德外孙）……这些人/物/地名的来源包括文学、影视、科技等多领域，而且呈现出了贯通古今中外的特点，同时作品也以这种让人"出戏"的方式，以戏谑的笔调来对冲YY。

杜维和世界沟通的方式，或者说杜维赢得命运和世界的尊重的核心力量在于——他对于平等、尊严和个体幸福的尊重和追寻。小说花了很多的笔墨描写杜维在"德萨行省"的生活。杜维管理下的"德萨行省"是一个帝国中"异托邦"。燕京是帝国的权力中心，宫廷、魔法工会与光明神殿等级森严，不容侵犯，而偏远的德萨行省，则呈现出宽松、自由、平等的特点。上级和下级可以互相调侃，互称兄弟，条例的制定和修订"以人为本"。行省聚集的人皆表现出强大的主体意识和反抗精神。杜维为了"自由意志"而不断将自己变得更强；薇薇安坚守单纯执着的信念，与杜维不离不弃；侯赛因本为神圣骑士，但发现神殿的虚伪后，毅然与神殿决裂，在绝境中一步步反击……众多人物不再被权威所提倡的人生价值支配，而是积极努力地追求着自己的世俗欲望，呈现出生命的活力。捍卫个体幸福，反抗一切强权、专制甚至神谕，是杜维构建一个"和谐"世界的核心力量。正因为杜维一直坚守这一价值观，才让杜维的奇幻历险，成就惊世传奇的同时，沟通东西，融汇多元。

三

跳舞其他的玄幻也呈现东西交融的特点，都市幻想作品《天王》将中国、日本神话元素和西方神话元素综合起来，人物精神也兼具中国武侠和西方骑士的双重传统。跳舞构建玄幻世界不仅深受中国传统文化，或是中国传统武侠的影响，还广泛借鉴了西方现代奇幻文学的神话、宗教背景，和中世纪骑士文学的写作手法。中国的侠义精神和西方个人英雄主义在他的作品中得到融合。当东方和西方的玄幻元素，在跳舞的作品中"和谐共处"时，跳舞构建玄幻世界就具有了多元文明对话的结构。《恶魔法则》中帝国文明与神殿文明分庭抗礼，此外还有超然独立的魔法文明、失落的大雪山文明、没落的骑士文明、落后的南洋文明，被定性为罪民文明的精灵、龙族、兽人、矮人文明，以及被抹去痕迹的魔族文明，这其中既有海洋文明，也有游牧文明；既有神文明，也有巫文明、魔法文明。他们各有自己的生活和文化方式。不同文明有不同的信仰、信念、思维方式与认知结构,他们彼此接触的过程中充满冲突与对话。而想象文明差异,思考冲突和寻求融合,成为叙事的基本动力。东方、西方在文本中不再是殖民秩序下的不平等空间,也不再是民族主义框架中"优胜劣汰"的竞争体,而成为文明的方式。由此,东方玄幻元素和西方玄幻元素都成为人类文明的一部分,它们交错互补,即使冲突也是为了在"对话"中思考文明的最优方式。同时,作品始终坚持着对人的尊严、自由、平等和幸福价值的肯定和追求。这为作品中多元文明提供了"对话"的基础。

以上,跳舞以《恶魔法则》为代表的写作告诉我们,类型文也能"思想",升级打怪的"爽文",也可以完成对"自由之路"的思考和追求。

网文如何表达"女权"？
——评天下归元的《凰权》

我们很难期待靠点击量生存的网文去表达反抗性的思想。目前，在读者市场获得成功的网文，都以适应大众意识形态，表达大众的欲望诉求为特征。不过，这种大众意识形态和欲望诉求也并非铁板一块，某种思考和变化在悄然发生。网文作家的思想形态参差不齐。在其中，也不乏将某种反抗性思想渗透、编织进流行性叙事中的作家。女频网文中，女权思想的渗透就是一个重要现象，在这方面具有代表性的是天下归元。

在女频网文中，天下归元无论在点击量、影视改编，还是口碑方面都是成功的案例。在《扶摇皇后》《女帝本色》《凤倾天阑》等一系列作品中，《凰权》在思想和结构方面更具有探索性和创造性。不同于一般意义上"女尊文"，《凰权》并没有把男权叙事颠倒过来，变成一个"以女虐男"的套路，而是在权力叙事中表达了对权力结构的反思。虽然很难说《凰权》所表达的"女权"是女性主义的"女权"，但在整体适应大众欲望和趣味的基础上，在架空历史的想象世界中，《凰权》仍在隐约地渗透对于男女性别结构的"反抗"。通过塑造作为权力主体的女性形象，通过建立权力和爱情矛盾交织的线索，通过书写女性参与的三元权力博弈的过程，《凰权》不仅在艺术性上高出一般的网文作品，而且创造性地表达了具有"现实性"的"女权"思想。这种"女权"思想，虽然不同于女性主义理论中的"女权"，但它勾连着当下中国的历史和现实，体现了中国性别结构的某种变化动向。

一、作为权力主体的女性

《凰权》的女主名为凤知微，她擅长谋略、杀伐决断，改变了传统男权结构中对女性"单纯""柔弱"的设定。但《凰权》的独特之处并不在于此。暗黑女主在许多女频网文中并不少见。凤知微的价值，并不在于获得"谋略""果断"等男性特征，而在于她不再依靠男权"谋权"，不再只是男权结构中被"赋予"权力的客体，而是与男性一起"夺权"的主体。

凤知微，作为被天盛王朝灭国的"大成遗孤"，肩负复国雪耻的重任。她所在意的不再是一己荣辱，或是儿女私情，而是政治权力。虽然如许多女频网文一样，凤知微受到男主及众多其他男子的爱慕，但作者并没有将之处理为"爱江山更爱美人"的故事。相反，借凤知微的口，作者传达了这样的观念，"男人啊……都是爱江山甚于美人的。所以美人千万不可以随意动了心，自恋地以为自己的霸王会用江山来换她。"[1]包括宁弈在内的男性形象，并没有像许多女频网文那样被简化为一个感情动物。在这一方面，《凰权》显示出一种"现实感"，男性是权力结构的建设者和颠覆者，即使是重感情，也绝不忽视感情背后的权力问题。同样，《凰权》并不认为女性有所不

---

[1] 天下归元：《凰权》（第二卷），百花洲文艺出版社2017年版，第422页。

同。凤知微同样是一个权力主体。在感情线之外，凤知微步步为营，夺权复国。是争夺权力，而非爱情，构成凤知微行动的逻辑。她在夺权的过程中，主动地思考，主动地出击，显示出自觉的主体性。

当《甄嬛传》把甄嬛夺权处理为被动的无奈之举，并且甄嬛夺权仍是通过男权结构中"争宠"，《明兰传》中明兰参与权力斗争也只是"相夫"时，《凰权》中的凤知微在夺权的过程中，始终以自我为中心，从未因为女性身份、感情纠葛而退缩半分，并且在很多时候是和男性你死我活地"争权夺利"，而不是在男权结构中分得一份权力。在处理凤知微"夺权"的方式时，《凰权》也表现出自觉性和主动性。虽然男主宁弈帮助了凤知微，但起到的只是次要的作用。布局、筹谋、出手，每一次夺权之举都是凤知微主动促成。在这一方面，根据《凰权》改编而成的影视剧《天盛长歌》就削弱了凤知微的主体性。在《天盛长歌》中，凤知微在很多时候只能是被动地在楚王宁弈的布局中，"偶然"地获益。

除了女主凤知微，《凰权》塑造了一系列具有主体性的女子形象。比如与凤知微肝胆相照的华琼。她的丈夫燕怀石和孩子被"捆"城楼，敌军以此逼迫华琼退兵。在家庭和责任无法两全的情况下，华琼并没有选择家庭，她宁愿牺牲自己的生命，也要同时成全二者。这亦是在表达女性的自主性和责任感。相较而言，华琼的丈夫燕怀石"善良而无用"，以欺诈胁迫华琼妥协，期待华琼因家庭的考虑放弃主帅责任和友情。华琼与燕怀石决裂，"驰回阵中"，正是对这种期待的反抗。并且，《凰权》将女子地位低下与战场上的英勇联系在一起，华琼所率女兵个个骁勇善战，因为"闽南一地本就民风剽悍，偏偏女子地位极低，从军的女子大多身世悲惨，饱受践踏，在战场上便个个不要命地拼。"[1]饱受践踏,并没有使这些女子变得奴性和怯懦,而是转化为隐忍和爆发的潜力,这个潜力在不依赖男性的战场上,成为这些女子进取的勇气。

包括凤知微在内的一系列女性形象,都是作为权力主体而存在。《凰权》改变了许多网文对女子"去权力化"的描画,甚至改变了以远离政治作为女子本质特征的想象模式。中外文学史中,许多著名作品都把女子作为"单纯良善"的象征,如哈代的《德伯家的苔丝》中的苔丝,沈从文的《边城》中的翠翠,乃至当下科幻巨著《三体》中的程心等。《凰权》中的女性形象系列打破了这一设定,她们一方面隐约地接续了无产阶级革命叙事中女性"不爱红装爱武装"的传统,另一方面又注意书写女性的性别自觉,展现她们在实现权力主体性过程中的矛盾。

二、 权力和爱情:共生与背反的悖论

权力和爱情的矛盾是凤知微在实现权力主体性过程中的主要矛盾。如果没有宁弈和凤知微的"爱情",那么,《凰权》就成为纯粹的权斗小说。不过,《凰权》也不同于一般意义上的皇权+爱情的网文小说。许多皇权+爱情的网文小说,往往叙述江山美人的双丰收,爱情和权力的相辅相成,甚至于认为,只有掌握江山的人,才"配"收获爱情。在这些叙述中,爱情在很多时候不过是江山所代表的权力的点缀,或者说"商标"。《凰权》中爱情和权力却呈现出二律背反的关系。《凰权》中的爱情在权力博弈的语境下产生,似乎离开权力博弈的语境,爱情反而变得浅薄、空洞。但是,在权力和爱情共

---

[1] 天下归元:《凰权》(第二卷),百花洲文艺出版社2017年版,第526页。

生的过程中，权力阻碍爱情，或是爱情消解权力争斗的意义。

直面权力结构的爱情叙事，以权力作为爱情发生发展的重要推动性要素。不同于将"美貌"作为爱情叙事发生发展的核心，或是以不可知的神秘力量作为爱情发生的叙事动力。"美貌"，特别是男性眼光下的"美貌"，来自除了身体一无所有，除了被拥有权力的男性挑选别无选择的女性想象。爱情神秘论表达着资产阶级意识形态笼罩下对个体性情相投的乌托邦的想象。《凰权》则将爱情放在权力结构中加以审度，在架空历史的想象空间中表达着一种现实主义精神——爱情不是权力政治的附庸，也不是"远离权力政治"，它本身就是权力政治的一部分，但同时又可以反抗和超越权力政治。

《凰权》首先设置了权力和爱情共生的开端。宁弈和凤知微的相逢因宁弈对"大成遗孤"的调查而起。宁弈固然为凤知微的外貌所惊艳，但更是因为凤知微诛杀五姨太的心机和狠辣感到感慨和好奇。在之后的接触中，二人的交集往往与权斗相联系。凤知微本身在权力争斗中表现的"能力"（谋略、勇敢、坚强等），而不是"美貌""温柔"或是"善良"，成为吸引宁弈，并"不可替代"的关键性要素。也就是说，《凰权》中爱情的发生建立在双方权力（在作品中是一种获得权力的"能力"）对等的基础上，而不是男方强（视野开阔、勇谋、强健）女方弱（视野狭小、单纯、柔弱）。

但是，《凰权》仍然展现了权力和爱情的冲突。宁弈是颠覆大成而建国的天盛国的皇子，凤知微是肩负大成复仇复国重任的"遗孤"，权斗造成二人宿命的"仇恨"，和"爱情"形成强烈的冲突。双方的合作固然促进了感情，但因为合作中掺杂着利益的考量，所以反而加深了"被利用"的隔阂和误解。宁弈对凤知微"大成遗孤"身份的调查，让凤知微身陷囹圄，并直接导致了凤知微养母的死。

在天盛帝死后，宁弈和凤知微更是处在你死我活的境遇中。

这种冲突构成《凰权》权斗过程中的最大阻力。"虐"恰恰就在于权力和爱情冲突带来的痛苦、迷惘和无奈中。并不能简单地放弃权力，因为在权力结构中，放弃权力博弈的爱情虚弱，不堪一击。天盛帝虽然被宁弈母亲的美貌所吸引，但迫于权力的考虑，不惜囚禁宁弈的母亲，将她作为一只笼中的金丝雀玩弄。由此才促成宁弈对父权的仇恨。也不能简单地放弃爱情，爱情是权斗结构中唯一救赎的力量。宁弈和凤知微只有在相爱的时刻，才能在逼仄艰难的权斗道路上获得片刻的超脱和快乐。

三、 权斗的三元结构

凤知微，作为权力主体，所参与的权力斗争，并不是一般意义上的二元权斗结构。诸多表现权力斗争的网文，通常设置二元对立的结构，或者善恶分明，或者恩怨分明，权斗有着明确的目的性，甚至输赢都是预设好的。《凰权》的权斗结构，却设置了三条线索，天盛帝，宁弈和凤知微。凤知微作为一名女子，与所爱者和所恨者一起，作为一条独立的线索，参与权斗的整个过程。并且，作为小说的男主和女主，宁弈和凤知微并不属于同一阵营。虽然宁弈在很多时候和凤知微结盟，但小说会交代这符合双方的利益，并且在结盟的过程中，算计和分裂也不可避免地发生。在很多时候，天盛帝和宁弈之间，天盛帝和凤知微之间也存在这样的合作，或者说利用的关系。

三元结构改变了一般权斗小说的正邪结构，它减弱了权斗各方的道德意义。虽然天盛帝颠覆了凤知微的母国——大成，小说也没有将天盛帝描绘成绝对的反派。他只是具有所有权斗者的共性——

阴险、凉薄。男主宁弈同样有这样的特征。他深深隐瞒自己对权力的向往，对父亲的仇恨，对兄长的敌意，处心积虑在皇权争斗中占据上风，掌握兵权，调查凤知微，逼宫父皇。女主凤知微也以思维缜密、杀伐决断见长。虽然小说也说明被她伤害的角色自身均有可恨之处，从一开始的五姨太，到后来的韶宁公主、庆妃，但是凤知微显然不是白莲花，作者丝毫不掩饰她内心熊熊燃烧的权力欲望，她为达到目的不择手段，甚至在关键时刻不惜对深爱的人动手。

由于削弱了权斗各方的道德意义，三元结构的叙事动力就不是建立在正义战胜邪恶，恩义战胜仇怨的传统伦理之上，而是建立在一个更具有现代意味的理念之上——博弈。小说由此尊重了权斗各方的意志和愿望，也由此更加客观地展现了权斗各方的谋略和力量。由此，在博弈的结构中，"成王败寇"的评价体系被打破，权斗各方可以相互对照。即使是作者偏爱的女主凤知微，她的权斗之路也充满了欺骗、血腥和暴力。围绕她的意志，她的养母亲手杀死了自己的亲生儿子，好友华琼和燕怀石恩断义绝，亲人一般的侍卫顾南衣用身体了结父亲和血浮屠之间的恩怨……"一将功成万骨枯。"在宏大、华丽的皇权争斗背景下，权斗各方都在被权力之手推动，陷入无穷尽的猜忌、恐惧和挣扎之中。

一方面，小说津津乐道地推崇权斗各方尔虞我诈、你进我退，此消彼长；另一方面，小说却没有强调权斗者获得权力的快乐，而是时不时地在诉说权斗者的无奈。由是，三元权斗的博弈结构，最终并没有指向权力的获得，而是指向权力的制衡。小说结尾天盛帝去世，宁弈和凤知微放弃皇权，皇权归为从未参加争斗，甚至对斗争各方都心怀善意的七皇子掌管。

在这个由夺权到权力制衡的过程中，女性凤知微是主要的推动性力量。她直面权力斗争，勇于参战，但她的女性身份，也同时促成了她和宁弈之间的感情，她对战争残酷性的反思以及对权力更替虚妄性的洞察。是凤知微，促成了三元权斗的结构，也是凤知微瓦解了权斗的结构，并进而主动放弃权斗，以个体幸福为核心，超越了权斗结构。

综上，《凰权》以恢弘瑰丽的想象，细致幽微的描写，所创造的并不是一个仅仅满足商业诉求的"商品"，它是一部非常重要的，参与书写"现实"的"文学"。虽然《凰权》并不迎合思想启蒙，或是看重文学标准，相反，它紧紧把握大众读者的经验和心理，尊重大众读者的欲望和需要，但是，《凰权》对女性和权力关系的重新勾勒和描绘，使它和整个文学史的女性写作资源和传统密切相连。《凰权》，以大众的面貌，文学地表达着大众意识形态的某种变动。并且恰恰正在于这种"大众性"，才让《凰权》，作为一部网络文学，较之纸媒文学，更具有"深入生活"，或者说"介入现实"的价值。

游戏精神与虚拟现实

——评蝴蝶蓝的《全职高手 放逐斗神》

蝴蝶蓝的《全职高手 放逐斗神》(下文简称《全职高手》)堪称网游文学"教科书"。本文就该作品所体现的网游文学在二次元虚拟空间的创设、三维故事建构和跨时空写作相互交织的特点,由此透视网游文学在沟通游戏和文学,转换虚拟和现实方面的特质。

一、"游戏精神"沟通游戏和文学

"'你喜欢这个游戏吗?'叶秋忽然直视着孙翔问道。'什么?'孙翔愕然。'如果喜欢,就把这一切当做荣耀,而不是炫耀。'"[1]

在《全职高手》的开篇,已成为"斗神"的叶秋(又名叶修),不得不向《荣耀》游戏俱乐部交出自己的账号。《荣耀》职业联盟进行得如火如荼,各路赞助商层出不穷。联盟中的明星高手自然是接广告、做代理的抢手角色。但叶秋作为最顶尖的选手,却从来都拒绝任何广告和代言,甚至连各类采访、新闻发布会都拒绝参加。对于俱乐部来说,高手的技术和实力,在《荣耀》中赢得名声和荣誉,

---

[1] 蝴蝶蓝:《全职高手 放逐斗神》,湖北少年儿童出版社2012年版,第3页。

都是为了把声名换算为利润，或者说利益。叶秋的追求和俱乐部有着本质的差别。叶秋是为了荣耀而《荣耀》，对于叶秋来说，《荣耀》本身就是目的，他在《荣耀》中获得主体性，获得价值认同，可以说，叶秋以《荣耀》作为对自身价值的指认，他活在《荣耀》之中。而对于俱乐部来说，《荣耀》只是赚钱的工具，资本和金钱是俱乐部的价值标准。叶秋的追求和俱乐部的追求产生冲突，一个徒有实力不能赚钱的"高手"对俱乐部来说不具有任何价值，叶秋被算计，被辞职成为必然。

在被迫辞职交出账号的同时，叶秋对继任者强调"喜欢游戏"，"就把一切当做荣耀，而不是炫耀。""荣耀"和"炫耀"的区别就在于，"荣耀"是以游戏自身为指认，获得价值感，而"炫耀"则是将游戏当筹码，以此在众人的羡慕和利益的获得中获得声名和金钱，以此获得价值感。对于叶秋来说，在《荣耀》中晋级本身就是目的，而孙翔进入《荣耀》，是因为外在于《荣耀》的虚荣和贪念。

执着于游戏本身，并因为级别的提高而高兴，满足于游戏本身的乐趣，成为主人公的内在动力和精神品格。叶秋，由此与许多竞技者相区别，他辞职后另辟新账号重新晋级的精神线索也在于此。他并不因为被剥夺账号，而心生怨念，而是平淡地接受了这一事实。这表明叶秋并不因为外在声名和代表实力认可的账号被剥夺便觉得无所适从，失去自我。甚至他并不在意生存的物质条件，只要能够参与《荣耀》，他愉快地接受网吧网管的工作，栖身于一间储藏室。

在他晋级游戏的过程中，叶秋也显示出与其他游戏玩家的区别。当他人为了晋级参加"公会"，拉帮结派，钩心斗角时，叶秋执着于自我战备的丰富和技术的提升，即使要组队，也倾向于入门级的玩家，或是以平等的姿态与"公会"合作。他始终将技术和实力的提升作为晋级的唯一方式,在"游戏"本身的规则内心无旁骛。一个典型的段落是围攻血枪手BOSS时,三大公会间钩心斗角,而叶秋沉着应战,化腐朽为神奇:

"三大公会对外都是很注意形象的,一言九鼎,信誉卓著。但一到了三家之间的竞争,什么样的卑鄙无耻都有,什么信用什么承诺,那都是浮云。只因为三家之间的竞争,才是他们真正在乎的利益。"[1]

"一支原本被当做尸体的混乱五人组,瞬间已被叶修捏合成了一个配合默契的团队……各站一方的三大公会玩家此时全都呆住了。"[2]

执着于"游戏"本身的规则,以"游戏"为"游戏"的目的,以"游戏"本身的乐趣为最大的满足,叶秋完美地体现了"游戏自主性",他可谓是"游戏精神"的化身。而这种"游戏精神",不仅是《全职高手》主人公的精神信念,也是创作《全职高手》的作者的文学信念。作者蝴蝶蓝本人进行网络文学创作本身也具有一种"游戏"的态度,他在接受酷6访谈时曾回忆自己的写作"比较一厢情愿",有一种"自娱自乐"的态度。蝴蝶蓝在此处表达他不受制于读者的趣味,而满足于写作本身的乐趣。对于依靠阅读量获得经济收益的网游文学来说,蝴蝶蓝的这种态度表现出与叶秋类似的追求。更进一步说,不仅是读者趣味,主流文学的美学标准,或是社会关怀,也并不在蝴蝶蓝的考虑范围内。"游戏精神"渗透进蝴蝶蓝文学写作本身,游戏和文学不分彼此。

---

[1] 蝴蝶蓝:《全职高手 放逐斗神》,湖北少年儿童出版社2012年版,第185页。
[2] 同上,第193页。

二、"真实情感"转化"虚拟"与"现实"

"点击复制,完成,再小心翼翼地将新组件装回千机伞。"[1] 这是《全职高手》中常见的叙述方式。

我们知道《荣耀》游戏中一切装备、场景都是虚拟的,将它们进行物质化还原,是一堆二进制代码,在经验世界里只是鼠标和键盘的操作。但蝴蝶蓝的叙述中,"现实"的人和虚拟的物像之间建立了情感和互动关系。这不仅表现在上文所引的对"装备""小心翼翼"的关爱,也表现为主人公对虚拟人物的情感投入上。虽然网络游戏中的账号和虚拟角色是可以随时删除、更名,一个人可以申请多个账号,拥有数个角色,虚拟人物的技能和装备可以用金钱购买,甚至死亡和复活之间只需要一次鼠标点击,但在蝴蝶蓝的叙述中,叶秋并没有将君莫笑当作一个电脑操作的代码,而在很多时候他和君莫笑同呼吸共命运,所以在历次竞技的现场,和升级装备的过程,作品都书写出"真实"的情感投入。

我们分析"点击复制,完成,再小心翼翼地将新组件装回千机伞",可以发现这种叙述的句式,有着主语叠加的特征。"点击复制"是叶秋的操作,但"小心翼翼地将新组件装回千机伞",则既承接上句以叶秋为主语,又指代虚拟世界中君莫笑装新组件。如果说作为谓语动词的复制、装回还多少有着区分主语的意味,作为状语的"小心翼翼"的情感性形容词,更是将叶秋和君莫笑融为一体,将"现实"的人物和虚拟人物化为一体。

密切网络虚拟世界和"现实"的关系,是蝴蝶蓝自觉的追求。蝴蝶蓝曾比较自己的创作与其他网游文学的差别,他提及其他网游

---

[1] 蝴蝶蓝:《全职高手 放逐斗神》,湖北少年儿童出版社2012年版,第211页。

为了增加阅读"快感",会拟定以大财团入驻游戏的情节,增加游戏的价值感。蝴蝶蓝认为他在创作中不会增加这些因素,因为他希望作品更"现实些",所以他宁愿设定一些更"现实化"的"竞技"来增加情节性,也不愿意选择大财团等设置为阅读的"快感"加分,他想避免"空洞"[1]。起点中文网的编辑也曾评价蝴蝶蓝的作品"太接近于'真实'"。他在做客酷6网访谈时曾反复强调蝴蝶蓝的风格是"不脱离现实"。一个典型的例证便是,当其他网游直接进入虚拟世界时,蝴蝶蓝执着于写"键盘流",即不仅写游戏中虚拟的世界,也写操控游戏的人,写他们怎样操作技能,他们本身的喜怒哀乐和爱恨情仇。

进一步分析,《全职高手》中游戏的设定当然超乎"现实",法术、武器、怪兽、僵尸、骷髅兵等,均非现实世界所有。蝴蝶蓝和起点网编辑所认为的"不脱离现实",实际上是在指认《全职高手》在情感方面的日常性,或者说"真实性"。蝴蝶蓝曾说,相对于游戏设定,他更喜欢写"人物",这些人都是"普通人",心理和想法都非常"普通",少有惊世骇俗之举。对于情节的发展,他也更偏向自然而然的逻辑,而不热衷于刻意而为的"伏笔"和"呼应",蝴蝶蓝将刻意的"伏笔"称之为"坑"。也就是说,《全职高手》依靠"真实情感"来实现"现实"人物和虚拟人物,"现实"和虚拟世界的相互沟通和转换。叶秋、陈果等玩游戏的人的情感和命运与游戏中的虚拟世界密切交织。游戏内外,叶秋和君莫笑,陈果和逐烟霞,彼此相生相成。

---

[1] 蝴蝶蓝酷6访谈:《蝴蝶蓝永不放弃 天马行空的创作道路》,https://www.bilibili.com/video/av722992/? vd_source=849018770d1ecc4a5a96c23653e5bb6b。

不仅叶秋对君莫笑的晋级倾注全部情感和努力,其他玩家也是全身心投入到虚拟人物的成长之中。如唐柔在恶劣的环境里,"不要命"地"玩","此时和她根本不在一个世界"[1]等等。当叶秋和君莫笑,或是其他游戏玩家和虚拟角色,互相指认,相生相成,不仅仅意味着游戏玩家对游戏人物的操控,或者说是游戏人物对游戏玩家的成全,而且体现出网络时代自我认同,或者说现实认同的新变化。相较于以物质世界,或现实制度来规定,或者说界定"自我"和"世界",随着网络技术的发展,物质时空的限定作用开始减弱,所谓"虚拟世界""架空历史""二次元空间"可以作为"另一种""现实"而存在。蝴蝶蓝的《全职高手》以其对"虚拟"和"现实"关系自觉地叙述,向我们揭示了网游文学在沟通"虚拟"和"现实"关系,建构另一种"真实"的奥秘。

---

[1] 蝴蝶蓝:《全职高手 放逐斗神》,湖北少年儿童出版社2012年版,第256页。

"无敌流"的异界旅程
——评任怨的《横刀立马》

任怨[1]是起点中文网最早的一批白金作家之一，自2003年开始网文创作以来，先后创作了《横刀立马》《超越轮回》《武道乾坤》《破灭时空》《天下无双》《斩仙》《神工》等作品，是将武侠引向奇幻的代表人物之一。其中，《横刀立马》是其代表作品。《横刀立马》被认为是"无敌流"的代表。分析《横刀立马》的叙事特点，可以看到"无敌流"所崇尚的资本主义理性精神、鲁滨逊式的个体理念以及"帝国"思想，思考由此所决定的"无敌流"文本特征和限度。

---

[1] 任怨，网络文学大神。自2003年开始网文创作以来，先后创作《横刀立马》《超越轮回》《武道乾坤》《破灭时空》《天下无双》《斩仙》《神工》等作品。《神工》是任怨2018年于掌阅作品网发布的一本都市异能作品，曾被评为第四届橙瓜网络文学奖之"年度百强作品"，进入2018年度中国作家协会重点作品扶持名单、2018猫片·胡润原创IP奖（潜力榜）、2019中国网络文学+大会"Z时代"篇"年度十大影响力IP"推荐名单。2018年5月，第三届"橙瓜网络文学奖"评选中，任怨位列"百强大神"。

一

《横刀立马》[1]讲述医家少年王风虽被陷害充军,却凭借极佳的悟性和资质,在充军途中成长为绝世高手,被推举为赫赫有名的囚犯军团——"狼军"的领袖。五年后,王风退伍,遭武林忌惮。武林中人帮王风斩杀仇家的同时,骗他立下不以寒铁刀以外的任何武器杀人的誓言。从此王风踏上炼化寒铁刀的道路。一日,王风误闯林中魔法阵,收服恶狼"白雪",并意外踏进异界。一个名叫"爱琳斯克"的低级佣兵团邀请王风加入天龙帝国的冒险者行列。王风为佣兵团改名"狼军",带领新的狼军击败强悍的"贪狼"佣兵团,收服狂战士若汉。在频遭挑衅过程中,王风危机感顿生,意图恢复狼军的旧日辉煌。狼军多次挑战高难度任务,消灭了军方悬赏的暴龙和饿龙滩怪物"苍冥",重启了龙骑兵试炼窟。大陆第一高手——龙骑兵库林与王风比武失败,见识到了王风的实力,求他搭救试炼失败的龙骑兵。王风因此成为龙骑兵的恩人。狼军寻回失落已久的神器疾风弓提交给公会,晋级为大陆唯一一支可以接收任何级别任务的佣兵团。天龙帝国和龙神帝国向王风示好,同时授予王风帝国总教官头衔。温柔的精灵艾琳与王风两情相悦,却被家族勒令回族传授箭技。王风盛怒,始觉只有实力够强才能保护爱人。火神帝国皇帝来见王风,请他公开控制狂战士狂化的办法,并授予他爵士荣誉。王风趁机要求踢开公会制度,建立"狂战帮"。大陆乱象始生,各种教派兴起,武士公会和魔法师公会地位动摇。王风为炼化寒铁,通过龙骑兵向龙族求凤凰血。龙族指点王风去北方寒地寻找凤凰。王

---

[1] 任怨:《横刀立马》,起点中文网,https://book.qidian.com/info/4175。下文出自同一作品内容引文不再标注。

风与凤凰达成协议,让凤凰附身寒铁,帮他锻造了神兵利器"凤鸣刀"。各帝国惊悉水神帝国皇帝已被武士公会人员冒名顶替。为拉拢王风,各帝国纷纷向王风授予爵位,让王风成为狼军基地"兽乡"的领主。王风前往精灵族寻找琳达,告知精灵族千百年来他们被公会设计控制的秘密,收获了精灵族的忠诚。风神帝国假皇帝因杀子之仇悬赏狼军人头。王风不堪烦扰,只好杀了假皇帝这个悬赏人。此事令其他帝国的皇帝十分紧张。库林告知王风这世界还存在着另一个黑暗大陆的秘密,两个大陆在风暴岛长年对峙。他委托王风护送从风暴岛换防退役的老兵回国。王风护送成功,同时用自己超绝的武技和医术重新唤起了老兵们对人生的希望。"中华医馆"成立,王风开馆收徒,医药事业在大陆逐渐发展。风神帝国内乱,继位者加入反公会联盟,和其他帝国皇帝一样向王风授爵。王风成为身价五十亿金币,受各国争抢的人才。武士公会分会长格林为救沉睡不醒的恋人前来盗药,王风等人发现他的恋人正是被变形术加害的魔龙族公主丽塔,由此引出龙族内部纠葛。王风多次摧毁公会阴谋,遭公会记恨。武士公会偷袭兽乡,王风盛怒之下,闯入武士公会扶持下的叛军皇宫,大开杀戒。因各国皇帝的忌惮和弹压,王风燃起在异界重建"江湖"之心。王风意图离开政治势力的纠缠,和琳达等人一起从大陆"失踪"。王风一行人通过风暴岛前往另一个大陆,途中用凤凰之力吸收了岛上所有魔法元素,让魔法师公会损失惨重。进入另一个大陆,因擒住数条地龙,狼军名号再次响彻大陆。丽塔回到魔龙族后,王风被原龙族偷袭,被冰封于地下整整三个月。原来是原龙族少族长意图偷天换日,以王风的面貌搅动大陆风云。地精一族无意中救出被冰封的王风。王风凭借自身精纯真气恢复意识,屠杀原龙报复,拍卖龙尸,震惊大陆。王风陆续帮助死灵法师阿尔卡医治恋人伤口，帮助兽人一族破除千年诅咒，成为大陆上德高望重的英雄人物。众人请求王风破除原龙族的阴谋，结束两个大陆之间的战争。王风开始筹划这一事件，先通过精灵王城大战让琳达成为精灵王，再授意各大帝国停止风暴岛的战争，迅速清洗帝国内潜藏的公会势力。王风则亲自前往风暴岛对抗野心勃勃的罪魁祸首——原龙族少族长。双方皆战至力竭。各帝国皇帝皆因王风功高震主而起了杀心，只有天龙帝国和龙神帝国皇帝因熟知王风为人而信任王风。在帝国军队准备围剿内力尽失的王风时，曾受王风恩惠的诸多种族组织，如精灵族、狂战士、兽人、死灵法师、风暴岛老兵等纷纷挺身而出，随狼军保护王风。两方势力在风暴岛形成浩大的对峙场面。昼夜交替，王风内力恢复。歼灭王风的良机已失，各国不得不听从王风的要求，以免王风对皇室疯狂报复。多年后，四海升平，风暴岛在大陆上风光无两，王风则担任着这里的最高统帅，受万人景仰，成为一个神话般的存在。

二

主人公王风从文本伊始就扮演着一个天生强者的角色，无论是心智还是谋略，都是第一流，"狼"的符号标签伴随左右，目标集中，崇尚强力。来到异界之初，王风就踏上了指导狼军众人练功、行军的路程。在他的指点下，身边每一个人的力量都得到了最大的发挥。爱莎在魔法师升级大会上一鸣惊人；琳达成为精灵族箭技最强的精灵；斯克成为合格的家族继承人。王风以原有世界为模板，将团队理念、战斗技巧、行军规范传授给众人，逐渐将初期那个散漫的佣兵团熔铸成第二支令人闻风丧胆的狼军。他的狼军不仅以力量强大、协作严密为特质，而且具有一种冷静理性的风格。王风教导狼军众人要养成反省的习惯,知进退,用九分的力气进攻,一分的力气留作退路;遇到大事更要保持冷静,分清利益还是陷阱,最大限度实现目的,最大限度保证安全。他还能透视每一个人的性格缺陷,指引他们健全自己的人格,寻找自己的社会位置。

王风对狼军的教导,颇具韦伯所说的资本主义新教的"理性"精神。而王风个人也呈现为鲁滨逊式的资本主义个体精神。王风来到"异界",虽然在情感上逐渐与异界产生了新的联结,与精灵琳达产生爱情,与瑞查有师徒情分,与库林等人有朋辈友谊,但是通过他和众人的交往过程可以看出他并不强调这些情感的重要性。在他的异界游历中,一直都是"一人一狼,遗世独立"的形象,他的思想游离于这个"低级宇宙"之外,从没有真正融入进这个世界,保持着俯视的姿态和一个旁观者的超然视角。因为无敌,所以对这个世界无所欲求,"不计一时荣辱,不争一时得失。"(王风语)面对着别人的非议,他淡然处之,"一个不相干的人的评价或者任何话语对自己很重要?"(王风语)连情绪都很少波动。王风的人物设定就是这样一种"古井无波"的心境,德高望重的姿态,缺乏一种轻快的"生机"。或许是因为作者想要赋予他一种"高等生物"的超然形象,而相应进行了这样的性格刻画。王风与他所在的"异界"并无融合性的沟通,只有"征服者"的冷静和高傲。这种性格的恒定也造成了主角成长痕迹的缺失。在王风异界历险的过程之中,他与形形色色的种族进行交往,曾站在过无数个事件的旋涡中心,但是他从来都只是一个应对者。刚开始来到异界的王风虽然有炼化寒铁的想法,但是并没有追求的坎坷,而是伺机而动。他没有成长性的人生驱动力,有的只是如参加竞技游戏般的升级。当大陆上的人像盯着一块宝藏一样地盯着王风,他总是有意无意地被当成权贵手中"借刀杀人"的那把刀，他感受到被利用、被觊觎的感觉，所以才决心让自己变得更强，强到让大陆上的每一种势力都闻风丧胆，不敢招惹。当龙族的阴谋向他逼近，他的目标才转变为获取风暴岛事件上的话语权。在视野逐渐拓宽的背景下，他的目标的确在不断地更正，但是从来都是"兵来将挡，水来土掩"，只有别人招惹了他，他才会做些什么，不涉及任何人生观、世界观方面的思索和变化，也就是缺乏对于主体的反思和认知方面的成长。

主角王风开场便是无敌的状态，一直保持到结尾，《横刀立马》被读者称为"无敌流"叙事。虽然文本中也有王风少年时遭奸人陷害充军的情节，但是作者无意着重刻画这一翻身崛起的复仇过程，对于王风循序渐进成长为武林高手的艰辛历程并没有着墨很多。所以相应地，它并没有"压抑—崛起"这一套路下的爽感。《横刀立马》的阅读爽感在于"高级宇宙改造低级宇宙"的这一过程。王风作为一个公元后朝代的生存者，一个掌握着先进知识的人，不断地对异界大陆进行"推进式"的改造。王风的口头禅是："我们原来的世界有些理论……"他经常用一些蕴含着思想精华的古语为异界大陆的诸多种族指点迷津。例如王风基于阴阳相生，五行调和的规律告诉他们光明和黑暗不是绝对对立的状态，神圣法师和死灵法师的魔法相互渗透学习才能发挥出更好的魔法效力。这一理论被证实后，不同派系魔法师对立的禁锢被第一次打破。可以说，王风在异界大陆进行了一场魔法的实用性改革。不仅仅是龙族，这里的所有种族在接受王风的指点之前总是迷信强大的力量，王风就教他们怎样使用技巧达到事半功倍的效果，告诉他们用最省力的办法战胜敌人才是王道，否则便是一种"迂腐"的认知错误。在王风的改革之下，异界大陆上原有的力量配比不断变化，格局变动，人心归一。值得注意的是，异界大陆虽然在世界观感上是魔戒的中土世界，但是细察其人族帝国之间的关系和思维模式，则更像是封邦建国时期的春秋战国时代。

功利理性和权力意志的内在逻辑也呈现在叙事方法层面。作品的叙事爽感更多地集中在"扮猪吃老虎"＋"打脸"这一套路上。作者在文本中进行了大量的侧面描写，通过配角的视角描述，王风这个人外表看起来多么平平无奇，大多数人都猜测他一定是一个小人物，躲在队伍后面发号施令，而不是冲锋在前，一定是个怕死鬼，"让我来教训一下。"目光浅薄、愚蠢自大的配角同质化严重。例如多普、奥特等。结果当然就是这些人在挑衅后惨遭击杀，强烈的恐怖之感涌上心头，后悔不迭，主角实力的深不可测也因此凸显。教训者反被教训，狂妄者反被压制。在这样的反派人物纷纷懊悔，自言自语为什么要招惹这样一位大人物的时候，爽感也就由此激发。这一套路在《横刀立马》中被任怨反复使用，延续至任怨的《武道乾坤》也有这样的描写。"没有人知道，这个表情和蔼，面目随和的小伙子，居然是一个绝顶的高手。""'刚刚那个小子是什么来路，怎么敢对大将军无礼？'旁边的亲随一开口就是埋怨，跟了将军这么久，即便是在京城，又有哪个王公贵族敢对身为将军亲随的自己用那样的目光恐吓？"可见任怨十分擅长使用这种侧面描写。网络文学中扮猪吃老虎＋打脸的套路爽感一直延续至今，不过正因为这种套路百试不爽，所以叙事也朝着工业化的模式发展，不追求整体的"包装"，在宏观结构、立意、情节逻辑等方面草草了事，只是为了"打脸"而"打脸"。

三

在叙事结构方面，任怨设置二元对立的两大结构，以王风为中心，步步为营，点亮黑暗，拓殖疆土。任怨似乎对于结构十分执着，在故事中期将大陆版图拓展，形成光明与黑暗两个大陆的对称结构，王风的努力被赋予光明战胜黑暗的意味。他步步为营，最终合围。在此过程中，正邪双方此起彼伏，起初是原龙族对风暴岛的合围，复又变成帝国联盟对原龙族的合围，再转换为帝国军队对于王风的合围，最后又切换回以王风为首的众人对帝国军队的合围，由此让故事更加惊险刺激，重重障碍的克服也更加凸显了王风的"真理性"。

我们看到王风在异界大陆以解构等级的面貌出现。异界大陆被三大公会所控制，冒险者公会、武士公会、魔法师公会，任何非军方的力量都要接受三大公会的控制，这是大陆所有人默认的规则，但是王风的出现打破了这一规则。王风丝毫不在乎冒险者公会的授级。他所在的佣兵团一直都是低级佣兵团，他的冒险者级别也是最低等的级别，偶然得到一次晋级十五级的良机时他也是轻蔑地放弃了。王风拒绝任何授级、装备，这既是对自己力量的自信，也是对三大公会所谓的"认可"的不屑，对既有规则的反叛。不仅是对非军方权威的蔑视，王风也不接受任何来自军方的审判。所以他意图建造一个新的"江湖"，一个瓦解所有权威的"江湖"。王风先是不断破坏三大公会的规矩，引诱各位魔法大师建帮收徒，如"烈火教""厚土教"等，为他们传授江湖理念，讲解江湖规矩，再利用军方的力量支持江湖理念的传播。王风利诱皇帝，告诉他朝廷通过江湖可以更好地控制在野人士，同时有选择性地对"起义"和"绿林"这些抗衡朝廷的可能性避而不谈。王风对"江湖"的期待是希望它既能消解非军方地域的权威,同时也以此指向朝廷,"侠以武犯禁",破坏军方的权威,以此取消这两方权威所设立的所有价值标准。悬壶救人的医药世家满门惨死,为恶的郡首一家却高官厚禄,作品处处彰显异界制度的"荒谬",由此反衬王风的"人道"。

除了解构制度,王风同时扭转异界的意识形态。他的到来颠覆了这个大陆正/邪逻辑。在这个大陆上"消灭元素精灵"本来是一件"正义"的事情,但王风层层解开真相:这其实只是掌权者的政治阴谋,是少数人因为害怕荣耀和利益流失所塑造的"正义"。王风高扬主体意识,以实用主义代替形而上的道德观,他将事物分为对"我"有用的和对"我"有威胁的,反对权威以"正义"的嘴脸出现而攫取权力。他决意取消"公认"的价值标准,让每个人都有机会执行自己的价值标准。在"江湖"这一体系中,有恩报恩,有仇报仇,每个人都可以成为审判者。

王风在制度层面和意识形态层面的改革并非反思性改革,而是来自"权力意志"。王风的理念能够很快得到异界大陆的认可,原因就在于,文本设定了王风在"强权"方面无与伦比的优势地位,因而将王风的"理想"赋予了"真理性"的价值。文本中的王风为了将异界大陆改造为他所希冀的面貌,一直试图让自己变成一个举世闻名的大人物,以自己巨大的影响力来掌握话语权。从王风开始向天龙帝国的皇帝描绘一个皇权集中、天下一统、官侠两路的社会雏形开始,就可以看出他其实在顺着历史的已有脉络把一个封邦建国的多民族时代引向权力意志的帝国时代。在这里,意识形态的扩张,使王风的改造不同于春秋战国时期的一统天下,更像是现代的"帝国"扩张。异界大陆本身的默认设定也由此按照适合王风理论应用的社会基础、思想基础来加以改造。从资本主义"理性"精神,到鲁滨逊式的"开挂",到"帝国"的思想,《横刀立马》完整地塑造了从伦理到人的形象、人和自然的关系、空间关系的原始资本主义世界。

想象"自发现代性"

——月关《回到明朝当王爷》的历史关切

相较许多网络文学作者,月关[1]是幸运的。处女作《回到明朝当王爷》横扫网络,囊括多项年终大奖,连续五年占据中国台湾图书馆借阅榜第一名。2013年占据台湾高雄市立图书馆年度借阅排行榜第二名。2009年《回到明朝当王爷》进入"网络文学十年盘点"评选,入选十大人气作品第六名。作为一篇成功的历史类型文,《回到明朝当王爷》当然不缺紧凑的情节设置,随意点染但紧扣一段历史史料的方式,主角的升级也步步为营,不失逻辑,不过杨凌的"金手指",不仅在于与皇帝的特殊情感渊源,或是善于权谋,而且在于穿越的杨凌对中国历史发展历程的关切。

《回到明朝当王爷》[2]是一部历史穿越作品。九世善人还魂于秀

---

[1] 月关,原名魏立军,中国作家协会成员,掌阅文学网白金作家。自2006年至今,已创作20余部3500多万字长篇作品,在网络文学界拥有极大号召力,堪称网络架空历史作品代表作家。著有《锦衣夜行》《回到明朝当王爷》《步步生莲》《夜天子》《大宋北斗司》《狼神》《醉枕江山》等作品,被出版为简体、繁体、外语等多个版本实体书,多次被改编为影视剧、游戏、动漫、漫画。

[2] 月关:《回到明朝当王爷》,起点中文网,https://book.qidian.com/info/84024。下文出自同一作品内容引文不再标注。

才杨凌,在韩幼娘的照顾和帮助下,取得县令赏识,并在与鞑靼人的战争中脱颖而出,被封为太子侍读,与当时太子朱厚照结下深厚友谊。朱厚照继位为正德皇帝,杨凌受重用,依次下江南,整垮了三大镇守太监;回京城,扫荡了东厂和司礼监;去大同,十万大军斗鞑靼;再下江南,与各国海军斗智,从东海一直杀出南海,直杀到满剌加;去四川,平定了百年来不断叛乱的都掌蛮;西进,帮助蜀王平定部落叛乱,识破二世子阴谋,成为威国公;整肃六科十三道,整倒太监刘瑾,平定宁王叛乱,用计离间蒙古各部,被封为武威王,得封北疆领地。

作品较之一般网文视野开阔,在个人夺权的过程中,不局限于官场中的尔虞我诈,而是有建功立业的抱负。杨凌有自己的历史意识,他意识到明朝是世界文明史的转折点,当西欧开始科技、政治、经济和文化的现代化变革时,中国也出现了种种迈入现代变革的契机。杨凌感叹,"明朝的败落主要是由于他们思维上的守旧,统治者乃至整个统治阶级都盲目自大、闭关锁国。在那整个世界大展和资本主义转型的时候,如果中国能够保持同世界的密切联系,整个统治阶级的思想认识必然会受到潜移默化的影响,必然会向着更积极的方向展"。杨凌由此致力于推动明朝的对外交流和开放。他结交传教士,认为"这些传教士大多精通哲学、物理、化学,如果大明朝廷能够对他们予以重视,以这些传教士为媒介,加强东西方的文化科技交流,或许我们就不会出现闭关锁国、故步自封的情形,导致后来满清入关,汉人死亡过亿,更不会出现四万万同胞为人鱼肉的局面"。对外,杨凌开辟疆界,打击海盗,打开通商渠道,保护贸易商市。他斗鞑靼,驱倭寇,都是希望由此活跃边界贸易。对内,杨凌平叛乱,整内臣,也是认为,政体的动荡和腐败是导致中国文明停顿、落后的内因。杨凌说:"经济、文化上的先进,和政治、军事上的不可调和,让一种更为落后的文化入主了相对文明的中国,时光奇迹般地倒流了,科学家绝迹了,先进的火器被埋葬了。"

杨凌以自己的眼界和意识影响私交甚好的正德皇帝。虽然他可以轻而易举地运用自己庞大的军权制衡年幼单纯的正德,但他无意夺权,而只是想帮助正德皇帝,转变中国作为一个"内陆"国家的局限性,打破皇权争斗的怪圈,建立新的"天下观"。作品正是以正德"天下"意识的觉醒为结尾:"开海通商,交游万国,使朕眼界大开,天下之大,何止中国?八方极远之地,又岂是尽皆偏荒?朕要与众臣工肝胆相照,共治大明,打造一个最富强的大明,打造一个版图永无止境的天下。"

在穿越作品中,很少有作者关注中国现代化历史进程的问题,许多作者只是把穿越主人公所具有的现代知识,用作积累财富或是赢得战争的手段。《回到明朝当王爷》则渗透了对于历史进程的思考。作为后知者,介入历史的发展是否能够改变历史进程,作品对此进行了审慎、辩证的思考。杨凌意识到一己之力的作用仅仅在于推波助澜,"历史即便没有他的存在,该出现的东西还是会露出它的萌芽,自己不是明者,而是提前把这个本已存在的规律去发现出来罢了。只要自己在有生之日尽最大的力量去推动它的发展,就等于在历史原本的发展轨迹上插上了一只新的方向标。"这个原本的发展轨迹,杨凌设置为中国与世界的开放交流,中国现代化进程的开启。杨凌将晚明和中国近代变革联系起来,建立了历史必然性,将清朝看作一个阻碍历史发展的阶段。所以他认为只要巩固明朝的军事,改革明朝政体,就不会出现被女真族灭国,使先进的经济、文化出现倒退,并继续闭关锁国数百年的问题。

当然，杨凌的努力也受到整个政体的阻碍，为了促进军队发展，杨凌希望筹建海事讲武堂。此举显然是受到中国近代军事学堂的启发，但杨凌也知道，掌握兵权，成为军队的精神领袖，乃皇权体系下最大的忌讳。筹建海事讲武堂果然没有通过允准。杨凌感叹："旧秩序要打破，真的是太难了！"不独军事，经济方面的改革也受到地主阶层的阻碍。以蜀王为例，蜀王可以兴修水利、引进良种，修路铺桥或是开办民学，但他质问："重农抑商，大可自给自足，何需与蛮夷交往？"他不鼓励消费，认为是"奢靡之风"；他不知货币流通可以促进商业流通，主张以货易货；他更是反对改实物税为银赋，反对将农民从土地上解放出来。杨凌看到蜀王是"一个蜀地最大的地主，守旧、保守的地主阶级代表"。政体和整个的文明体系已经结成一个整体，靠一己之力，行改良之举，举步维艰。面对此种情境，杨凌也不禁感叹：大帝国延续数千年，它的文明和秩序已经自成体系，无论要做什么改动，都要在破坏旧的同时来建造新的，所以就算是站在权力架构顶尖上的皇帝，也要小心翼翼。

女性观方面，作品让杨凌左拥右抱十二个或美貌或狭义或精明或掌握现代技术的女性。无论背景如何，性情如何，甚至种族如何，她们都对杨凌一往情深，心甘情愿地共侍一夫，更是相互体谅，毫不争风吃醋。这种设置较之一般的YY作品皆有过之而无不及。不过，另一方面，作品对女子节烈观嗤之以鼻，指出这是一种男子权力引导下的道德标准。杨凌说："存天理、灭人欲，饿死事小，失节事大，朱熹朱夫子的话未必对，但是这个天下是属于男人的，那么，它便是对的。"并且，杨凌感叹即使到了自己那个时代"信奉它的男人依然大有人在，不过这种道理是专为女人而设的"。不仅杨凌，作品中的女子也讽刺朱熹，"他开口'天理'、闭口'道学'，可是他勾诱两个尼姑作为宠妾、孀居的儿媳也被他弄上了手，还真是道德的典范，读书人的楷模。真是莫大的讽刺。"杨凌并不赞成明代士大夫的儒学正统，在讽刺宋明理学，否定节烈观方面，杨凌宣扬了现代意识。

作品让杨凌一路开挂，并且如许多网文一样，为了成就主人公的正面光环，有意回避夺权之路上的道德污点，比如让身边人代为受过。《回到明朝当王爷》也有这样的处理。为了让杨凌既能权财两得，又仁厚宽和，作品设置了一个红颜助手成绮韵，把阴险狠辣的行为都让成绮韵完成。成绮韵既能帮助杨凌实施各种阴谋杀戮，而且还"体贴地"让杨凌不知情。不过，作品也没有像其他作品一样让成绮韵这样的角色死去，反而给她发出与杨凌对峙的声音的权力。杨凌质问成绮韵为何为他安排后路，建立让正德皇帝忌惮的资本："我杨凌一介布衣，蒙两代帝王重用。杨家有今日之荣耀，来自谁？当今天子天性淳良，待我杨凌名为君臣，实为兄弟。你如此诡谲手段，处处算计，妇人之见！你这是陷我于不忠、不义！"成绮韵反驳："什么是忠？什么是义？我是个女人，只知道什么是情，什么是爱！说到治国平天下。历代以来有哪个讲究忠义仁礼的儒生有所创建？乱世为虎作伥、盛世锦上添花，如此而已！那些真正有所作为的人，都是披着儒家袍子却自行其是的人。治天下的从来不是礼义廉耻。"忠义是儒家道德，情爱是资本主义个人主义逻辑，成绮韵批驳儒家道德的虚伪性，认为统治阶级从未按儒家道德行动，从来都是打着忠义仁礼的旗号满足个体的权力欲望。虽然《回到明朝当王爷》保持了"一夫多妻"的设置，但在女性意识方面仍坚守现代化的标准。

有学者分析《回到明朝当王爷》中"维新"思想，并将之与改革开放的"崛起"意识形态相联系,"演绎了现实时空中'崛起'的'道路合理性'。"[1]这种观点为《回到明朝当王爷》的"维新"提供了历史化的解释。不过,考虑到作品所设定的"晚明"的重要时间点,以及并未在世界背景下,特别是引入当时的英国工业化道路进行对比,所以,作品的意义更在于民族内部的"兴邦",而非具有普遍化冲动的"崛起"。如果将视点放到民族内部"兴邦"中,杨凌在晚明所进行的一系列"维新",从生产力的解放,发展科技、办学堂、建新军,以及日常生活层面的思想更新,则更意味着对于中国"自发现代性"道路的想象。

关于中国的现代化进程,人们常常以晚清中国遭遇殖民作为起点,将该进程描述为"被动现代性"。后殖民和后现代思潮兴起后,"西方现代性中心论"受到各方面的批判,相较于将中国现代的发生发展归结为对西方现代性的"冲击—回应"[2],柯文对"冲击—回应"模式进行了批判,他说该模式"使我们对十九、二十世纪的中国产生了一种以西方为中心的曲解"。柯文认为中国的诸多变化并不是对"西方挑战"做出的回应,他主张中国研究应该离开"外在取向"转向"内在取向",即"从自身的情况出发,通过自身的观点,加以认识,而不是把它看成西方历史之实际或理论上的延续",建立"一种植根在中国的而不是西方的历史经验之中的史学"。[3]中国研究

---

[1] 李强:《历史穿越:"大国崛起"与"个人圆满"的双重YY》,《网络文学经典解读》,北京大学出版社2017年版,第142页。
[2] [美]费正清、邓嗣禹:《冲击与回应:从历史文献看近代中国》,陈少卿译,民主与建设出版社2019年版。
[3] [美]柯文:《在中国发现历史——中国中心观在美国的兴起》,林同奇译,中华书局1989年版,第6—7页。

开始找寻中国内部的时间链条和空间结构。比如史景迁把中国现代性的发生追溯到晚明[1]，他在叙述"现代中国"进程时，从1600年开始叙述，认为从这个问题开始叙述才能弄清中国现代进程中种种问题的缘由。他由此回顾明朝如何从国力鼎盛时期，在建筑、艺术、文化等均取得足以和西方国家媲美的时期渐渐衰落。史景迁有意回避殖民现代性的叙述方式，有意从中国内部寻找内部的问题，因而呈现更加"兼容并蓄""平等竞逐"的"现代"。《回到明朝当王爷》则选择明正德帝开始叙述，比史景迁的叙述早几十年，作者敏锐地把握到十六世纪中国在全球史进程中的重要性，他通过杨凌所做的重塑历史的努力，背后的动机与其说是"大国崛起"的情结，不如说是对中国"被动现代化"进程的"修正"。

这的确是一部认可"现代性"的作品，亦可算是改革开放意识形态的产物。不过，作品所致力追求的"现代"，并非具有殖民倾向的"现代"，而是"自发现代性"叙事所试图建构了一个"兼容并蓄""平等竞逐"的"现代"。在全球化带来新一轮对于"现代性"的反思的语境下，《回到明朝当王爷》在白日梦中重构一个"自发现代性"的中国，这不仅仅是YY。重新发明历史，总是为了当下。它唤起的蓬勃的大众经验，亦是在以更有生命力的方式回答全球化视野下中国进程的思想史命题。

---

[1] [美] 史景迁：《追寻现代中国：1600—1912的中国历史》，黄纯艳译，上海远东出版社2005年版。

悬疑古言中的一股清流
——评蓝色狮的创作

蓝色狮[1]的作品以抒情化见长。作者不套用两男一女的经典三角模式，也不刻意凸显女主光环，让各色男子都拜倒石榴裙下。蓝色狮作品中的女主，有着其他网文中少有的日常生活化的气质。《锦衣之下》[2]的女主袁今夏，虽然实为前任宰相夏颜的孙女，但作品并未因此彰显袁今夏的尊贵气质或是惊人美貌。袁今夏出场的惊艳之处在于作品营造了一个具有烟火气和人情味的环境。《锦衣之下》开篇是："十二弯，不大的小镇，因有河口的优势，每年春日都有成群结队的刀鱼到此处产卵。本地人自不必说，路过此地的旅人客商，坐下来歇脚用饭时，也都要尝尝鲜美的刀鱼。"地点设在河边的一个小饭馆。捕头袁今夏和杨岳乔装用餐，监视嫌犯，由此开始剧情。交错在情节进程间的仍是关于衣食住行的闲谈，或是"刀鱼无需高汤炖煮"，或是"豆腐过水三遍去腥"。抓到嫌犯，今夏交差后回家

---

[1] 2006年开始在晋江文学网写作，作品有《锦衣之下》《一片冰心在玉壶》《冬至青丘》《士为知己》《灵犀》《漂浮大陆》等。影视改编的《锦衣之下》是热播剧。

[2] 蓝色狮：《锦衣之下》，17k小说网，https：//www.17k.com/book/1202152.html。下文出自同一作品内容引文不再标注。

途中，作品描画："正值春日，万树吐芽，京师繁华，人群熙熙攘攘。路两边各色店铺琳琅满目，面店里有蝴蝶面、水滑面、托掌面等等；糕饼店里有火烧、烙馍、银丝、油糕等等；精致些的糕饼还有象棋饼、骨牌糕、细皮薄脆、桃花烧卖等等。今夏闻着各色食物混杂在一块儿的香味，脚步轻快地在人群中穿梭着。"在这样细致的场景铺排中，虽然作品尚未描绘今夏的样貌和品性，但其邻家女孩的气质已经被活灵活现地烘托出来。

然后，作品并不急于呈现今夏的足智多谋，而是通过母女对话、做豆腐、卖豆腐来呈现小户人家的日常生活。如："听了这话，袁陈氏又发了一会儿愣，才皱眉道：'行了，你去洗洗换身衣裳吧，这身衣裳都快馊了。我早就说过，姑娘家当什么捕快，又苦又累还不像个样子，你和你爹当初若是肯听我的，把你嫁给城东头做糕饼的孙家，至少两家之间还能彼此帮衬着点。别看前年孙家落魄了些，今年孙家做桃花烧卖，卖得火红着呢，还在新丰桥买了个铺面。你当初若嫁入他家，现在说不定就是当少奶奶的命，何至于像现在这个样子。你知不知道，孙吉星媳妇已经怀上了，你说你……'"

作品《一片冰心在玉壶》，在铺陈情节进展的过程中，也是有意将人物和事件放置在充满烟火气的环境中，使得作品亦具有日常生活化的抒情意味。女主名莫研，本是排行第七的小师妹，去京城寻找五师兄李栩，才发现五师兄因牵涉白宝震之死被开封府关在牢中。为洗清师兄的罪责，莫研凭着自己细致的观察能力、聪慧的表达能力，进了开封府当了一名捕快。作为展昭的助手，莫研随展昭一同去姑苏城查案。查案过程中，莫研和展昭切磋案情，相互配合，历经劫难，终于查明江宁织造贪污案与白宝震遇害之间的关联。展昭和莫研相互之间也产生了微妙的感情。莫研记挂展昭，返回蜀中后又折返京城，重新当捕快。莫研帮助师姐得到七叶槐花，并得知展昭受命陪豫国公主出嫁辽国。莫研用计一同前往。展昭出使辽国，并非单纯护卫公主，亦担负查清内通外敌奸细的责任。在此过程中，展昭九死一生。莫研在展昭危难时与之成亲，帮助公主找到七彩神龟，获取耶律洪基的信任和许诺。莫研与宁王、展昭偷梁换柱，暗度陈仓，共同帮助垂死的公主逃脱辽国。展昭和莫研回京城后幸福地生活在一起。整个情节起伏并不激烈，虽涉及贪腐大案和秘密潜伏，作品却并没有在几方角力上多花笔墨。难能可贵的仍是，情节的铺展总是伴随细致的场景性描摹。如莫研和公主第一次相遇是在大街上。作品写道："冬夜里的京城，丝毫不被风雪减去半点热闹。马行街上，夜市的铺子一个连着一个，三更才收，五更复开。北食有楼前李四家、石逢巴子，南食有寺桥金家、九曲子周家。猪胰胡饼、和菜饼、野狐肉、果木翘羹、香糖果子、水晶烩、糍糕之类吃食，光是闻香便引人食指大动，更有提瓶卖茶者，寒冷冬夜里饮上一碗热腾腾的香茶，身上便是说不出的和暖。"如此营造出一番人间冷暖的意境，然后才让莫研出场，"这份热闹对于食客来说自是惬意，但对于巡街的捕快，则是另一番光景了。从掌灯时分一直巡到二更天，饶得里面穿了棉夹袄，莫研还是冻得直打哆嗦，忍不住偷偷买了个'羊荷包'，叼着它躲到一方角落里大口大口吞咽。"

此种场景渲染、意境营造的手法在烘托男女情感的时候也用到好处。女主莫研和展昭的情感正处于暧昧阶段，莫研心属展昭，但恰逢江湖闻名的丁氏双侠向展昭提亲，莫研听闻丁氏妹妹才貌双全，正和展昭佳偶天成，心中百般不是滋味。丁兆蕙约展昭酒楼喝酒，而莫研在这里巡街。作品写道：

"说来也巧，这日正是莫研日班，负责马行街路段，此刻她正照例慢吞吞地沿街而行，目光却不像往日那样在路两旁的点心摊上打转，脑子里一会儿想着师姐的事，一会儿又想着丁兆蕙的事，乱糟糟的一团。

"忽得一眼瞥见有人卖砂糖绿豆甘草冰雪糖水，这东西惯是夏日才拿出来卖的，冬日里却是不多见，那贩子专门蹲在酒楼门口，等着酒后口干舌燥的人自动上钩。莫研正自烦闷，看见此物不由眼睛发亮，溜了一圈四周，未看见王朝身影，忙上前向小贩要了一碗。

"如此冷天，喝着凉凉的糖水，不敢大口，她慢慢抿着，只觉清清凉凉沁人心脾。待喝下半碗，扶碗的手已然冰凉，她停口歇了歇，眼睛毫无目的地朝周围扫过，恰好瞧见一人正靠在醉仙楼的跨街廊桥上，从五官到衣着，甚至被他靠的廊栏都显得碍眼之极。"

在莫研日常巡街的过程中，作品不动声色地通过莫研慢吞吞地巡街，冬日买冰雪糖水喝到手脚冰凉，来交代莫研心中的不安和忐忑。同样，展昭身负重伤，莫研将之负在水中一同逃走。在水中，莫研几次渡气，才能保护展昭无恙。展昭并不知情，却在梦中梦到此种场景，与之相伴的是逐渐升腾起的对莫研的情愫。作品借吴子楚吹埙来描写展昭此时的心境。"埙的声音空灵质朴，通透非常。曲调柔和婉转，徘徊往复，不由令人魂散神牵。展昭怔怔而听，一时间恍恍惚惚，犹如回到梦中一般。"《锦衣之下》亦是将情和景相结合，使得情感具有更丰富的韵味。"上灯时分，金水河缓缓流淌，倒映出两岸无数璀璨灯火。河面上除了可听曲的画舫，还有划着船卖艺的，头上攒花的汉子打着赤膊，若岸上有人抛银钱下来，马上笑容可掬地唱个诺后便爬到船上高耸的竹竿上，朝水中一跃而下，在空中还有花活，或转身或翻筋斗，方才入水。"

作为一部将言情和探案相结合的作品，难点就在于如何将两条线索结合好，使之既稳步推进男女主人公情感的流动，又逐步揭露案件的真相。此类古言作品，常常容易将这两条线索处理为：男女情感作主线，探案成为男女情感进程中可有可无的道具。《锦衣之下》中，今夏和陆绎的感情随着十万纹银贪污案而展开，案件的波折和情感的波澜相映成趣。随着案件剥茧抽丝般徐徐展开，今夏和陆绎的情感也随之缓缓深入。不同于许多网文以一见钟情处理情感的发生问题，《锦衣之下》情感的深入渗透在探案的交集、冲突和合作中。分析案件时的共鸣、对待官场民生问题的共情，以及身处险境时的患难与共，渐渐烘托出男女双方既不愿面对又无法控制的爱情。作品在处理其他情感问题时，亦是如此。对于杨立和袁今夏的亲情、杨岳和袁今夏的友情，以及杨岳和淳于敏的爱情，作品都是在日常工作、生活的进程中，通过细节刻画、心理波动和具有趣味性的对话展现出来。

并且，袁今夏和陆绎的情感进展既能徐徐深入，拨云见日后亦不拖泥带水。作品并没有采用以一个女配，刻意制造男女主情感波折的套路。而是将情感置于个人感情和家族恩怨、官场斗争的冲突中，使得这种冲突较之一般网文境界更为开阔。作品并没有设置过多生离死别的场景，也未过多渲染刻骨铭心的牺牲或成全。男女情感背后虽然有着惊涛骇浪般的权斗背景，但作者对之进行虚化的处理，使得作品的情感描写较之其他网文都更加细腻深入。

再说作品的探案过程。扬州查案开始，就遭遇生辰纲被窃案，案中案的设计十分巧妙。在查找生辰纲的过程中，今夏细致入微，陆绎滴水不漏，各色人等的行踪、疑点徐徐展开，整个案发梳理、破案的过程较为精彩。进而到扬州修河款案，探案方式不同于一般失窃案。由于牵扯官场斗争，作品增加了陆绎和严世蕃角力的过程，写出了严世蕃的狡诈凶残，也写出了陆绎的谋略和决断。但是，在这个过程中，今夏的作用似乎渐渐弱化。除了搭救陆绎，今夏只能是角力场的一颗棋子，六扇门和锦衣卫之间共同探案的张力消失了，代之以英雄美人模式。又加之案情后期进展迅速，基本用不着设置查访推理，真相也呼之欲出，使得探案的悬疑感打了折扣。《一片冰心在玉壶》也是如此，作品第一部分重点查访白宝震遇害案，牵连出江宁织造贪腐案，整个过程还算合情合理。待写到豫国公主远嫁辽国，展昭接头海东青查访宋国内部奸细，整个过程都未让莫研参与，于是莫研由一个擅长观察的助手，彻底变为只会插科打诨、只计较儿女情长的"小媳妇"。并且，展昭查案的过程也过于平淡，缺少种种干扰、排除、释疑的过程。惊险之处只被设置为展昭、莫研等人屡次受伤。最后，莫研掉包公主，假死遁逃的过程也稍显儿戏化。

蓝色狮的作品之间相互呼应，《锦衣之下》与《锁龙里》，《一片冰心在玉壶》与《月斜碧纱窗》《月魄在天》都具有连续性，不仅人物交织，情节也交缠推进。尤其是《一片冰心在玉壶》和《月斜碧纱窗》，其中一部的片段，在另一部作品中能够得到另一角度的展现，并融合在各自的情节逻辑中。这种写法其实非常考验作者的构思和对复杂关系的驾驭能力。如果作者有心在此类写法上积累发展，可以成就较为成熟的、更具艺术魅力的大作品。

突破"修仙"类型文的发展瓶颈：
《我师兄实在太稳健了》

《我师兄实在太稳健了》是中国作协 2020 年度网络文学影响力榜新人新作奖获得者"言归正传"的作品。主角李长寿以一种"稳健式"的"反套路"修仙模式在封神大战之前的上古时代从"小琼峰"一步步走入舞台中央，揭开层层阴谋，为天地生民开辟新道……

《我师兄实在太稳健了》相较于传统"仙侠类"小说，语言风格上吸收"轻小说"优点，用读者惯常口语书写，用诙谐通俗的语言塑造出强烈的画面感，营造出轻松的阅读氛围，避免读者在长篇幅中产生阅读疲劳。故事模式也不同于传统的"升级打怪"模式，而是紧抓当下爆火的"反套路"模式和网络热度梗，开创出"稳健流"的修仙新模式。李长寿奉行他的《稳字经》，驾云飞行的高度有讲究，见义勇为不可取，讲求保留底牌等等，他不仅这样要求自己还将这个理念灌输给身边的"灵娥"等人。但随着剧情的推进，他结识敖乙，创立南海神教联合龙族；他救"度仙门"，为"道承香火"延续尽心尽力；他斗"道君"，打破反派为了超脱的阴谋布置。"稳健"的内涵也从"怂"逐渐变为周全，从贬义词转变为褒义词。李长寿"稳字当头"但在能力变强的过程中，也开始有"铁肩担道义"的责任感，"稳健"但不"躺平"，"稳健"但不碌碌无为，"稳健"但不延宕。主角的"人设转变"具有真实感，符合读者期待，故事跌宕起伏中收获了越来越好的口碑。

《师兄》虽然是"修仙文"，但修仙等级体系区分度并没有那么突出，反而是强调故事本身。作品以封神战前的上古时代为大背景，李长寿创立属于自己的神教，又以海神身份加入天庭，一步步成为"太白金星"，还在西方教收买"蚊道人"。作者给主角"纸道人"的神通，又通过这个神通让李长寿能够"多线程"推进故事线。并且不突出故事整体的构架而是选择每一章都讲述一个小故事，通过故事间内在联系推动剧情走向高潮，揭开天道的阴谋。主角全程"智商在线"打破了"修仙文"的"一力降十会"重等级、气运轻谋略的模式。故事剧情也集中在斗争上，"灵娥""有琴玄雅""长吉""云霄"等女性角色也不仅是"花瓶"，她们各有人设，有的灵动可爱，有的娴静淑雅，有的英姿飒爽，这些女性的塑造颇类金庸笔风。

"玄幻修仙文"发展至今，在世界观初步设定上几近成熟，诸多创作重复率太高，市场反馈并不如意。如何推陈出新，是"修仙文"突破发展"瓶颈"的关键。《我师兄实在太稳健了》以新故事、反套路、奇人设开创的所谓"稳健流"新潮，不仅是给作者和作品本身带去了好评，也给以传统模式收割流量的板块打入一剂"强心剂"。这不仅是言归正传个人的成就，也是整体"修仙"类型文发展的巨大收获。

"新科幻"的实验：硬核科幻成就唯美故事
——评天瑞说符的《我们生活在南京》

"假如要给未来的人传送一颗时间胶囊，但是我在还没埋的时候，就用电台通知你，让你去挖，你觉得能挖到吗？"（天瑞说符《我们生活在南京》）

这是一部"时间科幻"。对线性时间因果律和矛盾性的思考贯穿始终，惘惘中异时空的威胁、类似量子纠缠的神秘试验也在徐徐展开……不过，疯狂生长的紫金山梧桐，长满青苔的新街口商业街，粉红的大理石墙面在藤蔓上的圆叶子间显露出来，让这个世界末日具有别样的——美感。2040 年，半夏，拎着滴着黏稠液体的布袋上楼，到达中国江苏省南京市秦淮区苜蓿园大街 66 号梅花山庄中沁苑 804，招呼假想的父母吃饭；2019 年，白杨，高三下课骑着自行车在路灯下飞驰，争分夺秒腾腾上楼，到达中国江苏省南京市秦淮区梅花山庄兰沁苑 804，揭开还在保温的电饭煲。当时空以诡异的方式重叠，打动人心的不仅是拯救行动的挫折和推进，而且是少男少女间的陪伴和倾诉。没有决绝的告别，没有清坚的孤独，如果说诸多科幻对末日充满了悲壮又深沉的想象，那么这部作品则在表达：抵抗宇宙异变的不是决绝和悲壮，而是日常人间的细水长流。

当世界末日来临，正常通讯手段全部失效时，无线电台便成为人类最后的救命稻草，它粗糙、脆弱、嘈杂不清，但永不失效。一封藏于时间胶囊内的"亡者"书信，骗过了世界，甚至骗过书写者自己，抵住了光阴的流逝、时间的侵蚀，最后，终于邂逅了末日下仅存的未亡人。以"时间"为线，以"老古董"电台为结，线的两端是"末日"前后截然不同的生活，一端是女孩在灾变时代里的求生，独自一人对抗所带来的物资匮乏、疾病困扰、心理崩溃等危险；一端是男孩在和平时代里，同朋友一起备战高考的校园生活。一边是"黑月"，一边是"模考"，两种截然不同的生活，依靠男女主人公共振的频率，完成了跨越时空的相遇，成就了中国版本的高中生拯救世界的故事。

在科幻网络文学创作界，天瑞说符是少有的执着于严谨科幻推导的作家。无论是理论思考，还是技术推演，甚至是设备拆解，天瑞创作中技术的专业性和细节性几乎让人挑不出毛病。虽然时间科幻在科幻小说中屡有展现，如《黑洞频率》等时间科幻电影也使用了"无线电"元素，但是《我们生活在南京》深入思考了时间因果律的复杂性，建构了独特的"时间慢递法则"。而在科幻创作界，坚持网络创作的天瑞，较之传统科幻作家，又格外注重"故事性"。开篇埋下的悬疑伏笔，两个世界的反差萌，跌宕起伏的拯救行动，徐徐纵深的事件揭秘以及少男少女拯救地球的不败套路，都使这部作品深刻而不失精彩。

自写作《我在火星上》《泰坦无人声》以来，天瑞说符就展现出极强的故事组织能力，他善于将枯燥的理论说明、压抑的生活环境，融于日常生活的口头对话与喜剧场景中，一半是欢乐，一半是悬念，张弛有度，不断吸引读者跟进故事的情节发展。《我们生活在南京》

在继承此前创作技巧的同时，完成了写作风格又一重大转变。在故事中，天瑞说符克制末日的悲伤情绪，取而代之的是活泼、轻松、生活化的情感基调。无论是少女在末世里无亲无友的艰难求生，还是男孩子在决战高考前得知人类即将灭亡真相时的挣扎，作者的重心不在悲剧氛围的营造，而是着力描绘出末日假设中各色人对"生"的渴望与坚持。男女主之外，故事中的"中年三人组"，是另一条不容忽视的线索，寥寥几句的言语、行动，他们身上真实地再现出人类所具有的父子之爱、兄弟之情、对梦想的执着追求以及"小家"之外的济世之心等，都让这部硬核科幻充满人间温情。

在专业的科幻设定、精彩的故事和细腻的情感之外，《我们生活在南京》展示科幻作品稀缺的唯美风格。一端是"半夏成百上千次的路过月牙湖，成百上千次下水采莲藕，在淤泥里摸索的双手也曾成百上千次触摸胶囊……成百上千次擦肩而过，只为了最后一个邂逅"，一端是考场上"不小心睡着的光阴"，作品中细细流淌着牵绊与思念。在当下这个可以随时随地联系的年代，伴随通讯录中日益增加的好友数字的，是不经意的疏离和孤独。《我们生活在南京》重新唤醒沉淀的柔情，并让它穿越时空。故事的背景南京城，本来就自带六朝烟水的诗意，梧桐、城墙、玄武湖无不牵扯着中华文明的遗脉，当世界末日来临，南京城更增添了悲怆沧桑的美学气质。然而，当《小题狂练》《38套》穿插其中，《我们生活在南京》对时间的呈现便不再局限于物理学范畴，它同时表达了有关人类文明过去、现在和未来的隐喻。

在网文界尝试硬核科幻，为科幻文中增添故事性，天瑞的《我们生活在南京》有些"剑走偏锋"。它似乎是一场"新科幻"的实验。庆幸的是，该实验交出的答卷，增添了我们对于中国科幻IP发展前景的信心。我想也正是在这一意义上,《我们生活在南京》斩获了第32届"银河奖"最佳网络科幻小说奖。

我们同时要注意到成就勇气的实验平台。近年来,阅文对科幻网络文学的扶植和培育有目共睹。科幻网文在近两年快速崛起,已成为网文TOP5的题材之一,仅阅文就培育了超过51万名作家在网上创作科幻小说。在以"月票"等阅读数据为商业运营依据的同时,阅文也对创新性和实验性的创作保留了空间。这些年,阅文的科幻创作,如彩虹之门创作的《重生之超级战舰》、最终永恒创作的《深空之下》、火中物创作的《千年回溯》等先后获得公认的中国科幻最高奖"银河奖"。在2019年天瑞说符以《我在火星上》获得第30届银河奖后,此次再次获奖。天瑞说符成为首位两度摘得"银河奖"的网络文学作家,并且在阅文平台作品连续第5年获得银河奖。阅文深切认识到生生不息的创造力是可持续发展的关键,而科幻网络文学所取得的成就正是多年培育的成果。我们期待,平台的责任感和恒心,作家的想象力和创造力,相互成就,共同打开中国科幻发展的新纪元。

网络文学的 IP 转化

由尾鱼的吐槽谈起：
网络言情剧改编要不要"去精存伪"

网文作者尾鱼以 ID"行走的一尾鱼"在新浪微博吐槽自己的作品在影视化过程中所遭受的"魔改"现象，此举引发争议。排除情绪化的言论不说，关于影视改编应该怎么改，是否应该尊重原著的问题再一次被提到前台。小说和戏剧各有各的规律，最大程度还原原著的改编剧并不一定成功，这固然是事实。但我们也要注意到，也许尾鱼想提醒的是，尊重故事质量，不迷信"套路"，别将原著中可贵的创新和探索替换成陈词滥调，是从原著到影视转化过程中需要注意的问题。

反观这两年网络言情的影视改编，许多影视剧的问题并不出在是否尊重原著，而出在改编过程中的"去精存伪"。近来网络言情中出现重事业线，重新元素，重事业爱情的双线互动甚至矛盾冲突的可贵探索，表现为现言方面言情职业文的大量兴起，古言方面从"宫斗""宅斗"到权谋、武侠、悬疑或灵异的转变等。但诸多影视改编剧，却倾向于删减事业线、新元素，淡化悬疑、降低女主智商，把矛盾和冲突降级为某种"误会"和"巧合"。把职业女性转化为"傻白甜"，把"爱情"诠释成"没头脑"和"不高兴"，这样的处理与其说是在迎合观众，不如说是对观众欣赏水平的低估。

一、 人设：披着职业马甲的"傻白甜"

2020—2021年，各大平台都推出了许多网文改编言情剧，比如《小风暴之时间的玫瑰》（改编自肖茉莉的《小风暴1.0》）、《心跳源计划》（改编自缪娟的《掮客》）、《十年三月三十日》；再如古装剧《风起霓裳》（改编自蓝云舒的《大唐明月》）、《三千鸦杀》（改编自十四郎的同名小说）、《今夕何夕》（改编自时久的《玉昭词》）、《与君歌》（改编自飞花的《剑器行》）等，它们虽然古今类型不同，剧情内容各异，但都在打言情牌。无论城乡，资本时代的女子们仍是愿意在闲暇之余嗑一口糖，抚慰被功利社会划伤的心。影视公司的大数据也并未指向言情受众指数的滑坡。并且，这些剧或是有诸多流量明星参演，或是有着原著IP加持，在剧开拍之初、杀青之际、开播之前，无一不让人有所期待。但是，它们开播之后收视却不尽如人意。问题其实不在于是否尊重原著，而是在性别认知和叙事处理上，改编剧处理人设和矛盾的观念相对滞后，过于依赖既定"套路"。

我们注意到近些年的言情剧女主已经摒弃了"傻白甜"，向职业女性口味靠拢，在选择IP时也倾向许多职业文。但似乎受到一种性别认知定势的影响，这些言情剧对爱情中女主的塑造或多或少地偏向于弱化其智商、窄化其视野、任性化其情感。这些处理特别表现在对原著情节有意的选择和处理上。它们虽然选择了许多职业型"女主"，比如才华斐然的科学家、最年轻的企业经理、金牌猎头，天下第一针的传人、有伏魔之志的遗孤、上阵杀敌的将军、极有天赋的剑者……但影视化却显出有意以固化的性别认识来选择、处理女主的"事业线"。比如虽然是表现病毒研究所的科研进程，影视叙事却凸显实验室聊八卦、说同事坏话、打小报告、排挤新人，而不仔细呈现病毒研究内在逻辑，似乎是为了适应女主群像把科研所写成了清后宫；不是呈现商战正规逻辑，而是要凸显女主"小机灵"，比如偷偷穿服务员的衣服去洗手间堵客户，谈合作，而原著中强调的互联网战略思维，以及战略部署的展开被略去了；古装剧中倾向于表现女主对规则的破坏，而不能呈现女主的家国报复和运筹帷幄。

于是，女主强势出场后，因职业素养的稀缺，事业线充满漏洞。说着"我的字典里没有意外两个字"的女主事业处处充满意外，有的影视剧因此被网友戏称为《女主的十万次打脸日常》，因为"女主很厉害，就是谁也打不过"。改编剧总要让男主评价女主"天真率直，纯洁无辜"，似乎如果不一时意气，冲动行事，毫无戒心，屡屡受骗，就配不上"天真"和"纯洁"。于是这样的女主一冲动买下就职的公司，根本不考虑后续经营问题；或是被人轻松骗走手中的样衣，又或者女扮男装却饮酒胡言暴露身份；或是不加筹划，随意刺杀，并无力自救……

二、叙事："躺赢"和主角光环

原著中女主的光环中"隐忍""坚忍""胆略"等元素设定被弱化，影视对女主光环的设置依靠种种"躺赢"叙事，比如配角无能，出身高贵，反派反水，神运加持……最突出的是"男友捞"。"英雄救美"的套路被用烂后，语义功能也会发生变化，渐渐地由表达对女性保护和尊重，转变为指认女性的弱势。在网文原著中，男女互助互救被平等地加以处理，但影视改编会强化男主推进事业的功能。比如男主具有更高的资本能力，或谋略能力，由是男主总是及时送出女主所需要的资料，充当开解者和拯救者的角色，救火灾之中的女主，救被绑架的女主，救被诬陷剽窃的女主……古言作品《风起霓裳》中，琉璃被卓锦娘等人陷害，遭到追捕，都是得裴行俭相救；《今夕何夕》中，每次冬月冒险刺杀的失败之际，都是冯夕救下她，甚至一次次给她重生的机会；《三千鸦杀》中有这样出名的一幕，覃川莫名其妙地出现在傅九云和反派白河龙王的交锋现场，一秒便被反派击落，傅九云只好牺牲自己保护她等。女主"偏向虎山行"却依赖男主拯救，固化了性别强弱的既有认知。对于身处性别文化变化当下的女性观众来说，这种设置似乎有些陈旧。

在爱情叙事技巧上，"误会"是增加戏剧冲突的重要技巧，但依赖"误会"的技巧，并且将叙事简单化为女主偏执地不听解释，以偏概全，妄下判断，此种懒惰的叙事处理并不能制造激动人心的观看效果。如女主不仅不听男主解释，还去抢方向盘，导致车子坠崖；女主凭借简陋的因果关系，归谬男主的过失，而男主如何解释也不听……文字作品采用的是内视角，影视作品采用外视角。文字作品中的"误会"，通过女主心理透视，在许多时候能够多少理顺女主的言行逻辑，并维护读者的代入感。受外视角的限制，影视作品缺少内心透视，如果一味借助低级"误会"营造戏剧冲突，偏执的女主就会减弱观众的代入感，反而会显得滑稽可笑。

除了偏执的"误会"，女主偏执的道德要求也会削弱戏剧性张力。不分青红皂白，直接斥责男主冷血；在商业竞争中"同情心"当道；一味地占据"善良"高地，指责男主的"算计""谋划"……伦理评判要建立在理性分析的基础上，好的文学作品总是呈现各种道德困境，以此来呈现人性的张力和选择的可贵。当影视剧满足于让女主以无理性的"善良""同情心"指责男主，且由此构建女主人设，只会让观众觉得该人设过于浅薄。不平等的指责让双方关系也就丧失了任何"对话"的空间，于是，让男主一往无前，前赴后继地坚守"爱情"的，也只能是强加的"天意"。

三、改编：忽视性别文化变动

言情剧改编偏爱塑造"没头脑"的女主人设和"不高兴"的爱情模式，这是低幼化的偏见加诸女性和女性情感之上，与其说它迎合性别权力结构中女性自我身份认同，不如说它对当下所发生的情感现实的变动反应迟钝。分析其原因，我们想指出，目前影视改编方对网络文学原著"类型"和"套路"的"情感现实性"缺少足够的认识。虽然很多时候网络文学以架空世界观为背景，但这并不意味着网络文学创作就是"空中楼阁"。它们的深层结构无不通过各种方式隐喻当下的现实。某种"套路"的成功亦有着心理现实基础，当这种现实基础发生变动，既有"套路"必然不再适用。今年女频网文下沉市场从"霸道总裁"叙事转变为"女主大佬"叙事，高端市场从"纯爱言情"转变为各种"元素文""职业文"，女频类型处在"变体"时代。发生这种变化的原因，就在于与读者"亲密接触"的网文作家感受到女性心理现实的变动。在市场兴起之初，"纯爱"叙事彰显了爱情伦理的重要性，完成最初的乌托邦想象和建构。但接下来，理性和现实将被引进丰富和深化对于"纯爱乌托邦"的认识，所谓浪漫主义的现实主义化。社会结构的变动，女性职场功能的加强，也使"纯爱"不能满足女性文化消费的需要。上述网络文学原著添加了诸多"新变"，但影视改编却不能精准地把握该原著成功的核心，将"变体"改为陈旧的套路，粗略地处理"职场""武侠""科研"等女频网文出现的新元素，就会导致改编言情剧遁入陈旧老套的"误区"。

  是否尊重原著,并不是说要完全还原原著,不尊重影视改编规律,而是说不要将原著中作家精心构建的精彩故事、创新元素或是费心思量的矛盾冲突和深度思考丢弃掉,代之以陈旧、想当然的"套路";不要漠视原著作家所触摸到的读者心理变动和性别文化转向,以及由此生产出的新人像和新内容,代之以固守陈规的重复和模仿。在数据之外,当下影视改编和IP转化成功与否越来越依赖于叙事方式、情感指向等创新性。面向变动的社会,正视内容质量的提升创新,是影视改编亟待重视的问题。当改编原著作者和改编方都认识到这一点,也许双方就能更好地相互成就。

"第二人生"日常化：
从2022年的"时间循环"网剧谈起

从2022年年初的《开端》"引爆"网改剧市场，到《一闪一闪亮星星》《才不要和老板谈恋爱》，再到刚刚热播完结的《救了一万次的你》，网剧的2022可谓是一个"时间循环年"。

《开端》的播出引起了全网的讨论和关注。对底层人生活细节的展现、对"网暴"这一问题的揭露，乃至大学生拯救生命的热情、打工人"活下去"的冷漠也一度成为该剧的热点话题。同时，人们也注意到作为"时间循环"类型剧，《开端》缺少酷炫的世界观设计，更无高科技脑洞，"时间循环"过于"日常化"，无警示，无铺垫，说"穿"就"穿"，所改变的也只是周围的小环境——一次公交车爆炸。这与之前国外"时间循环"类型剧如《源代码》《蝴蝶效应》等都甚为不同。

紧接着《开端》，爱奇艺推出《一闪一闪亮星星》，虽然不如《开端》影响力大，但也获得了很好的口碑，被称为《开端》之后的"黑马"。虽然《一闪一闪亮星星》同样设置了"悬疑线"，其实仍以"言情线"为主。"时间循环"澄清了女主林北星的错爱和张万森的守护。故事清新可人，不过也让人疑惑，几个高中生的情感问题为什么要动用"时间循环"？当然，开启"时间循环"的方式也很简单，只要删除手机短信。同样，《才不要和老板谈恋爱》和《救了一万次的你》均以职场设置开头，《才不要和老板谈恋爱》穿回到大学时代，《救了一万次的你》在职场内循环，前者通过时间重启收获法律职场地位和老板的爱情，后者则是进入了毒舌自恋老板白真相的内心，解决职场商战算计，"意外"和"诅咒"分别是开启"时间循环"的动因。

显而易见，这些"时间循环"网络剧，并不想打科技牌，和高概念、烧脑也扯不上关系。说白了，《开端》《一闪一闪亮星星》等剧本质上还是我们所熟悉的日常悬疑、校园言情、职场言情。只是这些故事增加了诸多虚拟经验：人生似游戏可以反复试错，试错经验可以累加，由是人生历程不再是一次性的尝试，而是反复修正后的理性选择。

在微观层面上，"时间循环"的设定和从"穿越"到"重生"设定的网络文学有很大关系。《开端》《才不要和老板谈恋爱》均改编自晋江平台上的同名网络文学作品。网络文学在创建之初就颇具"穿越"特色，"重生文"是网络文学创作中的重要类型，它的基本套路是：通过"重生"掌握未来密码，开启"金手指"，从而在重生世界中"开挂"。当重生爽文解决了个人恩仇、功利时，难免会让人觉得浅薄，但当"重生文"越来越和日常生活的困境相联结时，我们似乎意识到"重生"也许不是生活之外的白日梦，它也许就是我们所经验的生活本身。近些年，网络文学具有现实化转向的发展趋势，"暴发""称王"等设定少了，尊重生活的逻辑，强调每一个个体幸福的意义，成为这几年成功的网络文学作品的重要特征。《开端》等作品均是这其中的代表。不过，"穿越"和"重生"仍然是网络文学中的重要元素，这似乎在表明，表面上看起来依托"虚拟性"的"穿越""重生"也许就是当下现实的一部分。

事实似乎也是如此，由数字和虚拟创造的"世界"，正成为我们生活中不可或缺的一部分。我们在这个"世界"购物、交流、"党同伐异"或是建立亲密关系，就如同我们真实生活的世界一样。但它同时又是那么数字化、虚拟化甚至游戏化，这个"世界"可以被删除和重建，可以被多次体验，也可以多维互动。英国的吉登斯曾描述高度现代性时期的"现实倒置"，虚拟现实和日常现实之间的界限越来越模糊。甚至由于虚拟现实经验对日常现实的高度嵌入，实际的现实经验会受到虚拟现实经验的影响和修正。人们越来越分不清什么是虚拟现实，什么是最初的日常现实。虚拟现实日常化，它和我们的情感、欲望、想象和身份认同等一切都密切联系在一起。美国的瓦格纳用"第二人生"来描述网络带来的新经验。当下，"第二人生"越来越深入到日常生活中，成为我们大众意识中不可分割的一部分，网络文学的"穿越""重生"不过是网生代（Z世代，M世代）时空经验变动的一个体现。

这也是为什么网文的"穿越""重生"越来越具有影响力的重要原因。《一闪一闪亮星星》是原创剧本，《救了一万次的你》改编自韩国人气漫画《我的老板每天死一次》，但网文气质十足。甚至有人说，现在"全世界都有网文味儿"。新近韩剧《再次我的人生》，最新雨果奖提名小说《成为太阳的她》，好莱坞新型影片《瞬息全宇宙》都采用了"重生""时间循环""平行时空"的设定。中国网文出海既是因也是果，一方面中国网文成为全球化语境中网生代经验的重要表征；另一方面互联网时代越来越倾向于接受内嵌虚拟经验的故事。"时间循环"不再是未来乌托邦意义上的"科幻"，它就是我们所经历的现实。在"宅"的生活状态中，数码化、虚拟化的世界越来越成为我们经历和经验人生的主要方式。经营亲密关系、理解世界政治或是选择生活方式，都离不开虚拟性手段和体验。上述影视作品中"时间循环"的启动方式不再是高大上的黑科技，而是随意性的使命、意外、短信，或是神秘化的诅咒和"阴间使者"，正说明虚拟化人生不再是需要解释和说明的乌托邦科幻，而已经深入到日常的潜意识、无意识领域。它不在未来，就在当下，不在远方，就在我们蜷缩着的角落。

"时间循环"的设定从网络文学中兴起，进而成为2022年中国影视表达的主要元素，这不是偶然，而是日益网络化的世界的整体性动向。尤其是这几年，被现实疫情所限制和压抑的流动性在网络空间得到释放，文学化、影视化的"时间循环"正表征着虚拟时空如何成就网生代的自由之路。作为网民、用户存在的"第二人生"有时比现实个体的时空接触面更大，更丰富，更具有多元可能性。有了虚拟的"时间循环"，现实生活中"内卷"着的大学生可以参与公共事件（《开端》），被现实功利割伤的女子可以重温青春的守护和热望（《一闪一闪亮星星》），职场小菜鸟可以谈理想（《才不要和老板谈恋爱》），小文员可以和刻板自负的上司建立亲密关系（《救了一万次的你》）……就如网友Onsoi在豆瓣评论《救了一万次的你》时所言，"时间循环，早已不是一个陌生的概念了。也有无数人畅想过，若是有了时间循环这种超能力，自己能干些什么？想想看，大吃一顿，热量归零；放肆挥霍，账户自动恢复；做任何想做的事，说任何想说的话都可以，你甚至可以进行一次最大胆的表白，被拒绝也没关系。虽是无法存档，但是，起码可以放肆做自己了"。

同时要强调的是，"时间循环""不是逃离现实的乌托邦……每一个到达这里的人总是将他们的烦恼随身带来",网络世界的新体验带来对于现实世界道德、情感、商业、文化甚至法律重新的定义和思考。《开端》通过一次次的循环启发人关注发生在一个微小个体和家庭身上的悲剧、骚扰、网暴,在反复的回放中与死亡、爆炸联系起来,由此不让"小恶"淹没在时间和人群的荒漠中,也通过学生和市民的努力展现普通人的道德能力。《一闪一闪亮星星》和《救了一万次的你》则在时间的回环中呈现亲密关系的多种可能,"真情"也许在视线之外,"体谅"能够超越阶层的鸿沟,如果有多重世界,那么"区隔"只能是相对的,"固化"必然被瓦解,每个人都是多元的存在,人与人的关系也将更加丰富多彩。《才不要和老板谈恋爱》中"重新来过"的钱唯带领一众法律系学生践行"律者,定分止争;法者,迁善远罪"的理想,正如《再次我的人生》中金熙宇要与"为权势者量身打造的制度"抗衡……

"时间循环"是虚拟,也是现实;是幻想,也是解放。它既内嵌于日常生活之中,也通过反观日常重建现实。2022年上半年的网剧热衷"时间循环"的设定,是网生代一种日常"现实"的影视化表达。在虚拟中重建身份与认同、关系和命运,自我定义的"第二人生"将在新世代的自我表达中占据越来越重要的位置。由此,可以想见相似设定的文学作品和影视作品只会越来越多。

"波澜不惊"的言情改编剧，《余生，请多指教》做对了吗？

《余生，请多指教》（下文简称《余生》）近日在腾讯视频热播。"顶流"的人气让这部剧话题不减，不过和诸多剧目一边倒的好评，或是一边倒的差评不同，这部剧开播虽说有争议，但正反双方都打不起劲头。剧情虽有套路，但不太狗血，虽有浮夸，但不明显，虽摆明了就是让人嗑糖，却不时地掺杂些亲情牌、职场线……所以，"挺"和"踩"，都有些找不到用力的地方。流量赚足，又不招黑，作为商业言情剧，《余生》的"稳健"似乎有意而为之。不过，即使"在言情谈言情"，《余生》从选本到影视的叙事处理，是否就可资借鉴？对照同期播出的网文改编剧《才不要和老板谈恋爱》与《与君初相识》，既不"爽"又不"虐"的《余生》，得失又在哪里？谈一谈这部"稳健流"言情剧，也许我们才能看清言情剧的岔路口。

一、从日常言情到日常甜宠

《余生》的原著是柏林石匠最初在晋江连载的《写给医生的报告》（实体出版更名为《余生，请多指教》）。《写给医生的报告》在晋江诸多言情作品中算不得突出，以温馨平淡的"日常流"赚得了口碑。相较同期在播的改编自九鹭非香《驭鲛记》的《与君初相识》，和改编自叶斐然同名作品的《才不要和老板谈恋爱》，《余生》的选本"另辟蹊径"。《驭鲛记》是知名网文作家九鹭非香的代表作之一，延续作者擅长的仙侠创作，无论是在想象力"脑洞"，还是在"虐恋"的完整性叙事方面，都是较为成功的网文范本。《才不要》虽然作者和作品都不甚出名，但作品内容采取重生叙事，戏剧性十分突出，诙谐气质引人注目。而《写给医生的报告》行文本身就以日常生活为线，文本中既无霸道总裁又无奇幻异能，林之校和顾魏的性格特征也十分接地气。从相识、相恋、同居到结婚，二人的情感无小人作弄，无天意弄人，有波折但够平稳，是一场地地道道的人间恋爱。

在诸多言情文中选本《写给医生的报告》，《余生》的初衷似乎要是要让"言情"回到日常人间，所以林爸、林妈的戏份被添加，"林之校"成为你我他身边叛逆又窝心的女儿们。《余生》虽然也像诸多言情改编剧那样，提高了男主的财富能力，但也没有过分地夸大，顾魏租的房子也就是6000元/月的标准。看病、问诊、求助、看演出、租房子，男女主的情感线在日常叙事中徐徐展开。当然，原著中女主率先暗恋男主的设置，被转换为男主的主动追求。当临床的小学生都知晓男主心意时，女主还懵懵懂懂，由此产生诸多可爱的"误会"。将日常言情转换为日常甜宠，《余生》所做的改编适合了演员人设，也增加了某些戏剧感，但剧作也并非要把"傻白甜"进行到底，"林之校"也刻苦、坚强，并且经过好友的点拨在第十集就知晓了男主的心意，且没有太惊慌失措。作为甜宠叙事，相较于原著，《余生》刻意对男女主拉琴、读书、凝视、问候等动作做"场景化"处理——时间停止、阳光（灯光）柔和、环境净化、情绪温和……为男女主增加"光晕"。或者让男女主上"天台",在晚风吹拂下谈理想、诉衷肠,营造"遗世而独立"的共同体幻觉。不过,剧作也适时地让男女主喝可乐、吃面条,男主发科研论文朋友圈,女主在床上打滚,让"国民老公""国民女友"仍回到日常人间。发微信、散散步、吃火锅,《余生》的恋爱方式也十分"群众路线"。相较动辄包餐厅,乘坐私人飞机的甜宠剧,《余生》的"甜宠"做了"日常化"的创新。

二、从放逐戏剧性到克制"撒糖"

《余生》"大胆地"不过多增设任何剧烈的戏剧性冲突。剧情虽以男女主理想的受挫开篇,但男主因导师手术失败的心理阴影很快被女主化解,女主的父母也很快接受了女主的音乐梦想。言情剧中小人作弄、门第之见、偶发误解等套路,这部剧中虽然也有,但处理得极为克制。女二在转送林之校演唱会门票的过程中,虽然耍了点心机,但还是把票送给了男主,道德和智商仍在水平线上;男主父母虽然中意女二,但剧作也并未强化家族对男主情感选择的压力;接不到电话、约会迟到、误解男主与女二或是女主与男二的关系,这些"误会"超不过一集就会轻松解开。甚至剧中最让人压抑的林父胃癌,也在顾医生高超的医术帮助下,以"手术成功"有惊无险地落地。可以说,整部剧似乎舍不得让观众有任何的紧张和担心,着意让轻松、欢快的气氛贯彻始终。如果没有阻碍,怎样让男女主从恋爱到结婚的叙事覆盖近三十集呢?答案是重复性的日常。手术过后是化疗,演出失败后是下一个演出,一个房子没租成再租一个房子……相识未点破十集,两情相悦十集,终成眷属十集。父母、朋友、同事等穿插其中,但她们作为"敌人",或"助手",作用都十分有限。虽然添加了热门元素的职场线、生活线，但也并不是那么认真，职场无斗争，生活无困难，职场也好、亲情也好，都只是起到调节"甜宠"叙事节奏的作用。"重复"是整部剧的主要叙事结构，它拉长了，或者说放慢了男女主恋爱的时间。《余生》也运用了各种甜宠套路，但避免了之前甜宠剧套路过于"狗血"的问题，也为男女主的情感制造种种波澜，但绝对以"波澜不惊"为底线。

相较《才不要和老板谈恋爱》打造重生之"爽"，或是《与君初相识》在先验律令和大女主抗争之间制造"虐"，《余生》专注的"日常甜宠"放逐了"戏剧性"。如果不靠戏剧冲突引人入胜，《余生》据说5亿的播放数据靠的仅仅是明星流量吗？显然不是。顶流加持数据拉垮的先例并不在少数。《余生》的不同在于它避开顶流甜宠剧的"狗血雷区"，小心翼翼地添加当红叙事元素（职场线、生活线、亲情牌），为了绕开"浮夸"，干脆舍弃各种"设定"，为了避免"漏洞"，让"矛盾"匆匆收场，即使"撒糖"，也十分克制，保持稳定的节奏。如此，《余生》打造了一部不掉流量，不拆人设，不躺不淡的"下饭剧"。

《余生》的稳健之路，与其说是"反套路"，不如说是在对"套路"做减法。也许在商业效益上相对稳妥，但就整体言情剧的发展而言并无益处。成功也罢、失败也罢，仙侠言情至少能为情感世界打开异样空间的想象，职场言情至少能让人观察"打工人"或真实或虚假的处境，即使是诸多失败的古偶言情，也会让情感在多重空间，或是多样冲突中展开，让观众感到深情凝视之外还有复杂的风云世界，轻松调情背后有人性的深渊。简化矛盾，净化空间，让生活日常脱离苦难，甚至困难，打造"波澜不惊"的日常甜宠，看似稳健，实则是以放弃试错和进取、探索和创新为代价。以"重复"

为结构的叙事，越往后越容易带来厌倦。十集尚可，三十集足以耗掉这一代言情剧观众的耐心。何况在"她悬疑"热度逐渐上升，"她问题"开始被正视的环境下，《余生》简化矛盾，回避问题的叙事方式，固然一时讨喜，但难以持久。

风口中的微短剧需要怎样的网文原创内容？

当下，微短剧正值风口。成本较低，收益也不错，各大平台都有大量微短剧项目上马。网络文学也成为微短剧汲取内容的重要资源。《2021中国网络文学蓝皮书》指出，"微短剧中网络文学IP改编作品占比逐年提高，2021年新增授权超300个，同比增长77%，网络文学IP微短剧数量占比由去年的8.4%提升至30.8%"。其实除了改编，诸多微短剧虽然不是直接改编自网络文学，但明显地借鉴和使用了网络文学的内容"套路"，甚至"反套路"。那么，什么样的网络文学内容适合微短剧改编或借鉴呢？

一

综合考察近年较成功的微短剧，从内容上看，有两个走向：一是主打下沉市场，以剧情的吸睛狗血为特征，极端人设，男版女版打脸……如网文中的赘婿题材，拍摄无连贯剧情的打脸短片。这些短剧不追求内容的逻辑性和现实性，只求"爽感"。题材上最好新奇有趣。如在B站上火爆的《龙王赘婿》，改编自同类网文。自以愤怒的香蕉的《赘婿》为代表的"赘婿文"成为网文重要类型后，赘婿文近两年吸收"马甲文"的"套路",以"脱马甲""打脸"为主要情节。微视频的改编则更是简化故事进程和人物设置,将"打脸"进行重复设置。除了主角外,就是敌人和人设助手。由极端地被羞辱入手,迅速开挂,"打脸"。无情感纠葛、无悬念、每个单元之间也无逻辑连贯性,"打脸"环节被重复。

女频方面,书旗小说改编诺小颖的《今夜星辰似你:帝少心尖宠》,该文是对"霸总文"的极端化处理。女主"傻白甜"人设,除了被同租女友鸠占鹊巢外,作品改编增加诸多女主受虐的设定,交不起房租,原生家庭盘剥,职场斗争,被坏人劫持,兼职挣钱被调戏等等,每一受虐都由男主"拯救"。除了"拯救"外,则是各种偶遇后的"宠溺"。如同上述"赘婿"短视频重复性"打脸","霸总"短视频则重复"甜宠"。

华策和抖音联合出品的《薄夜唐诗》改编了七猫中文的《你是我的万千星辰》(盛不世)。盛不世是近年"虐文"写作的代表作家。所谓"虐文"是以男女主之间的误会开场,凸显女主被男主误解、蔑视、侮辱、抛弃等"受虐"的悲切和愤懑,也正是通过前期"虐"的铺垫,让后文中女主复仇和男主后悔情节更具"爽感"。改编短剧《薄夜唐诗》,短剧将极端的冲突摘选出来,前几集直接展现女主种种"受虐"场景,然后跳转到女主"复仇"。微短剧省略了《万千星辰》原著中细化矛盾冲突的处理,也删去了从受虐到复仇的过渡。短剧无需交代前因后果,只需要提取男女主人设元素,也无意叙述女主如何由柔弱到强大的成长过程。前几集重复各种"受虐"场景,用一集交代女主今非昔比后就进入"复仇",不重"复仇"的筹谋,而是凸显和重复"复仇"成功时的场景。

此类微短剧不重视叙事的纵深、延展,重复某一刺激性场景,以"重复"作为主要的叙事方式。背景简单,人设标签化,几乎所有配角都是 NPC,人物关系简化。在短短几分钟的场景中,营造激发爽感的场景,是此类微短剧制作高下的主要标准。而网络文学中盛行的"爽文"也成为此类微短剧改编或借鉴的重要内容来源。

二

另一种微短剧重剧情的纵深性和叙事性,向日韩短剧,或奈飞短剧看齐。这类短剧的内容要求必须结构设计精巧,人设新奇,节奏快,有纵深有反转,且环环相联。首先是选材新颖,精巧设计。如腾讯推出的《拜托了别宠我》。原著设定是"穿书",即作者、读者穿进书中成为一个人物,完成人物设定,或改变故事走向。此类"穿书文"在网络文学中并不算新奇,但由于长剧对"穿越"等设定的限制,荧幕上较少"穿书"的尝试。女主"穿书"后,由反派变正派,并由于预知人物背景和故事走向处处占得先机,推动剧情快速发展。并且女主为了"回家",不得不反复拒绝男主的表白,由是制造种种具有戏剧性的情感冲突。相较"霸总"甜宠的腻味,此种"穿书"设置冲淡了甜宠叙事的霸权感,虽然结局必然是有情人终成眷属,但给了女主超脱、出世的设定,添加了许多虽然是掩饰性的"主体性"。快手播放过亿的《长公主在上》,则使用了男女主的反差人设,反套路主客模式设置情感线……

其次,较为成功的短剧故事必然要节奏快,通常 1 集有因果,5 秒定生死,各集之间环环相扣。《秦爷的小哑巴》改编自米读原创小说。题材是重生复仇叙事。剧情狗血,但优势恰恰在每一集都足够狗血,每集都有激烈冲突,一分钟即有反转。不拖沓交代背景,不演绎场景,只表现戏剧性冲突,先虐后爽,节奏明快。再如《替身姐妹》极端反差的人设设置。双胞胎姐妹中妹妹是豪门千金，姐姐是寒门辣妹。作品淡化难以处理的背景故事，开篇便呈现姐妹二人性格的反差。通过寒门姐姐兼职收钱办事的设置，姐妹的生活开始交织。寒门姐姐冒充豪门妹妹管理公司雷厉风行，豪门妹妹冒充寒门姐姐上演学渣逆袭。情感线也因这一设置跌宕有趣，豪门妹妹下单让寒门姐姐帮助拒绝相亲对象，但寒门姐姐却芳心暗许。于是男主在两姐妹交错的态度中不知所措，由是作品的情感线呈现了甜宠＋爆笑的效果。作为短剧，《替身姐妹》淡化豪门争端，不添加复杂的情感纠葛，专注于反差性格人设，并将之作为解决职场困境、情感问题或是亲情误解的主要通道。由是，作品矛盾集中，轻松愉快，播放量大。

上述微短剧虽然很多不是直接改编自网络文学，但诸多设定、元素和叙事原理都是网络文学中也已成熟的"套路"。《拜托了别宠我》的"穿书"设定是近年网络文学常用的设定；《长公主在上》的男女主反差人设也是这两年女频顶流作品的创意，如晋江红刺北的《将错就错》就成功设置男女反差人设等。芒果台的《念念无明》是近年微短剧的现象级作品。成衣坊老板娘司小念与清苦郎中晏无明喜结连理，看似一段寻常婚姻，实际上二人均是绝顶杀手，并分属对立的门派，由此产生种种戏剧性冲突。作品的主体架构类似好莱坞电影《史密斯夫妇》，但男女亲密关系的建构是典型的古言设定，男女主的帮派和任务来自武侠，联结夫妇二人的世子殿下，其处心积虑有着《琅琊榜》的影子……

三

也许不难看出微短剧内容的此种特征亦和快速的生活节奏分不

开关系。处在生活压力下的观众需要直接情绪的释放通道，或是在短暂的白日梦中象征性的缓解缺失性焦虑，上述"赘婿""霸总""虐文"等类型的网络文学由此兴起。而短视频则更直观地、更集中地将这些"虐""爽""甜宠"元素放在一起。从赘婿文、霸总文、"虐文"到赘婿短剧、霸总短剧、虐文短剧，这其中有一脉相承的逻辑。在一定程度上，可以说，快节奏的网络文学成就了更快节奏的微短剧的生成。在网络文学中盛行的偏向下沉市场的"爽文"也一定会成为接下来微短剧的主要内容。

即使注重故事纵深，微短剧也并不着力描述历史背景、人物的复杂关系（特别是配角背后性格逻辑），不细致描摹矛盾幽深的人物心理，更无意在细节上多做停留，而是在新奇人设、脑洞设定和高度戏剧化的剧情上下功夫，因此设定新奇但简单，人设特别但单纯，故事紧张又紧凑的网络文学，诸如快穿文、言情文、重生文、复仇文，环节干净紧凑的悬疑文、武侠文等均成为微短剧改编或借鉴的主要类型。

当然，微短剧并不意味着电视剧内容质量的下降，微短剧对网络文学内容的改编，较之普通时长的电视剧更能集中地呈现矛盾，凸显反转，有助于强化剧情的戏剧感。微短剧的兴起也在一定程度上避免了普通时长电视剧容易出现了"注水""拖沓"的问题。虽然网络文学的微短剧改编，在很多时候更不可能完全呈现原著的情节和细节，但也许可以更清晰地呈现原著精巧的故事结构。我们看到，既有的网络文学为微短剧提供了内容的支撑，接下来网络文学原创内容不断推陈出新，也将推动微短剧内容的更新和提升。

盘点2022年网文改编剧，胜出的仍是新意

2022年，网络文学仍然是影视剧改编的重要源头。盘点2022年整年上架播出并较有影响的约50部网络文学改编剧，可以看出，相较于往年，2022年的网改剧的题材更加丰富，设定也更多元。虽然改编剧类型繁多，改编成败也不能随意归因，但如果在网络文学原创内容的发展脉络上审度2022年网改剧的得失，得失仍有迹可循。当网络文学影视转化产业链愈加成熟时，网络文学的升级迭代也更深入地影响到网改剧的面貌。

2022年影视开年最亮眼的作品，当属网络文学改编剧《开端》。《开端》改编自晋江连载的祈祷君的同名小说。它把"时间循环"引入到日常生活场景中，从悬念、解密到拯救，整体叙事丝丝入扣。《开端》在数据和口碑两方面均获得成功，被认为是继《庆余年》后网改剧的又一"开端"。《开端》的设定在网络文学中也是近年热度攀升的虚拟人生设定方式。时间循环、互换人生、平行时空、自带系统，各大平台的榜单上此类设定比比皆是，而《开端》正是这其中将设定和故事巧妙结合的作品。5月播出的改编自缘何故同名小说的《反转人生》，7月播出改编自长洱同名作品的《天才基本法》

亦属同类。《反转人生》和《天才基本法》都是近年来体量不大但热度颇高的作品，前者让男女主互换身体，后者采用平行时空，仅设定本身就使改编自带热度。高概念、新设定之外，此类网文书写现实的深度也值得关注。改编得较好的作品，能够保留原著中的现实关怀和思考深度。如果《开端》仅仅是类似拯救公交车的"游戏"，它的精彩必会大打折扣。改编没有回避原著中关注的失独、网暴、猥亵等社会问题，也保留了"探案"串联起的各个小人物的故事，由此《开端》的意义更加丰富。但《反转人生》把贫富差别的社会问题简化为一个搞笑的故事，《天才基本法》也忽略了原著对"天才的单维性""奥数意义""改变的主体"等问题的继续追踪，于是，两部剧缺少了本可以有的纵深感。

2022年网络文学改编的现代言情剧仍然扎堆。从年初到年尾，现代言情改编剧贯彻整个2022年，在整个网文改编剧类型中占一半以上。去除言情的油腻套路，还原感情的生活感，并加职场线、亲情线是2022年较为成功的现代言情剧给出的启示。3月播出的改编自叶斐然的同名小说《才不要和老板谈恋爱》，对原著的改变可谓大刀阔斧，核心要义就是"去形衍魂"，保留着核心理念与线索情节，同时进行了一场更加集中化、戏剧性、细节性的出色处理。原著是一个较为简单的甜宠结构，影视剧在保留原著的时空逻辑、男女主的感情线的基础上，自己增添了亲情线、成长线、和职业线，并且改编删除了一系列常处在崩人设边缘的暧昧场景，让情节内容的现实性更强，擦除了无关紧要的赘笔，并去除了女配的低级心机设定和男配的扁平化标签。同时期改编自柏林石匠的《余生，请多指教》，亦是这样一部去油去腻的甜宠剧。在日常职业和生活中展开剧情，绕开浮夸，去除没必要的误会，男二女二的捉弄也不过分，《余生》给甜宠剧适当做减法，又加以职场线和亲情线做中和，由此《余生》不招黑不拉垮，甜而不腻。现代言情剧的职场线受到重视后，职场设定开始具体化，涉及不同的领域。《才不要和老板谈恋爱》讨论法律条款问题，4月改编自红九同名小说的《请叫我总监》体现投资理念，11月改编自 Twentine 同名网络文学作品的《打火机与公主裙》则讲述编程创业。当然，这些职场设定仍然不够专业，剧作对职场的理解仍停留在内斗的基础上，没能深入探讨各类专业性问题。

2022年的古偶剧较之2021年成绩有所提高。改编自晋江当红作者九鹭非香的作品，3月播出的《与君初相识·恰似故人归》（改编自九鹭非香的《驭鲛记》）和8月播出的《苍兰诀》（改编自九鹭非香的《魔尊》）可圈可点。这两部剧故事结构皆较为精巧，仙侠设定围绕核心矛盾展开，冲突集中不枝蔓，人设讨喜，人物的转变过渡也比较自然。特别是两部仙侠的元素都有创新。《驭鲛记》开篇女强男弱，反向人设是近来网文写作中比较受欢迎的做法。《苍兰诀》运用了"互换身体"具有热度的设计，在反差人设间制造误会，在既有古偶甜虐设计的基础上增加了轻松搞笑的戏剧性。这两部仙侠剧的成功固然有九鹭非香 IP 加持的因素，但小结构新元素亦是重要原因。

以写宅斗文闻名的关心则乱的《星汉灿烂，幸甚至哉》改名为《星汉灿烂·月升沧海》于7月播出。该剧制作精良，演员演技也皆可圈可点。但显然，宅斗剧的势能正在减少，《星汉灿烂》较之《知否》也有逊色。另一部同是赵露思主演的《且试天下》，改编自倾泠月的同名小说，是大女主题材。男女主双商皆在线，旗鼓相当，且有冲突。该剧改编和制作也在水平线上，但以权斗、谋划为主线的大女主剧重复率亦有些高。2022年，古偶改编剧的"黑马"当属《卿卿日常》。《卿卿日常》原著是晋江作者多木木多的代表作《清穿日常》。该作品原著热度并不大，整体构思也较为平淡。但影视剧改动非常大，重新嵌套世界观，将时间线上的价值观区别做成空间上的地域性问题。这部剧甚至没能设定主要的核心矛盾，虽然说有女主助攻，男主上位的设置，但叙事经常偏离该主题。与其说这是一部权谋剧，不如说是一部概念剧。设定主打反套路轻喜剧，反复宣扬"姐妹团建，男人走开"的概念，所以每一位女性人物都被充分地叙述，她们的理想、愿景也被足够照顾。全剧几乎不存在女性为难女性，而是"娘子军"与陈规陋习斗争，以北川改变选聘儿媳为选拔女官为结局。

2022年的悬疑剧中属于网络文学改编的有8月29日播出的《消失的孩子》。该剧改编自豆瓣阅读作者贝客邦的《海葵》。《消失的孩子》最为精彩之处在于叙述的方式。这也延续了其原著小说《海葵》的特质：多人物视点与多重时空的交叠和错落。虽然改编剧因镜头过于晃动，叙事过于细碎被批评，但这仍然可以被视为2022年豆瓣阅读悬疑文改编的一个好的开始。豆瓣阅读悬疑文的异军突起是近年网络文学发展的重要现象，诸多作品的影视版权相继被出售，可以预想接下来几年悬疑剧将集中出现，豆阅的作品质量也将成为改编质量的基础和保证。

2022年，曾经老牌热门IP作者都有作品被改编上架。1月18日，《今生有你》播出，改编自"言情天后"匪我思存的《爱你是最好的时光》。1月16日，《镜·双城》播出，改编自新武侠代表作家沧月的同名小说。《大江大河》和《都挺好》的作者阿耐亦有两部小说《相逢时节》和《不得往生》被改名《落花时节》和《风吹半夏》

改编播出。匪我思存的《爱你是最好的时光》、沧月的《镜》系列原著都吸粉无数，但影视改编的热度不如原著，与2022年题材方面虐文、武侠整体的衰落亦有关。值得注意的是，年末的《风吹半夏》，以"钢铁女主"的人设，叙事改革开放过程中资本兴起的功与过，罪与罚。虽然作品是2005年的老文，但无论是人设还是题材，在当下都颇有热度。当纯文学和网络文学诸多作家都在重述改革开放时，《风吹半夏》的播出不仅吹了一股年代复古风，也为这一年度划上了欲说还休的句号。

网改剧一直紧跟网络文学的发展潮流。从最初的网改剧《甄嬛传》《琅琊榜》《花千骨》到《庆余年》《赘婿》《大江大河》等，宫斗、宅斗、权谋、仙侠、赘婿，或是现实题材，优秀的网络文学为影视不仅提供了完整成熟的好故事，也助推着影视剧想象力的前行。2021年，以权斗加言情为主线的大女主文式微，女频网络文学中开始大量出现职业线，古代言情中顺理成章地盛行起"仵作文"。敏锐的制片方抓住少谈恋爱专心事业的仵作文潮流，便有了2021年的小成本爆款剧《御赐小仵作》。2022年较为成功的小制作爆款剧《开端》《卿卿日常》等亦是跟上网络文学原创内容创新的潮流。相较于已然过时的数据，或是想当然的"流行"，抓住原创内容的迭代升级是制作成功的网文改编剧的关键。

后　记

在2015年以承接"江苏网络文学研究"的课题为契机，进入网络文学研究前后，我主要从事鲁迅研究。从鲁迅到网络文学，内里亦有一脉相承的线索。记得钱理群曾在B站教学视频中说过："鲁迅是中国网络文学的鼻祖。"在一定意义上，鲁迅就是新媒体作家。依托当时新兴的大众传媒，如报纸、期刊，其作品能够在短时间内迅速产生广泛影响。鲁迅热衷办刊，更重视当时最有利于传播的报纸。他的杂文，以"非文学"的姿态，及时、敏锐地表达观点。设想如果鲁迅活在当下，他也许是个爱发朋友圈，非常注意媒体传播的作家。可以说，网络文学和鲁迅之间有着亲和性。依托具有传播力的媒介，突破"文学"的框架，及时、敏锐地表达、传递当下社会的情感、欲望、想象或日常生活，网络文学在这一意义上承继了鲁迅传统。

当下，网络文学具有蓬勃的想象力和创造力，它的价值也许不仅在商业层面。网络文学的架空背景、神魔设定、游戏取向等亦非无源之水、无本之木，它是新世纪，或者说"Z时代"新思想、新思维、新生活的产物。虽然诸多网络文学在谈九天玄鼎、御剑乘风，但这种看似玄妙、幻想性的创作，存在着巨大的现实性的奥秘。这种现实是一种大众情感、大众想象、大众经验的"情感性现实"，并且这种"情感性现实"并不一定陈腐、守旧，或是功利而野蛮，它以特殊的方式表达了新的感受、诉求或是"思考"。所以，基于鲁迅研究传统的影响，我将思想史视野纳入对类型文的关照中。在"漫长的九十年代"的思想脉络中阐释武侠的衰落；在文明论的变迁中审度跳舞的玄幻作品；从性别文化诉求的角度解读天下归元的《凰权》等。

网络文学的迭代升级仍在发生。近年来，类型化框架已不能容纳诸多网络文学的创新性发展。在很多方面，比如，网络文学在表现大众文化新变动方面，在呈现网络新文明方面，在表达新世代新想象方面，都具有先锋性。在理论建构方面，除了数字人文、传媒理论等研究方法适用于网络文学外，赛博格文化哲学研究、后人类理论研究、文化批评理论或是符号学、叙事学研究等也是网文研究重要的研究方法。比如我结合叙事学和性别文化理论思考网络文学男女频的问题。男频、女频的划分是网文约定俗成的类型化特征，但近期女频网文中出现的叙事变动标识出反类型、类型融合等"变体"正成为网络文学发展的重要趋向。我对 2020 年—2021 年集中出现的具有"新变"特征的女频网络文学文本进行叙事学分析，揭示女频网络文学在反性别"套路"叙事上的新变，认为这不仅意味着"去女频化"成为解构网文二元类型划分的重要力量，而且体现出女性作者和读者群体超越性别固化认知的文化心理变动。

网络文学是正在发生并变动着的文学，所有评论方式亦要有所创新。我提出"新兴文学需要具有对话性和行动性的新型评论"，是认为当下出现的网络文学所提供的文学新经验、新形式，正是激发文学理论活力，让理论在与经验的对话和碰撞中不断生长的契机。面对新兴的文学经验和形式，评论尤其要以自身的敏锐性、参与性和对话性"在场"。敏锐性、参与性和对话性就是我所参与的扬子江网络文学评论中心工作的特色和风格。扬子江网络文学评论中心于2021年5月由江苏省作家协会、南京师范大学和秦淮区政府合作成立，是全国首家网络文学评论中心。中心主任由时任省作协党组书记、书记处第一书记、常务副主席汪兴国亲自担任。成立以来，评论中心在中国作协网络文学中心的指导与关怀下，深入网络文学发展现场一线，多方开展合作，为引领新时代网络文学发展做出了诸多有影响、有实绩的工作。让网文评论始终参与网络文学发展的第一线，参与重要的网络文学活动，对网络文学重要变动和热点问题及时做出回应，这是扬子江网络文学评论中心的特色所在。目前，评论中心在网络文学作家群、平台、学术界享有相当优良的专业口碑，各方面合作陆续展开，已形成可持续发展的良好态势。扬子江网络文学评论中心的公众号"扬子江网文评论"，成为网文评论界的一个重要品牌化阵地。扬子江网络文学评论中心致力于探索在文字评论、纸媒评论之外，充分利用一切形式，包括评榜、活动、全媒体宣传，尤其强调敏锐性和及时性，对网络文学做出引导性的有效评论。针对"《大奉打更人》完结""马甲文""潇湘改版""Z世代写作"等网络文学热点现象进行及时评论。

谈论网络文学，不能仅仅指向文字化作品，而要覆盖以原创内容为核心的IP。所以网文评论不能忽视作为IP存在的网文。我对网络文学IP转化持续关注。针对网文IP转化的热点问题，如"尾鱼吐槽""言情剧改编""微短剧改编""时间循环年"等，我第一时间撰写评论。这类文章被诸多媒体转发，受到各级宣传部门和相关平台机构的关注。

今天,我们正站在网络新文明的入口。面对人工智能的冲击,在互联网普遍使用、虚拟世界愈加日常化的语境下,仅仅用大众文化、资本之手去解释网络文学也许会浮于表面,其背后所体现的是网络社会的情感和欲望表达,虚拟世界的修辞和意义表征,全球化和地方化、世界和中国、技术和人文等等思想因素,以及网络文学在整体文化传播中的号召、联结,或者是区隔作用值得进一步被思考和呈现……而这一工作需要网络文学原创和学术、评论清明理性共同完成。

我希望网络文学评论不仅是一项"纸上的事业",它还能够成为一种理性、专业,并具有参与性和对话性的"行业坐标"。